BAC STMG

Réflexe

Première et Terminale

Management, sciences de gestion et numérique

Caroline Gonnet

Emmanuelle Marsot

Emmanuelle Sardain

Nathan

Sommaire

Les bons réflexes

COURS ET EXERCICES

Sciences de gestion et numérique 1re

Testez vos connaissances !

Quiz
liennathan.fr/j8bx84

Quiz
liennathan.fr/f235hc

Management 1re

Testez vos connaissances !

Quiz
liennathan.fr/u4y65g

Quiz
liennathan.fr/3ci5d7

Management, sciences de gestion et numérique T^erm^

Testez vos connaissances !

Quiz
liennathan.fr/e66g5v

Quiz
liennathan.fr/g995wu

Les conseils des auteurs

Les enseignements du management et des sciences de gestion et numérique visent à vous transmettre les clés de compréhension du monde des organisations et de ses évolutions.

1 La place centrale du management et des sciences de gestion et numérique

Le management et les sciences de gestion et numérique visent à constituer une solide culture managériale centrée sur les organisations dont il convient de percevoir toute la diversité et la complexité, avec un objectif ambitieux : contribuer à la formation des managers de demain !

Le management d'un côté et les sciences de gestion et numérique de l'autre sont deux spécialités totalement indépendantes en classe de première. Ces deux matières fusionnent en classe de terminale pour constituer une seule matière de spécialité qui donne lieu à une épreuve écrite finale d'une durée de 4 heures, affectée d'un coefficient 16. Par conséquent, cette épreuve contribuera de manière importante à votre réussite à l'examen du baccalauréat, voire à l'obtention d'une mention.

2 La nécessité de s'organiser dès la première

a) S'entraîner

En réalisant le travail demandé en classe et à la maison, vous vous entraînez dès la classe de première dans les matières concernées par l'épreuve. Les préparations aux devoirs surveillés, devoirs maison et bacs blancs vous permettent de vous familiariser avec les attendus de l'épreuve en vous habituant à analyser les documents, comprendre les consignes, rédiger et structurer vos réponses.

b) Travailler régulièrement

Afin de ne pas faire d'impasses, il est conseillé de réviser régulièrement sur des fiches synthétiques résumant les notions importantes des programmes. En parallèle, il est important d'intégrer les exigences méthodologiques, c'est-à-dire la manière de répondre aux questions posées.

3 Le mémo pour réussir l'épreuve

Pour vous aider dans vos révisions, ce mémo contient :
- les notions principales résumées dans des fiches synthétiques ;
- des exercices et les corrigés pour vous entraîner ;
- des quiz pour tester vos connaissances ;
- un sujet du baccalauréat et son corrigé.

Bon courage et bonne réussite !

L'évaluation du management et des sciences de gestion et numérique

1 L'évaluation de management en classe de première

La note obtenue en management (moyenne des trois trimestres) figure dans le livret scolaire et est communiquée dans le cadre de la procédure Parcoursup : elle contribue à l'examen du livret (en cas de note finale trop juste pour obtenir le baccalauréat ou une mention) et à l'orientation post-bac.
Par conséquent, la moyenne des trois trimestres n'entre pas dans le calcul de la note finale pour obtenir le baccalauréat.

2 L'évaluation de sciences de gestion et numérique en classe de première

Modalité : contrôle continu, **coefficient :** 8

La moyenne obtenue en enseignement de sciences de gestion et numérique en classe de première, assortie d'un coefficient 8, est prise en compte pour la note en contrôle continu, qui représente 40 % de la note totale du baccalauréat.

3 L'épreuve de spécialité de management et sciences de gestion et numérique en classe de terminale

Modalité : épreuve écrite, **durée :** 4 heures, **coefficient :** 16

a) L'importance de la note obtenue

La note obtenue à cette épreuve écrite est assortie d'un coefficient 16 (comme la deuxième épreuve de spécialité de droit et économie) et prise en compte pour la note en épreuves finales, qui représente 60 % de la note totale du baccalauréat.

b) La délimitation du programme

L'épreuve prend appui sur les programmes de management et de sciences de gestion et numérique de la classe de première et sur la partie « Enseignement commun » du programme de management, sciences de gestion et numérique de la classe de terminale. Le programme d'enseignement spécifique de mercatique ou de gestion et finance est exclu du périmètre de cette épreuve.

c) La philosophie de l'épreuve

Elle vise à évaluer la capacité du candidat à analyser une ou plusieurs situations réelles et complexes liées au fonctionnement et au management d'une ou plusieurs organisations réelles.

On peut résumer cette épreuve par le schéma suivant :

ANALYSER un contexte managérial portant sur une ou plusieurs organisations	MOBILISER les connaissances de cours	UTILISER les méthodes et outils managériaux

d) La structure du sujet

Le sujet est composé d'une dizaine de pages et de trois parties :
- un contexte managérial présentant les éléments généraux de l'organisation (histoire, activité, indicateurs, effectif…) se terminant par une problématique soulevée par les dirigeants ;
- plusieurs dossiers indépendants portant sur des parties différentes du programme et assortis de plusieurs questions ;
- des documents annexés, en lien avec les dossiers.

e) La démarche à suivre pour réussir l'épreuve

Étape 1 – Lire toutes les questions

• Il est important de lire toutes les questions des dossiers afin de les délimiter et de commencer à établir des liens entre elles.

Étape 2 – Lire les documents annexés une première fois

• Une première lecture « de repérage » est indispensable pour survoler les documents et commencer à en identifier le contenu.

Étape 3 – Lire les documents annexés une deuxième fois avec un surligneur

• Cette deuxième lecture, « d'analyse » cette fois-ci, permet d'entrer dans le détail des documents et de surligner ou d'annoter les éléments importants.

Étape 4 – Rédiger les réponses aux questions

• N'oubliez pas de vous « questionner sur la question » (Qu'est-ce qu'on me demande ?).
• Mettez les grandes lignes ou les mots-clés sur votre brouillon.
• Rédigez au propre, sur votre feuille.

Étape 5 – Relire votre devoir en entier

• Améliorez les tournures de phrases.
• Supprimez les fautes d'orthographe.

f) Les points particuliers de vigilance

1er point de vigilance : il n'y aura pas de questions de définitions. Vous devez toujours construire vos réponses en prenant appui sur le contexte de l'organisation, tout en utilisant vos connaissances.

Exemple de question : « Identifier les styles de direction de l'entreprise Maison Ferber. »

- ⛔ Définir les styles de direction (paternaliste, autoritaire...) en récitant le cours.
- ✅ Identifier les styles de direction dans l'entreprise Maison Ferber, en vous servant des caractéristiques de chaque style.

2e point de vigilance : vous devez justifier vos réponses par une argumentation. Argumenter, c'est convaincre !

Exemple de question : « Analyser les choix stratégiques de l'entreprise Maison Ferber. »

- ⛔ Citer les choix stratégiques (internationalisation, spécialisation...) sans développer.
- ✅ Identifier les caractéristiques de chaque stratégie, issues du contexte managérial de l'entreprise Maison Ferber.

3e point de vigilance : une question peut contenir deux sous-questions. Il faut veiller à bien répondre à ces sous-questions, en sautant une ligne entre les réponses. Des points de barème distincts sont attribués à chaque sous-question.

Exemple de question : « Identifier le positionnement des confitures Maison Ferber et justifier de sa pertinence. »

- ⛔ Évoquer le positionnement haut de gamme des confitures.
- ✅ Évoquer le positionnement haut de gamme des confitures Maison Ferber puis expliquer en quoi ce positionnement est adapté à la situation de l'entreprise Maison Ferber.

4e point de vigilance : une calculatrice en mode examen est autorisée à l'épreuve. Il peut vous être demandé de calculer :
- des indicateurs liés à l'activité ou à la rentabilité (ex. : un chiffre d'affaires prévisionnel, un seuil de rentabilité) ;
- des indicateurs liés à l'équilibre financier (ex. : FRNG, BFR) ;
- des coûts ou des marges (ex. : une marge sur coût variable).

Justifiez vos calculs et rendez l'annexe à compléter avec votre copie.

5e point de vigilance : les verbes utilisés dans les questions posées dans les dossiers ont un impact sur les réponses à apporter.
- « **Identifier ou caractériser** » suppose de mobiliser le cours pour repérer, dans le contexte managérial, les éléments recherchés.
- « **Justifier ou démontrer** » implique d'apporter des arguments du contexte pour convaincre.
- « **Analyser** » suppose une réflexion plus large qui ouvre sur les causes du phénomène évoqué.

1 Les différents types d'organisations

1 Les organisations : création, type et fonctionnement

1.1 La création d'une organisation

Une organisation est créée lorsque **plusieurs individus s'organisent durablement** pour atteindre ensemble un **objectif ou but commun**.

Création d'une organisation ⇨ Plusieurs individus (groupe) *ont un* objectif / but commun *qu'ils souhaitent mener* durablement et de façon organisée

1.2 Les trois types d'organisations

Trois types d'organisations peuvent être créés : les **entreprises privées**, les **organisations publiques** et les **organisations de la société civile** (OSC : associations, ONG, syndicats, fondations).

Les créateurs de l'organisation feront leur choix en fonction de l'objectif qu'ils souhaitent mener. On parle de but :

– lucratif : les individus souhaitent réaliser des bénéfices, s'enrichir ;

– non lucratif : ils ont un objectif désintéressé.

Ex. : magasin de vêtements	Ex. : lycée public	Ex. : Les Restos du cœur
But lucratif : faire des bénéfices.	But non lucratif : assurer une mission de service public (l'éducation).	But non lucratif : assurer une mission sociale ; aider les plus démunis.
Entreprise privée	**Organisation publique**	**OSC**

1.3 Le fonctionnement d'une organisation

Selon le type d'organisation créé, la **structure de propriété** diffère :

– dans une **entreprise**, les propriétaires sont des associés ou des actionnaires. Ce sont eux qui apportent les ressources financières nécessaires au fonctionnement de l'organisation ;

– une **organisation publique** est une entité détenue par l'État.

Exemples → Collectivité territoriale (région...), établissement public (lycée...).

Les individus qui la dirigent sont élus (ex. : le maire d'une commune) ou nommés (ex. : le proviseur d'un lycée) ;

– dans une **association**, les créateurs sont appelés « membres fondateurs ».

Afin d'atteindre ses objectifs et pour mieux s'organiser, l'organisation dispose de **règles de fonctionnement** prévues dans ses statuts et par les lois. Les statuts sont rédigés à la création de l'organisation. Dans ce document, figurent les éléments liés à son identité (ex. : dénomination sociale, lieu du siège social) et ses règles de fonctionnement (ex. : modalités pour la prise de certaines décisions).

2 Le gouvernement des organisations

2.1 La notion de gouvernement des organisations

La notion de gouvernement des organisations désigne :
– les règles qui encadrent la manière dont l'organisation est dirigée et, plus généralement, la répartition du pouvoir ;
– le contrôle mis en place pour protéger les intérêts de toutes les parties prenantes concernées par l'activité de l'organisation : les associés ou actionnaires, l'État, les membres fondateurs et, plus généralement, les salariés, les clients, les adhérents, les habitants...

2.2 Le contrôle des dirigeants

Il existe plusieurs modes de contrôle des dirigeants, qui diffèrent selon le type d'organisation.

Type	Entreprise privée	OSC	Organisation publique
Mode de contrôle	– Les associés ou actionnaires, en assemblée générale ordinaire (AGO), vérifient les comptes, nomment ou révoquent le dirigeant. – Les comptes de l'entreprise sont certifiés par un expert-comptable.	Les membres, réunis en assemblée, approuvent les comptes, nomment ou révoquent les membres du bureau.	Les électeurs valident ou sanctionnent les élus par leurs voix.

S'entraîner

Exercice 1 La création d'une organisation

Travail à faire

Précisez, dans chaque situation ci-dessous, si la création d'une organisation est ou non nécessaire en cochant la bonne réponse.

Conseil

Vérifier les critères suivants : but ou objectif commun, durable, de façon organisée.

Corrigé p. 206

Situation	Organisation	
	Oui	Non
1. Samir et Julie souhaitent ouvrir un restaurant.	☐	☐
2. Adam rêve d'aller sur la Lune.	☐	☐
3. Vincent souhaite ouvrir une maison de quartier destinée à accueillir les jeunes avec trois amis.	☐	☐
4. Les élèves de la classe de 1re STMG1 se regroupent pour jouer aux cartes.	☐	☐

Exercice 2 Le type et le but d'une organisation

Travail à faire

1. Identifiez le type de chacune des organisations (document).
2. Présentez l'objectif des individus dans chaque organisation.
3. Précisez s'il s'agit d'un but lucratif ou non lucratif.

Corrigé p. 206

Document Des organisations diverses

Organisation 1 Une école primaire	Organisation 2 Un syndicat de lycéens	Organisation 3 Une enseigne de la grande distribution
Organisation 4 Une association sportive de danse	Organisation 5 Un hôpital public	Organisation 6 Un salon de coiffure

Exercice 3 Les règles de fonctionnement d'une entreprise

La SARL Dufour a été créée en 1997.

Travail à faire

1. À l'aide du document, repérez les éléments relatifs à l'identité et au fonctionnement de l'entreprise.
2. Quelles autres règles doit respecter l'entreprise ?

Corrigé p. 206

Document Statuts de la SARL Dufour

Extraits des statuts, SARL

Article 1 – Forme
Il est formé une société à responsabilité limitée qui sera régie par les lois en vigueur ainsi que par les présents statuts.

Article 2 – Objet
La société a pour objet la vente d'appareils électroménagers.

Article 3 – Dénomination sociale
La société a pour dénomination sociale « SARL Dufour ».

Article 4 – Siège social
Le siège social de la société est fixé à Vitry-sur-Seine.

Article 5 – Durée
La durée de la société est fixée à 99 ans.

Article 6 – Apports
Les associés à l'origine de la création de l'entreprise sont :
M. Gérard Dufour : apport de 30 000 €
Mme Élise Dufour : apport de 20 000 €
M. Marc Fine : apport de 30 000 €

Article 7 – Capital social
Le capital social nécessaire au développement de l'activité est fixé à la somme de 80 000 €. […]

Article 8 – Gérance
La société est administrée par un gérant, personne physique, associé ou non, nommé par les associés pour une durée 3 ans.
Le gérant est rééligible et nommé par décision des associés.
Est nommé premier gérant : M. Gérard Dufour.

Article 9 – Décisions collectives
Les décisions collectives doivent nécessairement être prises en assemblée générale des associés dans les cas suivants :
– approbation annuelle des comptes ;
– approbation d'une modification du capital social.

2 Les comportements des individus

Mémoriser

Un individu possède des caractéristiques qui lui sont propres, qui influencent son comportement et sa communication avec les autres individus.

1 Les caractéristiques d'un individu

1.1 Sa personnalité

La personnalité d'un individu se définit par l'ensemble des caractéristiques qui lui sont propres. Elle influence sa manière de penser et d'agir. Elle évolue tout au long de sa vie.

La personnalité peut être décrite à travers différents **traits de personnalité** :

Introverti	Est réservé	Stable	A un caractère égal, constant
Extraverti	Établit facilement le contact	Instable	Est d'humeur changeante
Autonome	Est indépendant	Logique	A un raisonnement rationnel
Soumis	Applique les consignes	Affectif	Se laisse aller aux émotions

1.2 Ses émotions

Les émotions d'un individu se caractérisent par l'ensemble de ses réactions immédiates et observables suite à un événement particulier.

Il existe six émotions : la joie, la peur, la colère, le dégoût, la surprise et la tristesse.

Exemple → Adam vient d'avoir 19 à son devoir de sciences de gestion : il ressent de la joie.

1.3 Sa perception

Lorsqu'il reçoit une information, un individu l'interprète selon un processus spécifique qui va lui permettre de la décoder. Ce processus dépend de ses cinq sens : la vue, l'ouïe, l'odorat, le toucher et le goût.

Exemple → Chantal, 50 ans, voit du verglas sur la piste de ski : elle perçoit un danger.

La perception diffère selon les individus.

Exemple → Chloé, 8 ans, voit du verglas sur la piste de ski : elle ne perçoit pas vraiment de danger.

1.4 Ses compétences

Les compétences d'un individu représentent ses savoirs (connaissances), savoir-faire (pratiques) et savoir-être (comportements relationnels).

Exemple → M. Sauci, comptable, a un BTS CG (savoirs), 20 ans d'ancienneté (savoir-faire) et des qualités relationnelles (savoir-être).

1.5 Son identité numérique

Sur Internet, un individu laisse des traces. L'ensemble de ces informations constitue son identité numérique ; elles impactent la réputation de l'individu, c'est que l'on appelle l'e-réputation.

2 L'attitude et le comportement d'un individu

2.1 Son attitude

L'attitude d'un individu, son état d'esprit, influence ses choix et guide ses comportements. Elle se fonde sur ses valeurs et ne se voit pas directement.

2.2 Son comportement

Le comportement d'un individu correspond à sa façon d'agir, observable par les autres. En principe, il découle de l'attitude mais un individu peut aussi adopter un comportement contraire à son attitude.

Exemple → M. Lambert sait que sa voiture pollue. Il va donc travailler à vélo, mais il prend l'avion pour partir en vacances.

3 La communication entre les individus

Lorsque plusieurs individus (acteurs) communiquent, échangent un message (idées, paroles...), on parle de **communication interpersonnelle**. Cette communication est influencée par les éléments du contexte : le lieu, le moment, la distance entre les acteurs, les objectifs. Les acteurs utilisent des signes verbaux (langage soutenu, courant, familier) et non verbaux (mimiques du visage, posture).

Exemple → Mme Bichon et ses collègues (acteurs) discutent (message) devant la machine à café (lieu) lors de leur pause (moment). Les individus sont proches (distance) au cours de cette discussion informelle (objectif).

Pour faciliter la communication, l'individu peut faire preuve d'écoute active (questionner, reformuler) et d'empathie (en se mettant à la place de l'autre).

S'entraîner

Exercice 1 Les caractéristiques propres d'un lycéen

En tant qu'élève, vous possédez des caractéristiques qui vous sont propres.

Travail à faire

1. Identifiez vos traits de personnalité et décrivez votre propre personnalité. Faites la même chose avec l'un(e) de vos ami(e)s. Que constatez-vous ?
2. Imaginez une situation dans laquelle vous mettrez en évidence une émotion que vous pourriez ressentir.
3. Recherchez sur Internet et les réseaux sociaux des informations vous concernant. Avez-vous votre propre identité numérique ?

Corrigé p. 206

Exercice 2 Les émotions

Travail à faire

Identifiez les émotions présentées dans le document.

Corrigé p. 206

Vidéo : Joie, peur, tristesse, colère : que d'émotions !
liennathan.fr/95h6md

Document Les six émotions

Exercice 3 La positive attitude

Travail à faire

1. Différenciez attitude positive et attitude négative.
2. Identifiez, dans le document, des éléments démontrant que l'affectif (les sentiments) et l'intention de comportement de l'individu influencent son attitude.

Corrigé p. 207

Document L'attitude positive ou pensée positive

Voir la vie avec des lunettes roses n'est pas toujours simple. Lorsque rien ne va, que ce soit d'un point de vue privé ou professionnel, ou même sans raison spécifique, comment adopter la positive attitude, appelée aussi pensée positive ? Certes, cette manière d'appréhender la vie n'est – *a priori* – pas à la portée de tous, en fonction de son état de santé ou de ses problèmes personnels. Mais lorsque l'on a tendance à voir les choses du mauvais côté et à ruminer inutilement sur les aspects négatifs du quotidien, il est toujours possible de changer de point de vue.

La pensée positive consiste à voir les choses du bon côté, sans pour autant nier les problèmes ou les contraintes de la vie en général. [...]

Une attitude positive s'inscrit aussi dans un principe : chaque problème a une solution. Il ne sert donc à rien de tout voir en noir en pensant que tout va, ou ira, forcément mal.

www.passeportsante.ne

Exercice 4 Une situation de communication interpersonnelle

Travail à faire

Analysez la situation de communication présentée dans le document : acteurs, message, lieu, moment, distance entre les acteurs, objectifs.

Corrigé p. 207

Document Réunion au sein de la concession Aupi

Comme chaque lundi matin, les commerciaux de la concession automobile Aupi sont réunis pour la réunion hebdomadaire au cours de laquelle le directeur commercial fixe les objectifs de vente de la semaine et fait un point sur les ventes réalisées la semaine précédente.

3 Les interactions entre les individus

Mémoriser

1 Les interactions entre les individus dans un groupe

1.1 Le groupe

Un groupe est constitué de **plusieurs individus** qui entretiennent des **interactions** dans un **but commun**.

1.2 Les formes du groupe

Un groupe peut être :
– **formel** : il est créé officiellement, dans un objectif précis ;

Exemple → Groupe de salariés créé par un manager afin de préparer un salon.

– **informel** : il est créé de manière spontanée, sans reconnaissance « officielle ».

Exemple → Groupe d'amis qui partagent leur repas.

1.3 Les deux types de groupes

– Le **groupe de référence** est celui auquel l'individu peut s'identifier sans pour autant en faire partie (groupe auquel on se réfère).
– Le **groupe d'appartenance** est le groupe auquel l'individu appartient.

Exemple → Le groupe d'appartenance d'un joueur de rugby est son club de sport local. Son groupe de référence peut être l'équipe de France de rugby.

1.4 Les individus dans le groupe

Dans un groupe, les individus se distinguent grâce à :
– leur **identité**, c'est-à-dire leurs caractéristiques propres (nom, prénom, date de naissance, personnalité...) ;
– leur **statut**, qui est la position qu'ils occupent au sein du groupe ;
– leur **rôle**, qui est lié à leur manière de se comporter (en fonction de leur personnalité) et peut aussi être attribué par l'employeur.

Exemple → John Bing (identité), responsable commercial (statut), leader (rôle).

1.5 Attributions, représentations et stéréotypes

Les individus ont des croyances qui vont influencer leur comportement au sein du groupe. On parle ainsi :
– d'attributions : les individus expliquent les événements ou comportements en leur donnant des causes ou des raisons particulières. Ils se focalisent sur ce qui est visible d'entrée, de manière subjective ;

– de représentations : ce sont des croyances, des connaissances non prouvées partagées par le groupe ;
– de stéréotypes : ce sont des images réductrices ou caricaturales partagées par le groupe.

Exemples ➜ Si je n'ai pas eu une bonne note, c'est parce que la professeure ne m'apprécie pas : attribution. Les militaires aiment commander : représentation. Les femmes montrent leurs émotions : stéréotype.

2 Les interactions entre les individus et l'organisation

2.1 La culture de l'organisation

Les interactions entre individus sont impactées par leur culture personnelle (liée à leur nationalité, par exemple) mais aussi par la culture propre à l'organisation. La culture est un ensemble de **valeurs** (idéaux, principes moraux qui orientent les actions du groupe), de **codes** (signes, manières de s'exprimer, de se comporter partagées par un groupe) et de **normes** (fixées par l'organisation et que l'individu doit respecter) qui se transmettent au sein d'un groupe.

Exemple ➜ Chez Decathlon, groupe français, les individus se saluent selon les rituels de la culture française, l'entreprise a une culture « tournée vers l'humain » (bien-être des salariés, management bienveillant...), un code couleur (bleu/blanc).

2.2 La hiérarchie dans l'organisation

Au sein de l'organisation, une hiérarchie facilite la coordination des individus. Elle est représentée par un organigramme qui matérialise la subordination les uns avec les autres. Des fiches de poste précisent également les activités et missions des individus, les compétences requises pour le poste (on parle de « profil de compétences »).

2.3 L'utilité d'un réseau social d'entreprise

Un réseau social d'entreprise (RSE) désigne une plateforme de communication qui facilite les échanges et la transmission d'informations professionnelles entre les salariés de l'organisation (plateforme interne) et/ou avec les partenaires de l'entreprise.

S'entraîner

Exercice — La culture chez Jeff de Bruges

La marque Jeff de Bruges a été créée en 1986 par Philippe Jambon. Le siège de l'entreprise est situé à Ferrières-en-Brie, en Seine-et-Marne. Les produits sont fabriqués en Belgique, sauf les oursons à la guimauve, qui sont confectionnés en France. De nombreux magasins franchisés sont aujourd'hui implantés dans toute la France.

Travail à faire

1. Étudiez la culture de l'organisation Jeff de Bruges : valeurs et codes du groupe (document 1).

Conseil

Étudiez les photos de l'entreprise pour identifier des éléments liés à sa culture.

2. Sur le site de recrutement de Jeff de Bruges, onglet « Nos offres » (liennathan.fr/562zcr), sélectionnez une offre d'emploi et étudiez la fiche de poste en complétant le tableau (document 2).

Document 1 Les engagements de Jeff de Bruges

Notre engagement

Selon nous, il ne peut pas y avoir de bon chocolat sans une recherche d'équité, humaine et environnementale.

Le respect des hommes, des femmes et des enfants. Le respect des terres et de leurs cycles perpétuels, de leur prospérité, pour nous mais aussi pour les générations à venir. […]

La qualité de notre chocolat est au cœur de notre engagement. Au quotidien, nous sommes minutieusement attentifs quant à la provenance et la composition de nos produits. C'est pour cela que nos recettes sont élaborées avec soin et exigence, **à partir d'ingrédients d'origine naturelle, sans matières grasses végétales hydrogénées, sans OGM et sans huile de palme.** […]

Ces valeurs sont portées par nos équipes qui partagent avec vous leur passion pour le chocolat. Notre ambition : se réinventer chaque jour, être formé pour vous apporter perpétuellement un service de qualité, favoriser l'égalité femmes/hommes, acquérir de nouvelles compétences pour grandir et s'épanouir au sein de l'entreprise.

www.jeff-de-bruges.com

Document 2 Étude d'une fiche de poste

Mission au sein du magasin	
Type de contrat de travail	
Compétences requises pour le poste	

L'enseigne souhaite participer au Salon professionnel du chocolat, organisé tous les ans à Paris. Une réunion est organisée au siège de l'entreprise, à Ferrières-en-Brie, pour préparer ce salon. Cinq salariés sont mobilisés. Karim, responsable de la communication, est désigné pour diriger le projet.

Travail à faire

3. Les cinq salariés forment-ils un groupe ? Justifiez.
4. Précisez s'il s'agit :
   - d'un groupe formel ou informel ;
   - d'un groupe d'appartenance ou d'un groupe de référence.
5. Identifiez le statut et le rôle de Karim.

Corrigé p. 207

4 Les phénomènes relationnels

Mémoriser

Dans l'organisation, les individus travaillent ensemble, communiquent, interagissent. On parle de phénomènes relationnels.

1 Les relations entre les individus

Les relations entre les membres d'une organisation peuvent être classées en trois catégories :
– les **relations formelles** sont basées sur des rapports professionnels ;
– les **relations d'autorité** sont constatées, dans le cadre de relations formelles, lorsqu'un individu impose son pouvoir sur un ou plusieurs autres individus (dans une relation hiérarchique, par exemple) ;
– les **relations informelles** sont spontanées, basées sur des liens personnels. Elles échappent au contrôle de la hiérarchie.

2 L'argumentation et l'influence

Dans le cadre de leurs relations de travail, les individus sont amenés à argumenter et influencer.
Argumenter consiste à s'appuyer sur de bonnes raisons, un point de vue, pour convaincre un ou plusieurs autres individus.
Il existe quatre types d'arguments :

Argument de communauté	Argument d'analogie	Argument de cadrage	Argument d'autorité
Utiliser une valeur acceptée par tous.	Comparer deux situations.	Se focaliser sur un seul aspect du sujet.	Faire référence à un expert.
Ex. : les aliments bio sont meilleurs pour la santé.	Ex. : l'entreprise concurrente a augmenté ses parts de marché en s'implantant sur ce secteur.	Ex. : utiliser cette marque d'ordinateur, c'est faire le choix de la qualité.	Ex. : le produit a été certifié par un label de qualité.

Influencer consiste à faire modifier, évoluer le comportement ou l'opinion d'un ou plusieurs autres individus.

Il existe trois stratégies d'influence :

Appel au raisonnement logique	Appel à l'affectif	Appel au sentiment d'appartenance
Ex. : raisonnement juridique	Ex. : « Tu es le meilleur ! Grâce à toi, nous allons y arriver. »	Ex. : « Entre collègues, nous sommes solidaires. »

Ainsi, il est possible de dire qu'en argumentant, un individu peut influencer.

3 Le leadership

Le leadership correspond à l'influence d'un individu sur un autre individu ou un groupe d'individus. Un bon leader est un individu qui a des compétences personnelles et relationnelles lui permettant :
– de se différencier des autres (qualité d'écoute, charisme…) ;
– de créer, au sein du groupe, une dynamique essentielle pour atteindre des objectifs, et donc motiver les membres du groupe ;
– de gérer les conflits.
Il existe plusieurs styles de leadership, notamment les styles autoritaire, paternaliste, participatif et consultatif.

Exemple ➜ Un dirigeant qui tient compte de l'avis de ses salariés pour prendre une décision a un style participatif.

4 Le développement de la motivation

L'organisation, en motivant les individus et en adoptant des mesures incitatives, peut être plus efficace. En effet, des individus motivés, une meilleure cohésion engendrent une meilleure performance.
Les mesures incitatives de motivation peuvent être :
– monétaires : augmentation de salaire, primes, tickets-restaurants… ;
– non monétaires : reconnaissance de la part de la hiérarchie, mesures améliorant le bien-être des salariés…

5 La gestion des conflits entre les individus

Lorsque les individus sont en désaccord, des conflits sont possibles. Ces conflits peuvent être d'ordre personnel ou professionnel, entre salariés ou entre l'employeur et les salariés. Pour les éviter et/ou les gérer, il convient de favoriser la communication et la cohésion entre les individus, d'avoir recours à un médiateur, de valoriser les salariés, de tenir compte de leurs avis…

S'entraîner

Exercice 1 Argumenter pour influencer

Travail à faire

1. Construisez deux arguments pour chacune des situations du document.
2. Mettez en évidence les arguments de communauté, d'analogie, d'autorité, de cadrage.

Conseil

Pour bien construire un argument, il est possible de procéder par étapes :
- étape 1 : j'affirme quelque chose ;
- étape 2 : j'explique mon affirmation [mon raisonnement] ;
- étape 3 : je donne un exemple.

Corrigé p. 207

Document

Situation 1 : convaincre vos parents de vous acheter une voiture.
Situation 2 : convaincre le proviseur de votre établissement d'accepter votre recours pour votre passage en terminale.
Situation 3 : vendre un bien (au choix : une moto, un téléphone portable, un vêtement) à un camarade.

Exercice 2 Être un leader

Un leader a des qualités personnelles qui lui permettent de se distinguer des autres. Seriez-vous un bon leader ?

Travail à faire

Réalisez le test présenté dans le document. Identifiez les qualités qui pourraient éventuellement faire de vous un bon leader.

Corrigé p. 208

Document

Test : Êtes-vous un leader ?
liennathan.fr/w28m5s

Exercice 3 Les relations informelles et le télétravail

De nombreuses entreprises ont mis en place le télétravail. Celui-ci impacte les relations informelles entre les individus.

Travail à faire

1. À l'aide du document, présentez les inconvénients du télétravail.
2. Identifiez les solutions pouvant être adoptées.

Corrigé p. 208

Document Maintenir un lien informel, même en télétravail

Échanges lapidaires, sentiment de solitude, baisse d'énergie et de motivation… Même les partisans les plus acharnés du télétravail en ressentent désormais les limites. Le maintien du lien informel avec les équipes est plus que jamais clé pour garantir l'engagement et le bien-être des collaborateurs.
[…] « Comment ça va ? » Dans le cadre du travail, nous posons cette question plusieurs fois par jour, mais il est rare que chaque collaborateur prenne le temps de s'exprimer sur son bien-être de façon sincère et approfondie. Et encore plus rare que chacun écoute ces réponses avec attention ! À distance, il est plus compliqué de percevoir le coup de fatigue ou la baisse de moral de son équipe. Pourtant, tous les (bons) managers ont déjà tenu compte du sentiment ambiant avant de préparer une prise de parole. Ils savent qu'ils obtiennent de meilleurs résultats en matière de motivation lorsqu'ils tiennent compte de ce qui préoccupe leurs collaborateurs. Un rituel simple et convivial permet de partager son humeur du moment : prendre trois minutes de recul sur son humeur personnelle et lui attribuer une note de 1 à 10 sur un papier ; montrer tous les « résultats » à l'écran en même temps et discuter sur chacun d'entre eux. […]
Le travail à distance a fait valser le spontané. Voir ses collègues « en vrai » est devenu pour certains un rarissime plaisir simple. Pourtant, l'alliance entre lien social et télétravail s'avère aussi indispensable que possible. Il faut juste savoir organiser et « planifier l'informel ». […] Par exemple à l'aide de « pauses-café digitales » entre collaborateurs ou avec un membre du comité de direction […]. Télétravail oblige, les communications écrites sont souvent privilégiées au détriment de l'échange oral. […] Les possibilités d'incompréhension, de vexation ou de surinterprétation se multiplient. Quelques habitudes simples peuvent pourtant y remédier. À commencer par un geste basique, celui de décrocher son téléphone pour échanger de vive voix. Trois minutes de conversation valent souvent mieux qu'une boucle de 25 mails ou messages. « Ce projet me stresse car… », « Au moment où je te parle, je me sens… », « Mon besoin profond est… » : oser exprimer clairement ses ressentis est primordial.

www.capital.fr, 17 mai 2021.

5 L'activité de travail dans l'organisation

Mémoriser

1 La qualification et la compétence

L'approche par la qualification et l'approche par la compétence permettent de décrire en quoi consiste l'activité d'un individu au travail.

L'approche par la **qualification** est centrée sur le poste de travail : une fiche de poste permet de préciser les missions et les tâches qui le composent. La qualification peut aussi être centrée sur l'individu vis-à-vis de ses savoirs acquis par une formation et attestés par un diplôme.

L'approche par la **compétence** est centrée sur l'individu, ses savoirs, savoir-être et savoir-faire : ces informations figurent généralement sur son curriculum vitæ.

2 Les conditions de travail

Les conditions de travail correspondent à l'environnement dans lequel l'individu exerce son activité professionnelle. Elles peuvent être classées en trois catégories :

Physiques et environnementales	Organisationnelles	Sociales
Liées aux tâches à effectuer et à l'environnement de travail (position de travail, locaux peu chauffés...)	Liées à l'organisation du travail (planning, pauses...)	Liées aux relations entre les individus dans le travail (émotions, stress...)

Améliorer les conditions de travail a de nombreux effets bénéfiques sur l'organisation : motivation des salariés, diminution des conflits, baisse de l'absentéisme... Mais les mesures mises en place représentent un coût pour l'entreprise (ex. : primes, installation d'une salle de repos).

3 Les nouveaux liens du travail

De nos jours, la relation de travail évolue. Plutôt que d'avoir recours à un contrat de travail « classique » (CDD, CDI), certaines entreprises préfèrent travailler avec des autoentrepreneurs.

Contrat de travail entre l'employeur et le salarié. Le lien de travail est un lien de subordination.	**Contrat de prestation de service** entre l'entreprise et un autoentrepreneur. Pas de lien de subordination. Solution plus flexible pour l'entreprise.

S'entraîner

Exercice Les conditions de travail chez Amazon

Travail à faire

1. Repérez, dans le document, des éléments démontrant que les conditions de travail chez Amazon ne sont pas bonnes.
2. Précisez s'il s'agit de conditions physiques, organisationnelles ou sociales.
3. Quelles actions vont être mises en place pour améliorer les conditions de travail ? Pourquoi ?

Corrigé p. 208

Document Les conditions de travail dans les entrepôts Amazon

Le taux d'accident chez Amazon « est quasiment 80 % plus élevé que pour tous les autres employeurs ayant des entrepôts sur l'année 2020 » […].
Amazon contraint de revoir ses conditions de travail aux États-Unis. Le géant du commerce en ligne a annoncé mardi 1er juin [2021] un assouplissement des contrôles de ses employés après la publication le même jour d'un nouveau rapport accablant sur les accidents au travail dans ses entrepôts américains, réputés pour leurs cadences [de travail] infernales. Le système baptisé « *Time off Task* » (« temps non travaillé »), qui mesure la productivité de chacun des ouvriers, est notamment pointé du doigt. De nombreux employés et associations accusent cette méthode de causer un stress inutile, par exemple en ne laissant pas suffisamment de temps pour se rendre aux toilettes. Amazon a affirmé mardi que les ouvriers auraient désormais plus de temps pour prendre des pauses.
[…] Selon l'étude, près de 6 % des ouvriers des centres de tri de l'entreprise ont, l'année dernière, été victimes d'un accident qui les a forcés à s'arrêter temporairement ou à prendre un poste différent, moins contraignant physiquement. « *Ce taux est quasiment 80 % plus élevé que pour tous les autres employeurs ayant des entrepôts sur l'année 2020* », explique une coalition de syndicats dans le rapport.
Assouplir le système de contrôle des horaires dans les entrepôts doit permettre de revenir « *à son objectif premier* », qui est de « *comprendre s'il y a des problèmes avec les outils que les personnes utilisent pour être productives, et seulement en second lieu d'identifier les employés moins performants* », assure de son côté Dave Clark, patron des opérations mondiales, dans une lettre à ses équipes.

franceinfo avec AFP, le 2 juin 2021.

6 L'évaluation et la rétribution de l'activité humaine

Mémoriser

1 L'évaluation de l'activité humaine

1.1 L'activité humaine, charge et ressource pour l'organisation

Évaluer l'activité humaine consiste à mesurer le travail des salariés à l'aide d'indicateurs, qui correspondent à des informations permettant l'analyse et les prises de décision.

L'activité humaine est une charge pour l'organisation. Le travail des salariés engendre des coûts que deux instruments permettent de mesurer : les indicateurs de coût et les indicateurs sociaux.

Activité humaine : une charge pour l'organisation	
Indicateurs de coût	**Indicateurs sociaux**
Ils informent sur le **coût du travail** pour l'employeur.	Ils informent sur les **dysfonctionnements** liés aux ressources humaines qui peuvent impacter la rentabilité de l'entreprise.
Ex. : montant des salaires bruts, quantité d'heures supplémentaires.	Ex. : taux d'absentéisme, nombre d'accidents du travail.

L'activité humaine est une ressource pour l'organisation. L'apport de travail des salariés lui permet d'assurer son activité et impacte sa performance. Des indicateurs d'activité et de productivité permettent de mesurer cet impact.

Activité humaine : une ressource pour l'organisation	
Indicateurs d'activité	**Indicateurs de productivité**
Ils informent sur la **quantité de richesse réalisée** grâce à l'activité de travail.	Ils informent sur la **performance du travail** : quantité de travail nécessaire pour produire.
Ex. : chiffre d'affaires (CA), variation du CA, quantité fabriquée.	Ex. : quantité fabriquée par salarié, par heure.

1.2 Le tableau de bord, outil de suivi des indicateurs

Le **tableau de bord** est un outil utile au suivi des indicateurs et facilite les prises de décision. Sa présentation est adaptée aux besoins d'informations de l'organisation : il permet de comparer les indicateurs dans le temps (sur plusieurs années) et dans l'espace (avec les concurrents). Il présente les objectifs fixés et réalisés, des graphiques… Sa forme est libre et il n'est pas obligatoire.

Les indicateurs relatifs à l'évaluation de l'activité humaine sont regroupés dans un tableau de bord social.

Exemple → Tableau de bord d'une entreprise :

Répartition des effectifs	N		N-1	
	Valeur	%	Valeur	%
Nombre de salariés	205		151	
CDI	100	49 %	90	60 %
CDD	100	49 %	60	40 %
Mi-temps	5	2 %	1	1 %
Nombre de produits fabriqués / année	2 000		2 200	
Nombre de produits fabriqués / mois	167	8,3 %	183	8,3 %
Quantité fabriquée par salarié / année	9,76		14,57	
Quantité fabriquée par salarié / mois	0,81		1,21	

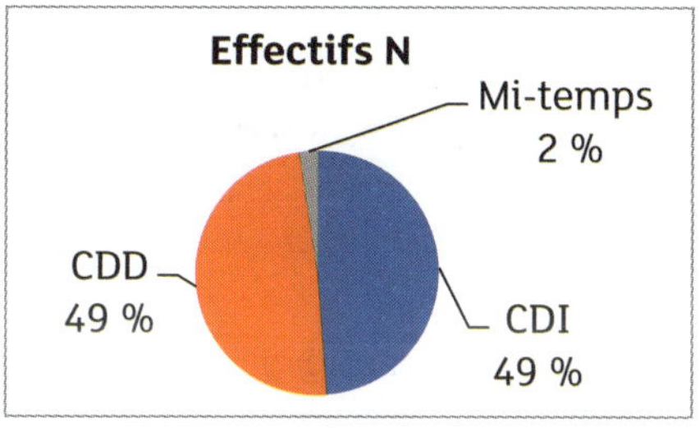

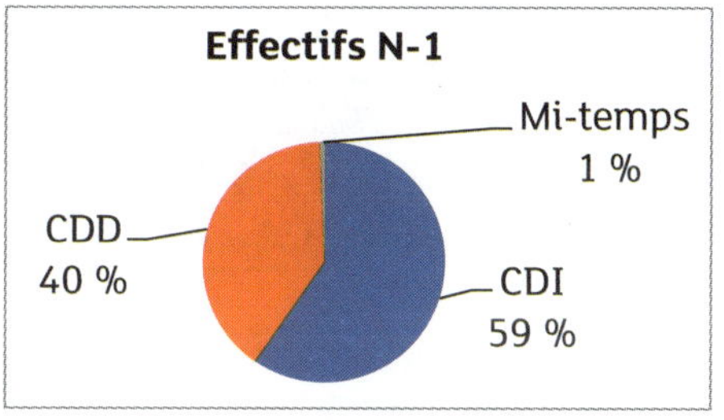

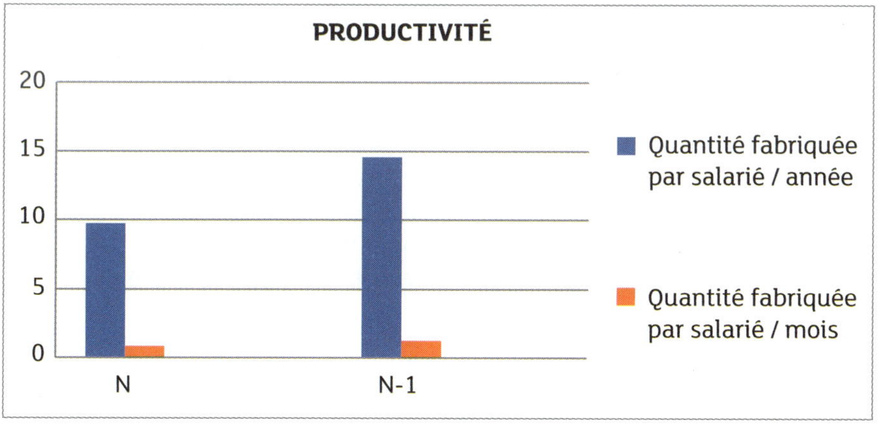

2 La rétribution de l'activité humaine

2.1 La rémunération

En échange de son activité (travail), le salarié reçoit une rémunération (salaire) dont les éléments de calcul sont indiqués sur sa fiche de paie.

a) Le salaire brut

Il est composé de différents éléments :

- **le salaire de base** : il est négocié entre l'entreprise et le salarié. Il doit être au moins égal :
  – au SMIC (salaire minimum interprofessionnel de croissance), qui est revalorisé chaque année par l'État,
  – au salaire minimal négocié dans la convention collective (accord entre les représentants d'employeurs et les représentants de salariés ; syndicats) dont dépend l'entreprise ;

Salaire de base = Taux horaire × 151,67 heures/mois*

$$* \frac{35 \text{ h/semaine} \times 52 \text{ semaines/an}}{12 \text{ mois}}$$

- **les primes** : gratifications financières (ex. : prime d'ancienneté, de 13e mois) ;
- **les avantages en nature** : gratifications non financières (ex. : repas, voiture) ;
- **les heures supplémentaires** : temps de travail dépassant les 35 heures. Ces heures sont majorées → 25 % pour les 8 premières heures et 50 % pour les suivantes.

Salaire brut = Salaire de base + Primes
+ Avantages en nature + Heures supplémentaires

b) Le salaire net

C'est le salaire réellement perçu par le salarié. En effet, il faut déduire du salaire brut les cotisations sociales salariales (cotisations retraite, maladie, chômage...) et le prélèvement à la source (taux de prélèvement de l'impôt sur le revenu).

Salaire net = Salaire brut – Cotisations sociales

2.2 Le coût du travail

En plus du salaire brut, l'employeur verse aux organismes sociaux des cotisations sociales patronales qui augmentent le coût du travail.

Coût du travail = Salaire brut + Cotisations sociales patronales
ou = Salaire net avant prélèvement à la source
+ Cotisations sociales salariales + Cotisations sociales patronales

S'entraîner

Exercice — Étude d'une fiche de paie

Travail à faire

Étudiez la fiche de paie de Mme Louise Panette (document).

1. Comment a été calculé le salaire de base ?
2. Comment a été calculé le salaire brut ?
3. Relevez les montants de cotisations salariales et patronales.
4. Quelle est la somme perçue par la salariée ?
5. Quel est le coût total supporté par l'employeur ?

Corrigé p. 208

Document — Fiche de paie de Mme Panette

BULLETIN DE SALAIRE

Agence Centuri
Rue du Rome
20600 BASTIA
Période : **Janvier N**

Louise Panette
Poste : Assistante commerciale
N° SS : 2923423494879

	Base calcul	Taux	Montant
Salaire de base	151,67 h	12,00	1 820,04
Prime			200,00
Heures supplémentaires à 25 %	3,00 h	15,00	45,00
Heures supplémentaires à 50 %			
Avantages en nature			50,00
Salaire brut			**2 115,04**

Type de cotisations	Part salariale			Part patronale	
	Base calcul	Taux	Retenues	Taux	Retenues
Santé	2 115,04			15,15 %	320,43
Accident du travail-Maladie professionnelle	2 115,04			1,30 %	27,50
Retraite	2 115,04	11,30 %	239,00	16,46 %	348,14
Famille	2 115,04			3,45 %	72,97
Chômage	2 115,04			4,20 %	88,83
CSG-CRDS (1)	2 078,03	9,70 %	201,57		
Total des cotisations			**440,57**		**857,86**
– Avantages en nature					
Salaire net à payer avant impôt sur le revenu			**1 674,47**		
Prélèvement à la source			2 %	Paiement au 31/01/N	
SALAIRE NET À PAYER			**1 640,98**		

(1) Base de calcul de la CSG-CRDS = 98,25 % du brut pour ce bulletin

7 Les données, informations et nouvelles sources de données

1 Les données, l'information et la connaissance

Les **données** sont des éléments « bruts » : chiffres, lettres, mots, schémas, symboles... Une donnée seule n'a pas de sens, mais elle peut être manipulée et traitée. Ainsi, en regroupant plusieurs données, il est possible d'obtenir une **information**. Celle-ci, selon le contexte, apportera du sens aux données, une signification. L'interprétation des informations par un individu améliorera sa **connaissance**.

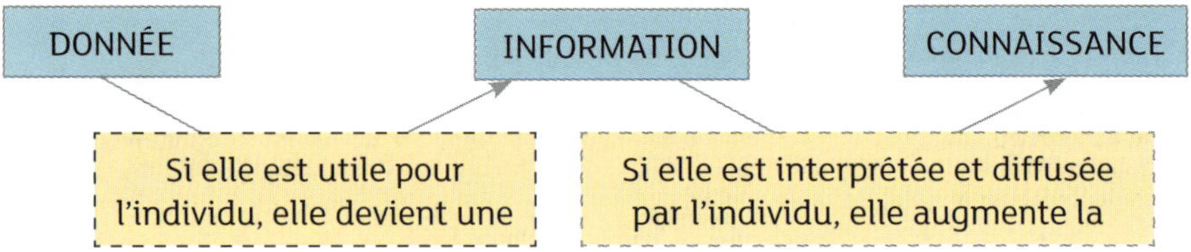

Exemple → Score 3 – 2 : donnée.
L'équipe a gagné à domicile 3 buts contre 2 : information.
L'équipe a gagné mais elle n'avait qu'un but d'avance, elle doit s'entraîner davantage : connaissance.

2 La valeur de l'information

L'information est très utile dans l'organisation. Elle a un rôle prépondérant :
– elle permet les prises de décision, limite les risques ;
– elle facilite la communication interne (au sein de l'organisation) et externe (avec ses partenaires) ;
– elle assure la collaboration et la coordination entre les individus de l'organisation.

On dit qu'une information est de qualité (valeur) lorsqu'elle respecte les conditions suivantes :

Elle est **fiable** : sûre et exacte.	Elle est **pertinente** : s'adapte aux besoins des utilisateurs.	Elle est **actuelle** : récente.	Elle est « **rentable** » : les coûts liés à sa recherche et son traitement ne sont pas trop élevés.

Exemple → Une information extraite d'un blog n'est pas une information de qualité : elle n'est pas fiable.

3 Les nouvelles sources de données

Avec l'usage des nouveaux outils de communication (ex. : réseaux sociaux), de nouvelles données et sources de données sont apparues : les données à caractère personnel, le big data et l'open data.

3.1 Les données à caractère personnel (DCP)

Les données à caractère personnel (DCP) permettent d'identifier directement ou indirectement une personne physique.

Exemples → Nom, prénom, adresse, numéro de téléphone... sont des données permettant d'identifier directement une personne.

Le règlement général sur la protection des données (RGPD) protège les individus dont les DCP sont collectées et détenues par l'organisation. Il prévoit notamment :
– qu'aucune donnée ne peut être collectée sans le consentement de la personne ;
– que, lors de la collecte de données, l'individu doit être informé de l'utilité des données collectées ;
– que chaque individu doit avoir accès aux données collectées le concernant, pouvoir les récupérer, les supprimer ;
– que les données doivent être protégées.

3.2 Le big data (mégadonnées)

Le big data désigne des données numériques très volumineuses : courriels échangés, images, données liées au commerce électronique, échange de données sur les réseaux sociaux... Il représente une source nouvelle d'information pour beaucoup d'entreprises : l'analyse de ces mégadonnées permet de prendre des décisions et d'améliorer leurs performances.

Exemple → Netflix analyse les choix de ses utilisateurs pour cibler son offre.

3.3 L'open data (données ouvertes)

L'open data désigne des données librement accessibles, pouvant facilement être exploitées et réutilisées par tous. Ce sont des données non personnelles provenant le plus souvent des organisations publiques.

Exemple → L'application de la SNCF permet d'obtenir des données sur le trafic en temps réel.

S'entraîner

Exercice 1 Information et connaissance

Travail à faire

1. Identifiez des données dans le document.
2. Quelle(s) information(s) permettent-elles de mettre en évidence ?
3. Que pouvez-vous en déduire sur la situation du magasin d'Albi ?

Corrigé p. 209

Document Comparaison des ventes dans les magasins d'Albi et de Toulouse

État des ventes – 18/01/N

	Magasin Albi	Magasin Toulouse
Menuiseries, portes	2 300 €	8 510 €
Menuiseries, fenêtres	4 540 €	14 390 €
Salle de bains et WC	500 €	4 500 €
Rangements	3 300 €	2 300 €

Exercice 2 Le RGPD

Travail à faire

1. Rappelez ce qu'est le RGPD.
2. Identifiez, dans le document, les raisons pour lesquelles Facebook a été sanctionné par la CNIL.

Corrigé p. 209

Document Amende infligée à WhatsApp pour non-respect du RGPD

Facebook Inc., maison mère de WhatsApp, vient de se faire taper sur les doigts pour ne pas avoir suffisamment informé ses utilisateurs européens du sort réservé à leurs données personnelles collectées par la messagerie. Une remontrance qui s'accompagne d'une amende de 225 millions d'euros, assez significative bien que modeste à l'échelle d'un tel groupe (cela ne représente que 0,8 % du chiffre d'affaires annuel de Facebook en 2020).
C'est l'Ireland Data Protection Commission, représentante des Cnil européennes, qui a annoncé la sentence, regrettant que malgré ses relances WhatsApp n'ait pas daigné mettre en place les changements nécessaires pour améliorer l'information fournie à ses utilisateurs sur la collecte et l'utilisation de leurs données. L'organisme a notamment pointé du doigt les échanges de données effectifs entre WhatsApp et les autres unités du groupe Facebook. Une enquête est en cours depuis de longs mois.

Document (suite)

[…] Désormais, WhatsApp a trois mois pour se mettre en conformité avec les règles du RGPD, ce qui passera par un nouvel effort de transparence quant à l'exploitation qui est faite des données personnelles collectées, et l'ajout de précisions dans les conditions générales d'utilisation. WhatsApp devra porter une attention toute particulière à la documentation de l'utilisation qui peut être faite des numéros de téléphone, identifiants principaux de ses utilisateurs. […]

www.lesnumeriques.com, 2 septembre 2021.

Exercice 3 L'open data de la Ville de Paris

Travail à faire

1. Quelle est la particularité du site présenté dans le document ?
2. Identifiez les thématiques de données proposées par le site.
3. En vous connectant au site, cliquez sur la thématique « Mobilité Et Espace Public ». À qui sont destinées ces données ?
4. Ces données peuvent-elles être réutilisées par d'autres organisations ?

Corrigé p. 209

Document Extrait du site de la Ville de Paris

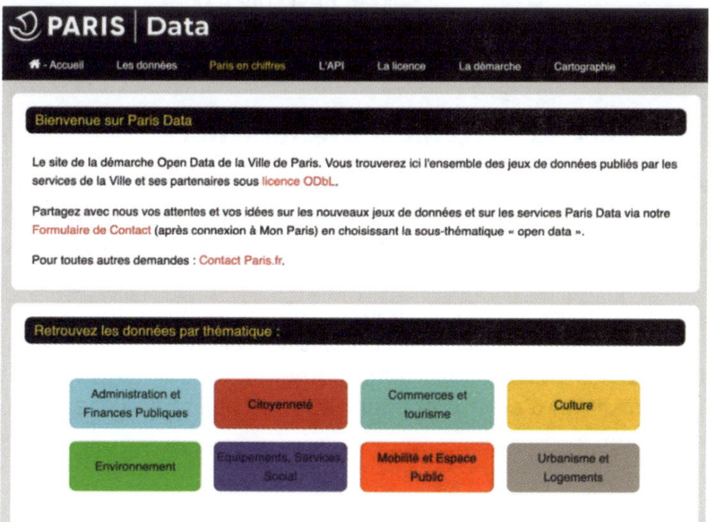

https://opendata.paris.fr/pages/home/

8 Le système d'information

1 La définition du système d'information

Le système d'information permet le partage et la diffusion des informations entre les acteurs au sein de l'organisation.
C'est un ensemble organisé de :

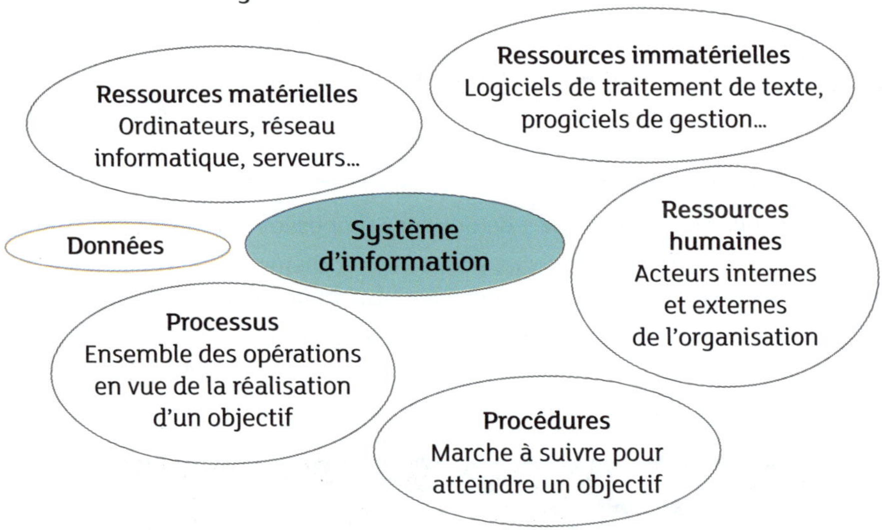

2 Les fonctions du système d'information

Le système d'information (SI) permet :
① d'acquérir les informations : elles sont collectées puis saisies dans le SI ;
② de les mémoriser : elles sont stockées à l'aide d'outils tels que les bases de données, les fichiers informatiques… ;
③ de les traiter : le SI les transforme pour qu'elles deviennent utiles ;
④ de les diffuser : le SI les fait circuler vers les acteurs qui en ont besoin.
Ainsi, le SI facilite les prises de décision, coordonne les différentes activités et permet à l'organisation d'avoir une information fiable, rapide et ainsi d'améliorer sa performance.

S'entraîner

Exercice — Le système d'information d'une agence immobilière

Travail à faire

Identifiez l'ensemble des éléments constituant le système d'information de l'agence immobilière (document).

Corrigé p. 209

Conseil

Présenter le système d'information sous la forme d'un schéma :

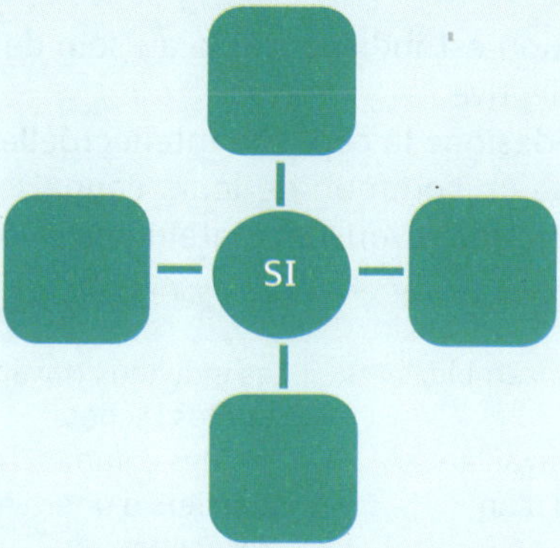

Document Agence immobilière DuParc

Pour trouver des informations sur l'ensemble des biens immobiliers disponibles sur le marché, les commerciaux de l'agence DuParc comptent sur la notoriété de l'agence dans la région. Cela leur permet de recevoir des appels de propriétaires souhaitant vendre leurs biens.
Pour traiter ces appels et les informations qui en découlent (coordonnées des propriétaires, adresses et caractéristiques des logements…), une base de données (qui permet également de stocker les informations saisies par les commerciaux) facilite leur travail. Exemple : si un potentiel client acquéreur recherche un appartement de type 3 situé dans le 3e arrondissement de la ville, le commercial n'aura qu'à saisir ces critères pour connaître tous les biens disponibles à la vente. Il n'aura plus qu'à imprimer les fiches de ces biens.
Toutes ces informations sont donc stockées sur le serveur de l'agence, avec, en sus, une copie papier de chaque fiche stockée dans des classeurs.
Pour se faire connaître et communiquer sur ses biens disponibles, l'agence utilise divers supports : site Internet, bouche-à-oreille, réseaux sociaux, flyers, sites spécialisés.

9 Le partage de l'information

Mémoriser

Les technologies numériques et l'intelligence artificielle offrent à l'organisation de nouvelles formes de collaboration et de coopération qui facilitent le partage de l'information.

1 Le partage de l'information

Le partage de l'information est indispensable au sein de l'organisation, car il facilite l'intelligence collective.
L'intelligence collective désigne la capacité intellectuelle d'un ensemble d'individus, issue de la mise en commun de leurs connaissances mutuelles. La collaboration et la coopération favorisent l'intelligence collective :

Collaboration	Coopération
Les individus travaillent ensemble, sans se répartir les tâches. Ex. : deux commerciaux travaillent ensemble à l'organisation d'un événement commercial.	Les individus travaillent en se répartissant les tâches. Ex. : des commerciaux se répartissent les quartiers d'une ville dans le cadre d'une prospection.

2 Les outils numériques

Les outils numériques (outils informatiques combinés à des réseaux d'entreprise et/ou Internet) facilitent le partage de l'information et l'e-communication.
Les outils facilitant la communication interne sont :
– le **système d'information** de l'entreprise (*cf.* fiche 8) ;
– le **réseau informatique de l'entreprise**, qui regroupe l'ensemble des outils matériels et immatériels permettant d'accéder à des ressources et de les partager au sein de l'organisation.
Ce réseau doit être protégé et sécurisé : des droits d'accès (lecture, écriture, modification, suppression) sont ainsi attribués à tous les utilisateurs selon leur rôle dans l'organisation. Les utilisateurs engagent leur responsabilité en signant la charte informatique de l'organisation.

Exemple → Le commercial peut écrire et modifier les informations d'une commande. Le magasinier peut seulement lire ces informations.

Les outils facilitant la communication externe sont :
– les **communautés en ligne**, qui correspondent à un groupe de personnes qui communiquent entre elles *via* Internet ;

Exemples → Mails, forums de discussion.

– les **réseaux sociaux**, qui sont des sites Internet, applications et plateformes permettant à un grand nombre de personnes de se réunir pour échanger sur un ou plusieurs sujets.

Exemples → Snapchat, Twitter.

Ces outils d'e-communication engendrent un gain de temps pour l'organisation et une meilleure efficacité.

3 L'intelligence artificielle

On désigne par « intelligence artificielle » (IA) l'ensemble des techniques informatiques et machines capables d'imiter l'intelligence humaine.
L'IA représente des enjeux considérables pour l'avenir des organisations :
– elle permet, *via* l'automatisation, de faire exécuter par des programmes ou machines des tâches peu rentables et répétitives initialement effectuées par des humains. L'organisation peut ainsi se recentrer sur des activités rentables, plus créatrices de valeur ;

Exemple → Les chatbots permettent aujourd'hui aux organisations de communiquer avec les clients pour répondre aux demandes les plus fréquentes.

– combinée à l'intelligence humaine, elle permet un gain de temps et une meilleure efficacité.

Exemples →
- IA dans le domaine de la santé : suivi des patients, robots chirurgiens, traitements personnalisés...
- IA pour le recrutement de salariés : sélection des candidats de façon objective, tri en fonction de critères...
- IA efficace pour détecter les fraudes et anomalies comptables et financières.

S'entraîner

Exercice **Le partage de l'information chez Decathlon**

Leader sur le marché, Decathlon a su développer une stratégie digitale permettant de satisfaire ses clients. Étiquette électronique, tablette tactile, site Internet, présence sur les réseaux sociaux sont quelques-uns des outils numériques qui lui permettent d'être encore plus proche des consommateurs.

Travail à faire

1. Selon vous, quels sont les enjeux de l'e-communication pour Decathlon ?
2. Montrez que Decathlon est présente sur les réseaux sociaux en précisant lesquels (document 1).
3. Montrez comment Decathlon utilise les communautés en ligne (documents 2 et 3).
4. Quels sont les enjeux de l'IA pour Decathlon (document 4) ?

Corrigé p. 210

Document 1 **Decathlon sur les réseaux sociaux**

Suivez-nous sur les réseaux sociaux !

You Tube

Document 2 **Extrait du site E CLUB de Decathlon**

DECATHLON | E CLUB

PROGRAMMES | COURS À LA DEMANDE | LE LIVE | EXERCICES | SÉANCES GRATUITES | TARIFS

LAISSEZ-VOUS GUIDER, ON PROGRAMME VOS SÉANCES !
Découvrez nos différents programmes sportifs en vidéo, conçus en fonction de votre objectif et de votre niveau (débutant, remise en forme, tonification…). Sélectionnez le programme de votre choix, et laissez-vous guider : suivez les séances proposées semaine après semaine !

PRATIQUEZ SANS CONTRAINTE EN LIVE OU À LA DEMANDE !
Avec plusieurs dizaines de cours en LIVE chaque semaine et plus de 1000 séances à la demande renouvelées régulièrement, vous avez l'embarras du choix selon votre envie sportive du jour. Ajustez votre programme sportif à votre agenda, et non l'inverse, que vous ayez 10 minutes ou 1H devant vous !

Document 3 Communauté en ligne cocreation.decathlon.fr

[Clients], co-créez avec nous les produits sportifs de demain · Partagez vos expériences sportives. Donnez-nous votre avis, rejoignez la *communauté* des cocréateurs.

https://cocreation.decathlon.fr/projects/727

Document 4 Decathlon avance à fond sur l'intelligence artificielle

À quoi ressemble l'horizon de l'intelligence artificielle [chez Decathlon] ? [...]

Personnaliser les communications

Grâce à une meilleure connaissance du sportif, l'enseigne sera en mesure d'une meilleure contextualisation des messages et des offres proposés à chaque sportif, poussant ainsi vers l'individualisation de la communication, que ce soit tant dans les produits, que les conseils ou les lieux de pratiques recommandés, toujours avec le consentement des sportifs.

Automatiser les tâches répétitives

L'utilisation de l'IA par les collaborateurs leur fera bientôt gagner du temps sur les tâches chronophages et répétitives. [...]

Optimiser les recommandations

L'IA offre aussi la possibilité d'adapter les recommandations, que ce soit pour un sportif ou un magasin donné. « *Ainsi, nous pourrons adapter les produits mis en avant pour chaque magasin ou la recommandation de conseils ou services spécifiques en fonction du profil de la personne* », précise Grégory Vanuynsberghe, Artificial Intelligence Project Leader pour Decathlon.

www.e-marketing.fr

10 Les processus

Mémoriser

1 Définition d'un processus

Un processus correspond à un ensemble d'opérations réalisées dans un ordre précis en vue de la réalisation d'un objectif. Chaque organisation adapte ses processus à ses activités. Ceux-ci peuvent être amenés à évoluer.

Exemples ➜ – Processus : d'achat, de vente, de gestion des ressources humaines, de gestion des absences...
– Opérations du processus d'achat : besoin de marchandises → rédaction du bon de commande (BC) → envoi du BC → réception des marchandises → signature du bon de livraison (BL) → remise du BL

2 Les natures des processus

Il est possible de distinguer les processus selon leur nature :

Processus opérationnels	Processus de gestion
Ils contribuent à la réalisation des produits correspondant au cœur de métier de l'organisation. Ex. : processus d'achat, de vente.	Ils contribuent au bon déroulement des processus opérationnels et permettent de gérer l'entreprise. Ex. : processus de gestion des ressources humaines.

3 La représentation d'un processus

Le modèle « événement-résultat » permet de représenter le processus selon une vision universelle simple. Il présente :
– les acteurs : acteurs internes qui participent à la production du résultat du processus et acteurs externes qui émettent ou reçoivent un résultat ;
– les événements : ce sont des flux d'informations. On parle d'événements déclencheurs (lorsqu'ils déclenchent une activité) et d'événements-résultats (qui sont les produits de l'activité) ;
– les activités : ensemble de tâches prises en charge par un acteur.

Exemple ➜ Représentation d'un processus d'achat :

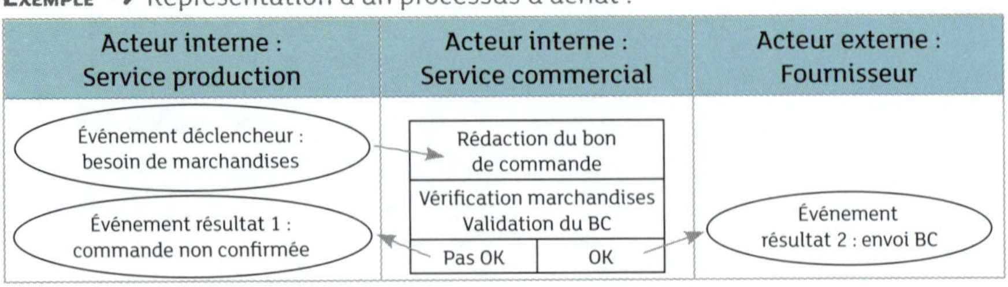

S'entraîner

Exercice La représentation d'un processus

Travail à faire

1. Représentez schématiquement le processus « Inscription des candidats » (document).
2. Précisez s'il s'agit d'un processus de gestion ou d'un processus opérationnel.

Conseil

Représenter le processus sous la forme d'un tableau :

Acteur	Acteur	Acteur

Corrigé p. 210

Document **Procédure d'inscription LaConduite**

L'auto-école LaConduite est située à Salon-de-Provence.

La procédure d'inscription des candidats souhaitant suivre une formation à l'école est la suivante :

① Pour constituer son dossier à LaConduite, le candidat doit se munir de :
- la photocopie de sa carte d'identité ;
- la photocopie de sa carte ASSR ;
- 5 photos d'identité ;
- le règlement des frais d'inscription (chèque, virement ou espèces).

② M. Dupont, assistant manager, vérifie les pièces du dossier. Si le dossier est complet, il procède à l'inscription du candidat.

③ Si le dossier est incomplet, M. Dupont envoie un mail de relance au candidat. Suite à ce mail, si le dossier est retourné complet, le règlement est transmis à Mme Dupuis, du service comptable.

11 Le système de gestion intégré (SGI)

Mémoriser

1 Définition et caractéristiques du SGI

Un système de gestion intégré est un système d'information qui permet, *via* un logiciel de type PGI (progiciel de gestion intégré, encore appelé ERP, *Enterprise Resource Planning*), de relier et de gérer l'ensemble des informations exploitées et transmises par les services opérationnels d'une entreprise.

Les caractéristiques d'un PGI sont les suivantes :

– il est constitué d'une base de données unique à toute l'entreprise ;

– il facilite la mise à jour automatique et en temps réel des informations et des données ;

– il facilite la sécurisation des données ;

– il est organisé en plusieurs modules (applications) : financier, commercial, approvisionnement, production, ressources humaines... Tous ces modules sont reliés entre eux ;

– il peut être utilisé par tous les salariés de façon simultanée ;

– il prévoit une disponibilité des données pour les salariés en fonction du module auquel ils ont accès (codes d'accès, droits...).

Exemple → Le service Magasin enregistre la sortie de marchandises de l'entreprise suite à une vente. Immédiatement, l'impact de cette sortie sur les stocks est transmis au service Approvisionnement, qui va pouvoir recommander des marchandises si les stocks sont insuffisants.

2 Les modules du SGI

2.1 Les modules ou applications

Chaque module du PGI est une application informatique créée pour faciliter la gestion de l'organisation. On parle d'application métier ou solution métier. Elle est créée selon les besoins spécifiques de l'entreprise, ses métiers, en tenant compte de son ou ses processus et permettant de les automatiser.

Exemple → Un restaurant utilise une application de gestion des menus : chaque achat de marchandises et chaque vente de menu entraînant des mouvements de stock, l'application permet d'éviter les ruptures de stock et le gaspillage.

2.2 Les autres modules du SGI

En fonction de son activité, l'entreprise peut associer d'autres modules à son SGI.

a) Les solutions e-commerce

Des solutions e-commerce, reliées au PGI de l'entreprise, lui permettent de gérer ses ventes sur Internet (panier, commandes, catalogue...).

Exemple → Une entreprise qui a relié son site d'e-commerce au module de gestion commerciale de son PGI dispose en temps réel des informations sur les commandes, les clients... Elle peut utiliser PrestaShop, une application permettant de créer une boutique en ligne.

Plutôt que d'utiliser une solution d'e-commerce, certaines entreprises passent par des places de marché (*marketplaces*).

Exemple → Amazon est une *marketplace* qui met en relation vendeurs et acheteurs.

b) Les systèmes de gestion industrielle

Les systèmes de gestion industrielle reposent sur un module central de type gestion de la production assistée par ordinateur (GPAO) ou MRP (*Manufacturing Resource Planning*), assurant essentiellement la gestion de la production et les activités liées à la production (achats, stocks...).
Ils facilitent également la planification de la production des entreprises industrielles afin de produire de façon efficace, tenir les délais, respecter des contraintes de qualité...

Exercice 1 Odoo, ERP gratuit

S'entraîner

Travail à faire

1. Étudiez les applications du progiciel Odoo proposées en exemple (document 1).
2. Le module du document 2 correspond à un extrait de l'une des applications du document 1. Repérez laquelle.
3. Connectez-vous au site https://www.odoo.com/fr_FR/trial et reproduisez le document 2 (bouton « Essai Gratuit »).

Corrigé p. 210

Document 1 Présentation de Odoo

Odoo est une solution proposant une vaste suite de modules permettant de s'adapter à toutes sortes et toutes tailles d'entreprises.

Vidéo : Découvrez Odoo
liennathan.fr/963jti

Ventes
Permet de suivre quotidiennement l'état des ventes et de gérer la création des devis en passant par la gestion des commandes et jusqu'à la livraison. Ce module prend également en compte la gestion catalogue et les prix des produits. Il permet aussi de gérer plusieurs points de vente, magasins et succursales.

Comptabilité
Donne accès à toutes les fonctionnalités nécessaires à la gestion comptable de l'entreprise. Il est possible de faire des plans comptables ou des multiplans comptables pour gérer plusieurs sociétés. Il permet de gérer la trésorerie et de créer des rapports. Également, l'utilisation de différentes devises est réalisable.

Achats
Permet de gérer facilement vos fournisseurs et votre chaîne logistique. Permet de gérer les appels d'offres, puis les workflows des commandes. Il est également possible de prévoir le réapprovisionnement et la réception des marchandises.

Ressources Humaines
Permet de gérer les effectifs humains de l'entreprise : recrutement, suivi des feuilles de temps et plannings des employées, gestion des congés, suivi des frais professionnels et bien d'autres fonctionnalités...

CRM
Permet de se concentrer principalement sur le client et sur le côté marketing. Permet de suivre des pistes, de conclure des affaires et élaborer des prévisions de vente.

Marketing
Permet la création de campagnes (mails, sms et autres) automatiques et ciblées. Segmentez votre base de données afin d'envoyer le bon message au bon prospect au bon moment.

https://www.digital4efficiency.ch/odoo

Document 2 Extrait d'un module Odoo

Exercice 2 Solution d'e-commerce *vs marketplace*

Travail à faire

1. Différenciez Cdiscount et JouéClub. Que constatez-vous ?
2. Quelle est la spécificité de la Fnac par rapport aux deux autres entreprises ?

Corrigé p. 210

Document

Extrait du site Cdiscount

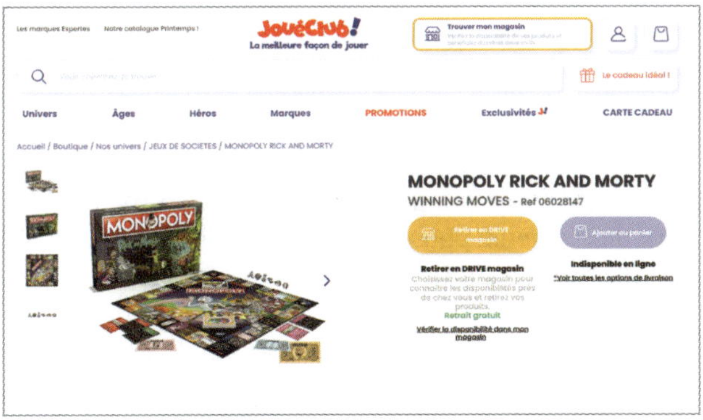

Extrait du site JouéClub

Extrait du site Fnac

12 Travail à distance et *cloud computing*

Mémoriser

1 Le travail à distance

Le travail à distance désigne le fait de réaliser une activité professionnelle en partie ou en totalité en dehors de l'entreprise. Il peut s'effectuer à domicile ou dans un espace de travail partagé (*coworking*), grâce à des outils de communication (ordinateur, Internet, smartphone...) permettant au salarié de rester relié à l'entreprise. On parle aussi de télétravail.

Exemple → Un commercial qui travaille dans une entreprise dont le siège social est à Lyon et dont les clients sont essentiellement dans le sud de la France peut prendre ses rendez-vous de son espace de *coworking* situé à Marseille.

Le travail à distance doit être distingué de la notion de mobilité, qui renvoie la capacité d'un individu à se déplacer. Ainsi, dans le cadre de la relation de travail, on peut distinguer :
– la mobilité géographique (ex. : changement de lieu de travail suite à une mutation) ;
– la mobilité professionnelle (ex. : changement de poste ou de grade) ;
– le travail en mobilité (ex. : commercial qui doit se déplacer).

2 Le *cloud computing*

Le *cloud computing*, ou informatique en nuage, désigne l'utilisation de ressources informatiques stockées sur des serveurs physiquement hors de l'entreprise et accessibles *via* Internet. Les données de l'entreprise, au lieu d'être stockées sur des disques durs, sont disponibles sur des serveurs accessibles par Internet.
Grâce au *cloud computing*, il est possible d'accéder aux applications et logiciels de l'entreprise de n'importe quel lieu grâce à une connexion Internet.
Le *cloud*, en améliorant la collaboration entre l'entreprise et ses partenaires, lui permet de **réduire ses coûts, d'accélérer ses innovations et d'être plus performante**.

Exemple → Le *cloud* facilite le travail à distance puisque le salarié peut stocker en ligne toutes les données produites dans le cadre de son travail, partager ses documents avec ses collègues, accéder aux applications et logiciels de l'entreprise à distance...

Des *clouds* peuvent être utilisés par les entreprises mais aussi par les particuliers, en dehors de toute activité professionnelle.

Exemple → Google Drive permet un stockage en ligne et utilise les applications *cloud* Google Docs, Google Sheets et Google Slides.

S'entraîner

Exercice 1 Le développement du télétravail

Travail à faire

À partir de la vidéo (document), identifiez les intérêts et les risques liés au télétravail.

Corrigé p. 211

Document

Vidéo : Le télétravail est-il efficace ?
liennathan.fr/x56b2z

Exercice 2 Le *cloud* sur un petit nuage

Travail à faire

1. Repérez, dans le document, les partenariats entre les entreprises et les fournisseurs de services de *cloud computing*.
2. Selon vous, quel est l'intérêt pour les entreprises de nouer des partenariats de ce type ?

Corrigé p. 211

Document Pourquoi le *cloud* plane sur un « nuage » ?

Plus aucun secteur n'échappe au phénomène du *cloud computing*. Il y a quelques jours, le monde de l'automobile apprenait la signature d'un partenariat entre Amazon et Stellantis pour le stockage en ligne des données générées par les véhicules connectés. L'autre Français de la voiture, Renault, avait, lui, choisi l'informatique en ligne de Google un an plus tôt, tout comme LVMH dans le luxe plus récemment ou Carrefour dans la distribution. L'assureur AXA travaille en Allemagne et en Italie avec Microsoft dans la santé. Dans la banque, Société Générale a commencé a migré quelques données sur les *clouds* de Microsoft et Amazon et travaille avec le Français OVHcloud.
Bien mal nommé « nuage informatique », le métier n'est pas glamour. Rien ne se passe dans le ciel mais plutôt dans les salles climatisées et sans fenêtres de vastes bâtiments bétonnés appelés « *data centers* ». Mais l'installation et la mise en location de millions de serveurs informatiques rapportent gros. […]

Florian Dèbes, *Les Echos*, 14 janvier 2022.

13 La valeur ajoutée

Mémoriser

Dans le cadre de son activité, l'entreprise crée différentes formes de valeur, dont la valeur ajoutée.

1 La valeur ajoutée

1.1 Définition et principe

Définition : la valeur ajoutée correspond à la richesse créée par l'entreprise dans le cadre de son activité.

Principe : pour produire et vendre, l'entreprise réalise des achats auprès de ses fournisseurs (matières premières, marchandises, fournitures, loyer...). Ces achats sont appelés « consommations intermédiaires ». L'entreprise va ajouter une valeur à ses consommations dans le cadre de son activité, lui permettant ainsi de les vendre plus cher. Cette valeur est donc « ajoutée ».

1.2 La création de valeur selon l'activité de l'entreprise

Une entreprise peut avoir une activité :

– industrielle : elle achète des matières premières, les transforme et vend des produits finis ;

Exemple → Un fabricant de pièces automobiles.

– commerciale : elle achète des marchandises et les revend sans transformation ;

Exemple → Un vendeur de voitures.

– prestataire de services : elle vend un savoir-faire.

Exemple → Un garagiste.

Ce sont les entreprises industrielles qui créent le plus de valeur ajoutée : elles transforment les matières premières en produits finis.

Les entreprises commerciales et prestataires de services, même si elles ne transforment pas les marchandises qu'elles revendent, créent aussi de la valeur ajoutée (mais dans une moindre proportion) puisqu'elles mettent les marchandises à la disposition des clients, proposent des conseils...

1.3 Le calcul de la valeur ajoutée

Afin de calculer la valeur ajoutée, il est nécessaire de repérer les consommations intermédiaires de l'entreprise dans l'ensemble de ses charges.

Les **consommations intermédiaires** correspondent aux achats réalisés auprès des fournisseurs. Il s'agit des achats de marchandises et/ou de matières premières et des « autres charges externes ». Les autres charges externes correspondent aux frais de transport, d'énergie, d'assurance, de loyer, d'honoraires de publicité...

Il est possible de les distinguer des autres charges à l'aide du document associé à l'achat : la facture.

Exemple ➜ Achat de matières premières → facture du fournisseur → consommations intermédiaires.
Paiement des salariés → fiche de paie → ce n'est pas une consommation intermédiaire.

Calcul de la valeur ajoutée :

Valeur ajoutée = Chiffre d'affaires – Consommations intermédiaires

2 Le partage de la valeur ajoutée

L'entreprise réalise des opérations avec ses partenaires : clients, fournisseurs, État, banques...

2.1 La répartition de la valeur ajoutée entre les partenaires

La valeur ajoutée (VA) permet de rémunérer les partenaires de l'entreprise qui ont contribué à la faire fonctionner : l'État (par le biais des impôts et taxes), les salariés (*via* les salaires) et les banques (au moyen des intérêts sur les emprunts), dans un premier temps. Si l'entreprise réalise des bénéfices, les associés ou actionnaires sont aussi rémunérés (par les dividendes) ainsi que l'entreprise (amortissements et réserves).

Exemple ➜

Chiffre d'affaires : 1 000
Consommations intermédiaires : 600 } VA : 1 000 – 600 = 400

VA	400	
Impôts et taxes	40	→ État
Salaires	200	→ Salariés
Intérêts bancaires	25	→ Banque
Amortissements	90	→ Entreprise
Bénéfice	45	→ Entreprise / → Associés/actionnaires

2.2 Les attentes contradictoires des partenaires

Chaque partenaire de l'entreprise souhaite obtenir une part la plus importante possible de VA :
– les salariés : des augmentations de leur rémunération ;
– les associés : des hausses de dividendes ;
– les dirigeants : des mises en réserve pour financer les projets futurs.
Ces attentes sont contradictoires.

Exemple ➜ Une hausse des salaires réduit le bénéfice et donc les dividendes ou les réserves.

L'entreprise devra donc faire des compromis pour satisfaire au mieux les différents partenaires.

S'entraîner

Exercice 1 La rémunération des partenaires de l'entreprise

Travail à faire

Reliez chaque partenaire de l'entreprise à la rémunération qu'il perçoit.

Corrigé p. 211

Associé •	• Réserves
Salarié •	• Intérêts
État •	• Impôts et taxes
Banque •	• Dividendes
Entreprise elle-même •	• Salaire
	• Amortissements

Exercice 2 Le calcul et la répartition de la valeur ajoutée

Travail à faire

1. Identifiez les consommations intermédiaires de l'entreprise Audier (document).
2. Calculez la valeur ajoutée créée.
3. Calculez le bénéfice.
4. Calculez, en valeur et en pourcentage, la part de la valeur ajoutée dont a bénéficié chaque partenaire de l'entreprise Audier.

Conseil

Ne pas hésiter à faire une fiche maths et y inscrire :
« En valeur » = en euros

$$\text{« En pourcentage »} = \frac{\text{Part attribuée à un partenaire}}{\text{Valeur ajoutée}} \times 100$$

5. Présentez la répartition de la valeur ajoutée dans un tableau :

	En valeur	En pourcentage
Rémunération État		
Rémunération Banques		
Rémunération Salariés		
Rémunération Entreprise		
Rémunération Associés		

Corrigé p. 211

Document Données de l'entreprise Audier, année N

Année N
Ventes de produits finis : 967 890 €
Charges de l'entreprise Audier :
Achats de matières premières .... 381 567 €
Autres achats et charges externes (primes d'assurance, honoraires de l'expert-comptable, publicité, frais postaux, frais de transport) .... 184 321 €
Impôts .... 58 965 €
Charges de personnel .... 216 000 €
Intérêts bancaires .... 35 654 €
Amortissements .... 34 567 €
Extrait de l'assemblée générale ordinaire des associés :
« Les associés décident de verser la moitié des bénéfices sous forme de dividendes. »

Exercice 3 Les compromis lors de la répartition de la valeur ajoutée

Travail à faire

Expliquez pourquoi, suite à la crise sanitaire, les entreprises citées dans le document ont dû envisager une baisse des dividendes versés et/ou des rémunérations des dirigeants.

Corrigé p. 212

Document Dividendes ou rémunérations ?

Dividendes, rémunérations des patrons… Face à l'impact massif de la pandémie de coronavirus sur leurs comptes, de nombreuses multinationales […] réduisent temporairement les salaires de leurs dirigeants ou les dividendes à verser – quand elles ne les suppriment pas ! […]

Accor
Le groupe hôtelier a renoncé le 2 avril [2020] à verser les 280 millions d'euros de dividendes initialement prévus. Il va allouer 25 % de cette somme, soit 70 millions d'euros, à un fonds destiné à ses salariés et « préserver » les 210 millions restants.

Airbus
L'avionneur a annulé le 23 mars le versement de dividendes à ses actionnaires […].

Sodexo
Les dirigeants du numéro deux mondial de la restauration collective ont renoncé à une partie de leur rémunération pour financer un fonds d'aide de 30 millions d'euros destiné à ses salariés ayant perdu leur emploi, a annoncé le groupe le 2 avril.

www.capital.fr, 22 avril 2020.

14 La valeur financière, actionnariale, boursière et partenariale

Mémoriser

Dans le cadre de son activité, l'entreprise crée de la valeur financière, actionnariale, boursière et partenariale.

1 La valeur financière

1.1 La valeur financière fondée sur le revenu : le résultat comptable

Le compte de résultat présente l'activité de l'entreprise sur un exercice comptable (période de 12 mois consécutifs). Il regroupe l'ensemble des **charges** (opérations qui appauvrissent l'entreprise) et des **produits** (opérations qui l'enrichissent).
Il permet de calculer le résultat comptable : produits – charges de l'exercice :
- s'il est positif, on parle de bénéfice ;
- s'il est négatif, on parle de perte.

Exemple → Compte de résultat de l'entreprise Panisse :

COMPTE DE RÉSULTAT DE L'EXERCICE					
CHARGES	N	N-1	PRODUITS	N	N-1
CHARGES D'EXPLOITATION			PRODUITS D'EXPLOITATION		
Achats de marchandises	55 000	54 000	Ventes de marchandises	140 000	141 000
Achats de matières premières	820 000	910 000	Production vendue de B&S	2 800 000	2 890 000
Autres achats (fournitures, énergie...)	400 000	410 000			
Impôts, taxes	92 000	92 000			
Salaires et charges sociales	1 250 000	1 170 000			
Amortissements	190 000	180 000			
TOTAL CHARGES D'EXPLOITATION	2 807 000	2 816 000	TOTAL PRODUITS D'EXPLOITATION	2 940 000	3 031 000
CHARGES FINANCIÈRES			PRODUITS FINANCIERS		
Intérêts des emprunts	48 000	40 000	Intérêts perçus		
TOTAL CHARGES FINANCIÈRES	48 000	40 000	TOTAL PRODUITS FINANCIERS		
CHARGES EXCEPTIONNELLES			PRODUITS EXCEPTIONNELS		
Amendes, dons...	30 000		Vente d'immobilisations	35 000	
TOTAL CHARGES EXCEPTIONNELLES	30 000	0	TOTAL PRODUITS EXCEPTIONNELS	35 000	0
TOTAL CHARGES	2 885 000	2 856 000	TOTAL PRODUITS	2 975 000	3 031 000
Bénéfice (Bénéfices N et N-1)	90 000	175 000	Perte		
TOTAL GÉNÉRAL	2 975 000	3 031 000	TOTAL GÉNÉRAL	2 975 000	3 031 000

Dans le compte de résultat, il peut être utile de distinguer les opérations d'exploitation (activité courante), financières et exceptionnelles (non liées à l'activité habituelle de l'entreprise). Cette distinction facilite l'analyse du résultat comptable.

Exemple (suite) ➜ Résultat d'exploitation N : 2 940 000 – 2 807 000 = 133 000 (L'activité de l'entreprise, ce pour quoi elle a été créée, lui permet de dégager des bénéfices.)
Résultat financier N : 0 – 48 000 = – 48 000 (L'entreprise paye des intérêts.)
Résultat exceptionnel N : 35 000 – 30 000 = 5 000

1.2 La valeur financière fondée sur le patrimoine : les capitaux propres

Le bilan comptable présente le patrimoine de l'entreprise à une date (fin de l'exercice comptable le 31/12/N). Il est, comme le compte de résultat, obligatoirement établi par l'entreprise une fois par an.

- L'**actif** regroupe les biens possédés par l'entreprise sur le long terme (actif immobilisé – ex. : machines, constructions) ou le court terme (actif circulant). On parle d'EMPLOIS.

L'actif est présenté en trois colonnes :
– la colonne « Brut » : valeur d'origine des biens à leur acquisition ;
– la colonne « Amortissement » : somme des pertes de valeur probables des biens depuis leur acquisition ;
– la colonne « Net » : valeur des biens au 31/12 (« Brut » – « Amortissement »).
Les disponibilités correspondent aux sommes détenues par l'entreprise en banque (en trésorerie).

- Le **passif** regroupe les RESSOURCES financières ayant permis de financer l'actif : capitaux propres (apports des associés ou actionnaires, réserves et résultat comptable), emprunts et dettes.

Exemple ➜ Bilan de l'entreprise Panisse :

Bilan au 31/12							
ACTIF				PASSIF			
	N			N-1		N	N-1
	Brut	*Amort.*	Net	Net			
Actif immobilisé					Capitaux propres		
Immobilisations incorporelles	66 300	*1 200*	65 100	64 000	Capital	150 000	150 000
Immobilisations corporelles	362 700	*90 000*	272 700	260 000	Réserves	60 000	55 000
Immobilisations financières			0		Résultat de l'exercice	90 000	175 000
	429 000	*91 200*	337 800	324 000	Patrimoine N et N-1	300 000	380 000
Actif circulant					Dettes		
Stocks	93 000		93 000	123 000	Emprunts et dettes	156 000	145 000
Créances	79 000		79.000	97 000	Dettes fournisseurs	34 000	30 000
Disponibilités	25 200		25 200	54 000	Autres dettes	45 000	43 000
	197 200	*0*	197 200	274 000		235 000	218 000
TOTAL	626 200	*91 200*	535 000	598 000	TOTAL	535 000	598 000

Le total des capitaux propres correspond à la valeur du patrimoine de l'entreprise, et donc à la valeur financière de l'entreprise.

Patrimoine net = Total Actif net – Total Emprunts et dettes

Exemple → Patrimoine net de l'entreprise Panisse, année N :
535 000 – 235 000 = 300 000 €
⇒ Capitaux propres : 300 000 €

2 La valeur actionnariale

La valeur actionnariale correspond à la valeur des actions pour les associés ou actionnaires. Elle est évaluée en fonction des dividendes qu'ils perçoivent sur la quantité d'actions qu'ils possèdent.
C'est le dirigeant qui propose chaque année aux actionnaires la répartition des bénéfices versés sous forme de dividendes. Le reste est mis en réserves.

Exemple → Résultat N de l'entreprise Panisse : 90 000 €
Sur les 90 000 €, le dirigeant propose de verser 80 000 € aux actionnaires → augmentation de la valeur actionnariale, et de laisser 10 000 € en réserves → augmentation de la valeur financière.

3 La valeur boursière

La **valeur boursière** correspond à la valeur estimée des actions sur le marché boursier (cotation). Elle résulte de la confrontation de l'offre et de la demande d'une action. Elle n'est donc calculée que pour les entreprises cotées en Bourse (marché boursier).
La **capitalisation boursière** correspond à la valeur qu'aurait l'entreprise si l'ensemble de ses actions était échangeable en Bourse.

Capitalisation boursière = Cotation d'une action × Nombre d'actions qui composent le capital de l'entreprise

Exemple → Valeur boursière de l'entreprise Panisse
Capital de 150 000 € composé de 15 000 actions de 10 € l'une (valeur à la création de l'entreprise). Cotation de l'action au 31/12/N : 17 € (valeur au cours de la Bourse).
Capitalisation boursière : 17 € × 15 000 = 255 000 €

4 La valeur partenariale

La valeur partenariale correspond à la valeur de l'entreprise pour l'ensemble de ses partenaires (clients, fournisseurs, salariés, actionnaires), liée à une bonne relation contractuelle. Elle peut se traduire par des gains pour l'entreprise, mais également pour ses partenaires.

Exemples →
– Les fournisseurs qui sont prêts à vendre à un prix inférieur pour s'assurer une relation durable avec l'entreprise.
– Les salariés ayant un salaire moyen supérieur à celui des autres entreprises du secteur qui sont enclins à rester dans l'entreprise et à être performants.
– Les clients qui vont acheter un bien à un prix inférieur à celui qu'ils étaient prêts à payer : ils bénéficient d'une non-dépense qui permettra à l'entreprise de les fidéliser.

S'entraîner

Exercice — La valeur financière fondée sur le patrimoine

Travail à faire

1. Calculez la valeur du patrimoine de l'entreprise en N et en N-1 (document). Détaillez vos calculs. Commentez.
2. Comparez la valeur nette des immobilisations corporelles N et N-1. Que constatez-vous ?
3. Comment ont évolué les postes « Emprunts », « Immobilisations corporelles » et « Disponibilités » ? Que s'est-il passé, selon vous ?

Corrigé p. 212

Document Bilan au 31/12/N d'une entreprise de maçonnerie

ACTIF	Exercice N			Exercice N-1	PASSIF	Exercice N	Exercice N-1
	Brut	*Am.*	Net	Net			
ACTIF IMMOBILISÉ					CAPITAUX PROPRES		
Immobilisations incorporelles					Capital social	5 000	5 000
Immobilisations corporelles					**Réserves**	51 374	32 967
Terrains					Résultat de l'exercice	**39 204**	**189 368**
Constructions							
Install. tech., mat. et out. industriels	19 873	*19 002*	871	1 250			
Autres immobilisations corporelles	20 952	*3 482*	17 470				
Immobilisations financières	2 000	*0*	2 000	2 000			
Total	**42 825**	***22 484***	**20 341**	**3 250**	Total	**95 578**	**227 335**
ACTIF CIRCULANT							
Stocks					DETTES		
Mat. premières et approv.	99 562	*1 000*	98 562	25 365	**Dettes financières**		
Produits intermédiaires et finis					Emprunts auprès des ét. de crédit	63 076	52 000
Marchandises							
Créances d'exploitation					**Dettes d'exploitation**		
Clients et comptes rattachés	357 292	*0*	357.292	384 524	Dettes fourn. et comptes rattachés	235 425	125 025
Autres créances	33 117	*0*	33 117	27 125	Dettes fiscales et sociales	115 282	63 445
Valeurs mobilières de placement					Autres dettes		
Disponibilités	49	*0*	49	27 541			
Total	**490 020**	***1 000***	**489 020**	**464 555**	Total	**413 783**	**240 470**
TOTAL GÉNÉRAL	**532 845**	***23 484***	**509 361**	**467 805**	TOTAL GÉNÉRAL	**509 361**	**467 805**

15 La valeur perçue

Mémoriser

1 La valeur perçue

La valeur perçue est la valeur d'un bien ou d'un service dans l'esprit du consommateur : c'est le prix maximal qu'il est prêt à payer pour l'obtenir. Elle dépend des avantages attendus et des sacrifices consentis pour son achat.
– Avantages attendus : facilité d'utilisation du produit, utilisation sans risque, apports pour la santé, appartenance à un groupe.
– Sacrifices consentis : prix à payer, effort consenti (ex. : se priver d'un loisir), temps employé pour acquérir le produit.

Exemple ➔ Certaines personnes sont prêtes à payer un prix élevé pour un iPhone et ce même si elles doivent faire des sacrifices.

⇒ La valeur perçue est basée sur des éléments objectifs (ex. : qualité du produit), mais aussi sur des éléments subjectifs (ex. : image de marque).

2 Les indicateurs de mesure de la valeur perçue

Les indicateurs de mesure de la valeur perçue peuvent être :
– l'**image de marque** : représentation que se fait le consommateur. Elle peut être positive, négative ou neutre ;
– la **notoriété** : degré de connaissance d'une marque par les consommateurs. Elle peut être spontanée (marque citée spontanément) ou assistée (marque reconnue dans une liste) ;
– la **satisfaction** : opinion d'un individu qui résulte de la comparaison entre ses attentes et son expérience de consommation.
Ces indicateurs peuvent être classés en :

Indicateurs quantitatifs	Indicateurs qualitatifs
Ils peuvent être mesurés à l'aide de chiffres. Ex. : taux de satisfaction	Ils portent sur la qualité du résultat. Ce sont plutôt des mots, des phrases. Ex. : qualité du service après-vente

3 L'influence du numérique sur la valeur perçue

Le numérique impacte l'e-réputation des entreprises :
– sur les réseaux sociaux (Facebook, Twitter, Instagram...), les communautés d'individus rédigent des commentaires et émettent des avis communautaires (positifs ou négatifs) sur l'entreprise ou la marque ;
– des indicateurs mesurent l'impact des publications de l'entreprise sur les réseaux : nombre d'abonnés, de partages, de « J'aime »...

S'entraîner

Exercice — La valeur perçue d'une automobile

Travail à faire

1. Identifiez les paramètres devant être pris en compte dans la fixation du prix d'une voiture (document).
2. Précisez si les éléments de la phrase soulignée sont objectifs et/ou subjectifs.

Corrigé p. 212

Document — Qu'est-ce qui fait le prix d'une voiture ?

Une automobile s'adresse à un marché, composé de segments sur lesquels rivalisent les modèles concurrents. Chacun observe donc la politique de prix pratiquée par ses challengers pour se positionner au mieux. Il n'est alors pas surprenant de constater que des modèles directement concurrents soient proposés à des prix similaires. […]

On en vient ici à la dimension psychologique du prix, fondée sur la valeur perçue selon l'image que l'on a de la marque, au-delà de la qualité perçue du produit. Le consommateur ne connaît pas les éléments financiers du prix ; il en est donc réduit à juger d'un prix en fonction des tarifs du marché et de la valeur qu'il accorde à la marque. <u>Il est prêt à payer plus cher s'il est convaincu que la différence lui apporte un avantage réel (caractéristiques produit ou service supplémentaire), ou imaginé (statut social, attributs de marques, appartenance à une communauté)</u>. Ces aspects sont irrationnels, même si le consommateur en argumente parfois ses motivations pour justifier de son choix. Ainsi, alors qu'elles partagent les mêmes plateformes et bon nombre de composants, une Audi se vend plus cher qu'une Volkswagen ou une Skoda (toutes appartiennent au groupe VW). […] Au final, la valeur que chacun accorde à un bien, et donc le prix qu'il estime, dépend de l'envie que l'on a de le posséder. Encore faut-il qu'il soit à vendre… […]

Pour autant, le prix se heurte à l'acceptation du consommateur. Celle-ci est logiquement fondée sur son pouvoir d'achat ; mais pas seulement. Le prix doit être également acceptable d'un point de vue « moral ». On peut accepter de payer cher en fonction des éléments constitutifs d'une marque et d'un modèle. […]

www.autonews.fr

16 La relation entre prix, coût, marge et charges

Mémoriser

Lorsqu'elle doit fixer le prix de vente d'un bien ou d'un service, l'entreprise doit tenir compte de ses coûts et des marges qu'elle espère réaliser.

1 Le coût et la marge

1.1 Le coût

Un coût correspond à un ensemble de charges. Les charges sont des opérations qui appauvrissent l'entreprise. Présentées dans le compte de résultat de l'entreprise, elles doivent donc être ventilées dans le produit considéré afin de calculer son « coût de revient ».

Coût de revient = Coût d'acquisition des matières premières + Coût de production du produit fini + Coût de distribution

Exemple → Dans le compte de résultat, le poste « Achats de matières premières » regroupe tous les achats de toutes les matières premières achetées pendant l'année par l'entreprise.
Dans le coût de revient d'un produit X, on ne prend en compte que les achats de matières premières ayant servi à fabriquer ce produit X (et pas les autres matières premières).

1.2 La marge

Une marge correspond à la différence entre un prix de vente et un coût.

Marge = Prix – Coût

On parle de marge commerciale (brute) et de marge nette :
Marge commerciale = Prix de vente HT – Prix d'achat des marchandises HT
Marge nette = Prix de vente d'un produit HT – Coût de revient du produit

2 Le prix

Le prix de vente d'un produit est fixé en fonction de son prix psychologique (prix accepté par l'ensemble des consommateurs), du prix proposé par les concurrents pour un produit similaire, des coûts supportés par l'entreprise et de la marge que celle-ci souhaite réaliser.

En fixant son prix, l'entreprise peut adopter diverses stratégies :
– de volume : elle souhaite augmenter ses quantités vendues ;
– de parts de marché : elle propose des prix plus bas que ses concurrents ;
– de rentabilité : elle augmente ses prix et donc ses marges ;
– d'image : elle propose des produits de meilleure qualité, haut de gamme.

Exemple → Louis Vuitton : produits de qualité → ↗ coûts → ↗ prix ⇒ stratégie d'image

S'entraîner

Exercice 1 Le coût de production

Travail à faire

1. Calculez les coûts global et unitaire de production des plats (document).
2. Calculez les coûts de revient global et unitaire.
3. Proposez un prix de vente HT permettant à l'entreprise de faire une marge de 30 % sur chaque plat vendu.
4. Calculez le prix de vente TTC (TVA à 20 %).

Corrigé p. 212

Document Informations nécessaires aux calculs de coûts

L'entreprise Le Petit Plat fabrique des petits plats de cuisine résistants aux chaleurs élevées.
Au cours du mois de mai, elle a fabriqué 8 000 plats.
Quelques chiffres concernant la fabrication des plats :
– 5 000 kg de matière A d'une valeur totale de 20 000 € ;
– 100 kg de matière B à 610 € ;
– 600 heures de main-d'œuvre de fabrication à 10 € ;
– 400 € des frais divers de fabrication.
La commercialisation et la distribution des plats ont nécessité 300 heures à 11 €.

Exercice 2 La relation entre prix et coût

Travail à faire

Proposez, pour chaque situation (document), un raisonnement présentant son impact sur l'entreprise.

Corrigé p. 213

Document Situations

Exemple : amélioration de la qualité des produits → ↗ coûts → ↘ marge ou ↗ prix
- Situation 1 : diminution du prix de vente → …
- Situation 2 : augmentation du prix de vente → …
- Situation 3 : augmentation des coûts suite à une rupture des approvisionnements → …

17 La performance de l'organisation

Mémoriser

1 Définitions

1.1 La performance globale

La performance d'une organisation peut être analysée dans ses différentes dimensions : sociale, environnementale, commerciale, financière. Lorsque l'entreprise est performante dans toutes ces dimensions, on parle de performance globale.

Différents indicateurs permettent d'apprécier cette performance ; ils sont à comparer dans le temps (années antérieures) et dans l'espace (organisations identiques). Ils peuvent figurer dans un tableau de bord, construit en fonction des besoins de l'organisation.

Exemple → Une entreprise qui souhaite analyser sa performance sociale peut construire un tableau de bord social contenant des indicateurs tels que le taux de turnover, la répartition des CDI, des CDD et des emplois intérimaires...

1.2 L'efficacité et l'efficience

Les indicateurs utilisés dans les tableaux de bord permettent d'analyser l'activité de l'entreprise selon deux dimensions :

– d'efficacité : les résultats obtenus sont comparés avec les objectifs fixés ;

Exemple → Indicateur d'efficacité : pourcentage d'atteinte des objectifs de CA.

– d'efficience : les résultats obtenus sont étudiés en fonction des moyens mis en œuvre.

Exemple → Indicateur d'efficience : taux de rentabilité financière.

2 La performance sociale

La performance sociale analyse les éléments relatifs aux salariés de l'entreprise : climat social, bien-être... La loi impose aux entreprises de plus de 300 salariés d'établir un bilan social qui regroupe des indicateurs relatifs aux conditions de travail, rémunérations, conditions d'hygiène et de sécurité, formation professionnelle sur les trois dernières années.

Un tableau de bord social peut également être utilisé par l'entreprise selon ses besoins ; il n'est pas obligatoire et sa forme est libre.

Exemples → Indicateurs sociaux : taux d'absentéisme, taux de féminisation.

3 La performance environnementale

La performance environnementale analyse l'attitude responsable de l'entreprise : consommation d'eau et d'énergie, lutte contre le changement climatique, préservation des ressources naturelles, production responsable...

Exemples → Indicateurs environnementaux : évolution de la consommation d'eau, émissions de CO_2.

4 La performance commerciale

La performance commerciale correspond à la capacité de l'entreprise à satisfaire sa clientèle et à atteindre ses objectifs commerciaux. Elle est mesurée à l'aide d'indicateurs tels que :
– les parts de marché = CA de l'entreprise / CA de toutes les entreprises présentes sur le marché ;
– le chiffre d'affaires = Quantités vendues × Prix de vente ;
– la fidélité : un client fidèle est un client qui va renouveler ses achats.
Pour faciliter l'analyse, ces indicateurs peuvent être regroupés dans un tableau de bord généralement destiné aux commerciaux afin de les motiver.

Exemple ➜ Tableau de bord du service commercial :

Janvier M	Fin janvier			
	Réalisé M-1	Objectif	Réalisé	Écart M/M-1
Commercial A				
Chiffre d'affaires	100 000	120 000	118 000	18,0 %
Nombre de commandes passées	1 000	1 300	1 250	25,0 %
Nombre de clients	340	400	390	14,7 %
Nombre de nouveaux clients du mois	30	60	50	66,7 %
% nouveaux clients / Total clients	8,8 %	15,0 %	12,8 %	4,0 %
Commercial B				
Chiffre d'affaires	80 000	120 000	90 000	12,5 %
Nombre de commandes passées	800	1 300	1 000	25,0 %
Nombre de clients	280	400	300	7,1 %
Nombre de nouveaux clients du mois	30	60	20	–33,3 %
% nouveaux clients / Total clients	10,7 %	15,0 %	6,7 %	–4,0 %

5 La performance financière

La performance financière analyse la capacité de l'entreprise à réaliser des bénéfices et ainsi à satisfaire ses partenaires à l'aide d'indicateurs tels que :
– le taux de rentabilité économique :

(Résultat d'exploitation / Financements à LT) × 100

⇒ étude de la façon dont l'entreprise utilise les capitaux mis à sa disposition ;
– le taux de rentabilité financière :

(Résultat net comptable / Capitaux propres) × 100

⇒ permet aux associés de vérifier la rentabilité de leur investissement ;
– le taux de profitabilité :

(Résultat net comptable / CA) × 100

⇒ analyse la capacité de l'entreprise à dégager des profits grâce à son activité.

S'entraîner

Exercice 1 Quels indicateurs pour quelle performance

Travail à faire

Reliez chaque indicateur à la performance pour laquelle il facilite l'analyse (document).

Corrigé p. 213

Document Les indicateurs de performance

Turnover •	• Performance financière
Parts de marché •	• Performance commerciale
Taux de rentabilité financière •	• Performance environnementale
Taux d'émission de CO_2 •	• Performance sociale
Taux d'accidents du travail •	
Évolution des rémunérations •	
Quantités vendues •	
Taux d'évolution de la valeur ajoutée •	

Exercice 2 Tableau de bord, bilan comptable, bilan social

Travail à faire

Pour chacune des affirmations du document, précisez si elle évoque le tableau de bord, le bilan comptable et/ou le bilan social (plusieurs réponses possibles).

Corrigé p. 213

Document Affirmations

– Affirmation 1 : je suis obligatoirement établi dans toutes les entreprises une fois par an.
– Affirmation 2 : je suis obligatoire dans toutes les entreprises de plus de 300 salariés.
– Affirmation 3 : je ne suis pas obligatoire, je suis établi selon les besoins de l'entreprise.
– Affirmation 4 : ma forme est libre, je présente les indicateurs nécessaires à mon analyse, avec ou sans graphique.
– Affirmation 5 : ma forme est la même pour toutes les entreprises.
– Affirmation 6 : je regroupe des indicateurs permettant de faire des comparaisons dans le temps et dans l'espace.

Exercice 3 L'analyse d'un tableau de bord

L'entreprise Xenon vend deux produits : le produit A et le produit B.

Travail à faire

Analysez le tableau de bord commercial de l'entreprise Xenon (document).

Corrigé p. 213

Document Tableau de bord – Service commercial

Données de la période				
ANNÉE N	Réalisé N-1	Objectif	Réalisé	Écart N/N-1
ANALYSE ÉVOLUTION DU CA				
Chiffre d'affaires	100 000	120 000	118 000	18,0 %
Nombre de commandes passées	1 000	1 300	1 250	25,0 %
Nombre de clients	340	400	390	14,7 %
Nombre de nouveaux clients du mois	30	60	50	66,7 %
% nouveaux clients / Total clients	8,8 %	15,0 %	12,8 %	4,0 %
VENTES PRODUIT A				
CA produit A	60 000	80 000	65 000	8,3 %
% CA produit A / CA total	60,0 %	66,7 %	55,1 %	–4,9 %
Nombre total de clients produit A	260	220	220	–15,4 %
% clients produit A / Total clients	76,5 %	55,0 %	56,4 %	–20,1 %
VENTES PRODUIT B				
CA produit B	40 000	40 000	58 000	45,0 %
% CA produit B / CA total	40,0 %	33,3 %	49,2 %	250,0 %
Nombre total de clients produit B	80	180	170	112,5 %
% clients produit B / Total clients	23,5 %	45,0 %	43,6 %	765,0 %

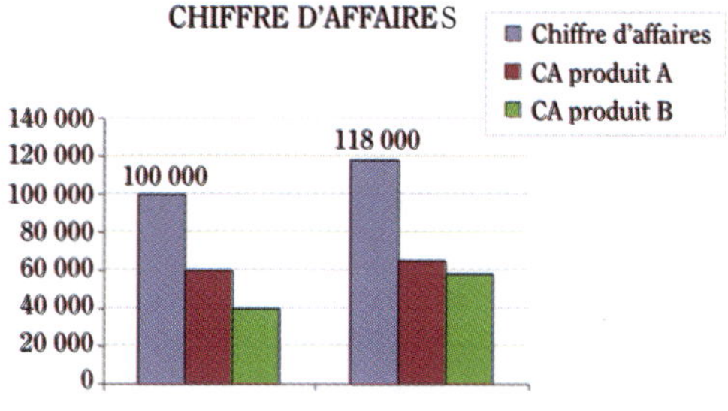

18 Les prévisions d'activité

Mémoriser

1 Le temps dans l'organisation

Pour prévoir son activité et prendre des décisions appropriées, l'organisation doit tenir compte du temps : l'horizon et la période.

1.1 L'horizon

L'horizon peut être plus ou moins long : court terme, moyen terme et long terme. Les décisions peuvent donc être classées selon leur horizon temporel et leur degré d'incertitude (avenir certain, incertain ou aléatoire).

Exemples → Construire une nouvelle usine : horizon à long terme, avenir aléatoire.
Installer les machines : horizon à court terme, avenir certain.

1.2 La période

Le temps peut être découpé en périodes (mois, années…). Ce découpage dépend de contraintes institutionnelles (ex. : publication du bilan, déclarations d'impôts), sectorielles (ex. : saisons) ou technologiques.

Exemple → Tous les ans, l'entreprise doit transmettre son bilan au service des impôts.

2 Prévoir l'activité à l'aide d'une veille informationnelle

2.1 La veille informationnelle

La veille informationnelle permet à l'entreprise de prévoir son activité. L'environnement évoluant en permanence, l'information doit donc être régulièrement mise à jour. La veille permet également d'estimer un chiffre d'affaires prévisionnel, grâce aux informations recueillies : chiffre d'affaires moyen des concurrents, type de marché (en croissance ou en stagnation)…

2.2 Les sources de veille informationnelle

De nombreuses sources permettent de réaliser une veille : les enquêtes auprès des consommateurs, l'abonnement à des revues spécialisées, les sources institutionnelles (ex. : le site de l'APCE)…

3 Prévoir l'activité en calculant un seuil de rentabilité

3.1 Le seuil de rentabilité

Le seuil de rentabilité (SR) correspond au niveau de chiffre d'affaires (CA) pour lequel l'entreprise ne réalise ni bénéfice ni perte, c'est-à-dire le niveau pour lequel le résultat comptable (RC) est égal à zéro.

Si CA < SR → l'activité n'est pas rentable, elle dégage des pertes.
Si CA = SR : RC = 0 → l'activité ne dégage ni perte ni bénéfice.
Si CA > SR → l'activité dégage des bénéfices.
Ainsi, si le gestionnaire estime qu'il est impossible d'atteindre le SR, il devra abandonner son projet.

3.2 Le calcul du seuil de rentabilité

1re étape : estimer les charges variables et fixes

Les charges variables fluctuent proportionnellement avec le niveau d'activité de l'entreprise : en fonction du chiffre d'affaires, des quantités produites... (ex. : les achats de matières premières).

Les charges fixes sont des charges dont le montant ne varie pas en cas de fluctuation du niveau d'activité de l'entreprise (ex. : les loyers).

2e étape : établir le compte de résultat différentiel

Le compte de résultat différentiel permet d'établir des prévisions de résultat.

Exemple → L'entreprise ABC prévoit un CA de 100 000 €, des charges variables de 45 000 € et des charges fixes de 35 000 €. Voici le calcul de son résultat différentiel selon ces prévisions :

		Montant	% / CA
-	Chiffre d'affaires (CA)	100 000	100 %
=	Charges variables (CV)	45 000	
-	Marge sur coût variable (MsCV)	55 000	55 %
-	Charges fixes (CF)	35 000	
=	Résultat différentiel	20 000	

Taux de marge sur coût variable (TxMsCV) = (MsCV / CA) × 100

Le résultat différentiel (résultat comptable) est donc égal à :
RC = CA – CV – CF
Donc RC = CA × TxMsCV – CF

Rappel : le seuil de rentabilité (SR) correspond au niveau de chiffre d'affaires pour lequel le résultat comptable est égal à zéro :
CA – CV – CF = 0
CA × TxMsCV – CF = 0
CA × TxMsCV = CF
Donc :

SR = CF / TxMsCV

Exemple (suite) → SR de l'entreprise ABC = 35 000 / 55 % = 63 636 € : CA pour lequel l'entreprise aura un résultat nul. Si elle réalise un CA > 63 636 €, l'entreprise fera un bénéfice. Si, au contraire, elle réalise un CA < 63 636 €, elle fera une perte.

3e étape : compléter l'estimation en calculant le point mort, la marge de sécurité, l'indice de sécurité

Le point mort correspond à une date à laquelle l'entreprise commence à faire des bénéfices.

Point mort = SR × 365 / CA annuel

Exemple (suite) → Calcul du point mort de l'entreprise ABC :
36 636 × 365 / 100 000 = 133,72 jours
À partir du 134e jour de l'année, l'activité de l'entreprise deviendra rentable.

La marge de sécurité représente la baisse potentielle de chiffre d'affaires que l'entreprise peut subir sans entraîner de perte.

Marge de sécurité = CA – SR

Exemple (suite) → Calcul de la marge de sécurité de l'entreprise ABC :
100 000 – 36 636 = 63 364 €
Le projet peut supporter une baisse du CA de 63 364 € par rapport aux prévisions sans que l'entreprise soit en perte. Cela lui laisse donc une marge de sécurité importante.

L'indice de sécurité correspond souvent à la marge de sécurité exprimée en pourcentage du chiffre d'affaires. C'est le pourcentage de baisse du chiffre d'affaires que peut subir l'entreprise sans risquer de perte.

Indice de sécurité = (Marge de sécurité / CA annuel) × 100

Exemple (suite) → Calcul de l'indice de sécurité de l'entreprise ABC :
63 364 / 100 000 × 100 = 63,36 %
L'entreprise peut supporter une baisse 63 % de son CA.
Le risque est faible.

S'entraîner

Exercice 1 La veille informationnelle utile à la prise de décision

Jeune diplômée, Chloé souhaite ouvrir son salon de coiffure. Avant de prendre une décision définitive, elle réalise une veille informationnelle dont elle a tiré les informations présentées dans le document.

Travail à faire

Analysez le document et proposez à Chloé un lieu d'implantation pour son salon. Justifiez cette proposition.

Corrigé p. 213

Document Salons de coiffure en France

DENSITÉ DES ÉTABLISSEMENTS DE COIFFURE POUR 100 000 HABITANTS

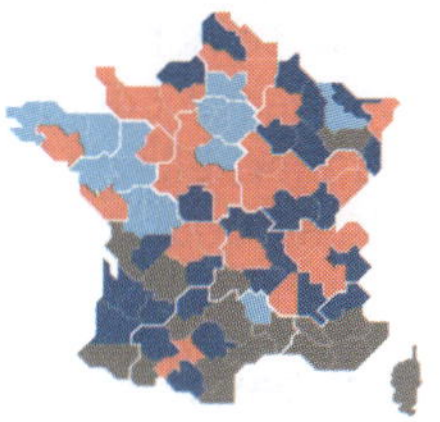

Tenir un salon de coiffure rapporte en moyenne 18 332 € par an. C'est en Bretagne que cette activité rapporte le plus (20 537 € de résultat), et en Corse qu'elle rapporte le moins (15 843 €).

https://unec.fr/chiffres-cles-de-la-coiffure/

DENSITÉ INFÉRIEURE À 133
DENSITÉ COMPRISE ENTRE 133 ET 150
DENSITÉ COMPRISE ENTRE À 150 ET 169
DENSITÉ SUPÉRIEURE À 169

Exercice 2 Le calcul d'un seuil de rentabilité

Travail à faire

1. Complétez le compte de résultat différentiel de l'entreprise Laplace (document).
2. Calculez le seuil de rentabilité. Que représente-t-il ?
3. Calculez le point mort, la marge de sécurité et l'indice de sécurité.

Corrigé p. 214

Document Données de l'entreprise Laplace

Charges de l'entreprise Laplace

Achats de marchandises	20 000 €
Achats de matières premières	21 000 €
Loyer	5 900 €
Charges de personnel*	22 000 €
Impôts	600 €
Intérêts bancaires	500 €

* La rémunération des salariés de l'entreprise est calculée sur un montant fixe.

Compte de résultat différentiel, entreprise Laplace

	Montant	% / CA
Chiffre d'affaires	85 000	
Charges variables	41 000	
Marge sur coût variable (CA – CV)	………….	……..
Charges fixes	29 000	
Résultat différentiel	………...	

19 Les prévisions de financement

Mémoriser

1 Prévoir le financement d'un investissement

1.1 Le financement d'un investissement et la règle de l'équilibre financier

La notion d'**équilibre financier** fait référence au fait que lorsque l'entreprise réalise un investissement coûteux et à horizon temporel à long terme (ex. : acquisition d'une machine), elle a intérêt à financer cet investissement par un financement à horizon temporel également à long terme (ex. : emprunt).

En effet, une entreprise qui déciderait de financer un investissement à un horizon temporel à long terme par un financement à court terme (ex. : découvert bancaire) risquerait de mettre son équilibre financier en danger : elle ne disposerait plus de trésorerie pour faire fonctionner son activité au quotidien (ex. : acheter les marchandises, payer les salaires).

1.2 Le financement d'un investissement par emprunt bancaire

L'emprunt bancaire est un mode de financement qui présente les caractéristiques suivantes :

– le taux d'intérêt est négocié lors de son obtention ;

– le remboursement de l'emprunt se fait en principe par mois.

Le remboursement de l'emprunt correspond au capital (montant emprunté) auquel il faut ajouter des intérêts.

Ces éléments sont inscrits dans un tableau de remboursement d'emprunt.

Cet emprunt impactera la valeur financière de l'entreprise (*cf.* fiche 14).

Exemple → L'emprunt bancaire, dette de l'entreprise, diminue la valeur de son patrimoine.

2 Prévoir le financement de la trésorerie

La trésorerie de l'entreprise correspond aux sommes dont elle dispose sur ses comptes bancaires (« disponibilités » à l'actif circulant du bilan), déduction faite de ses découverts bancaires (« concours bancaires courants » au passif du bilan).

Afin d'éviter d'éventuelles difficultés de trésorerie à venir, l'entreprise peut construire un budget de trésorerie.

Exemple → Si le budget de trésorerie met en évidence une trésorerie déficitaire, le dirigeant peut contacter son banquier pour négocier des facilités bancaires (découvert autorisé).

2.1 Le budget de trésorerie

Le budget de trésorerie est un document prévisionnel, établi généralement pour l'année à venir (12 mois). Il présente, mois par mois, l'ensemble des encaissements et des décaissements prévisionnels de l'entreprise.
Il n'est pas obligatoire, en dehors d'une demande spécifique des banques (elles l'exigent pour étudier les demandes de financement), mais particulièrement recommandé dans des situations dont l'avenir est incertain (prévisions sur les années à venir).

2.2 La construction d'un budget de trésorerie

Pour établir le budget de trésorerie, l'entreprise doit disposer d'informations collectées dans le cadre de sa veille informationnelle.

Exemple → Les prévisions des ventes dépendent de la demande elle-même étudiée à partir d'enquêtes, d'études de marché…

La construction du budget de trésorerie :

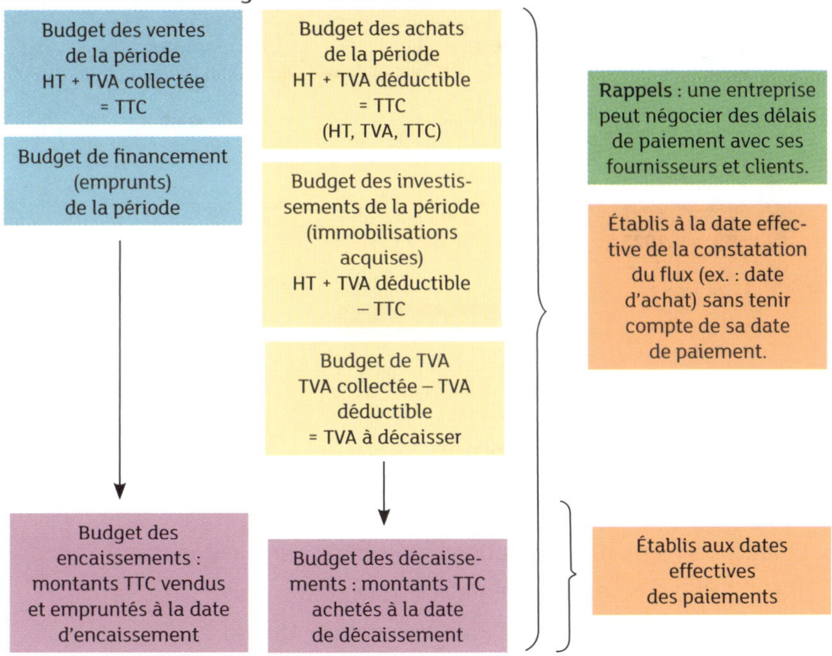

	Budget de trésorerie
	Trésorerie début de mois
+	Encaissements
–	Décaissements
=	Trésorerie fin de mois

S'entraîner

Exercice 1 Le tableau de remboursement d'un emprunt

Travail à faire

1. Sur le site Meilleur Taux (liennathan.fr/6j96zj), complétez les données du document puis cliquez sur « Afficher le tableau ».
2. Analysez le tableau obtenu :
   - Combien l'entreprise va-t-elle rembourser par an ? par mois ?
   - Quel sera le montant total des intérêts versés ?
   - Selon vous, à quoi correspond la colonne « Assurance » ?

Corrigé p. 214

Document Extrait du site Meilleurtaux.com

Exercice 2 Le budget de trésorerie

Travail à faire

Étudiez les éléments des budgets présentés dans le document :
- Quel est le montant des ventes de janvier ?
- L'entreprise a-t-elle fait un investissement ? Quand ?
- Selon vous, comment peut être financé cet investissement ?
- Retrouvez les conditions de règlement des clients.
- Quand l'entreprise a-t-elle reçu son emprunt ?
- Retrouvez les conditions de règlement des fournisseurs.
- Comment a été calculée la trésorerie finale fin mars ? Que constatez-vous ?

Corrigé p. 215

Document Budgets de l'entreprise

Budget des ventes	Janvier	Février	Mars
Ventes	15 000,00	17 700,00	19 824,00
TVA collectée	3 000,00	3 540,00	3 964,80
TTC	18 000,00	21 240,00	23 788,80
Budget des achats	**Janvier**	**Février**	**Mars**
Achats	4 950,00	5 692,50	6 318,68
TVA déductible	990,00	1 138,50	1 263,74
TTC	5 940,00	6 831,00	7 582,41
Budget des investissements	**Janvier**	**Février**	**Mars**
Investissements HT	0,00	32 000,00	0,00
TVA déductible	0,00	6 400,00	0,00
TTC	0,00	38 400,00	0,00
Budget de TVA	**Janvier**	**Février**	**Mars**
TVA collectée	3 000,00	3 540,00	3 964,80
– TVA déductible	990,00	7 538,50	1 263,74
= TVA à décaisser	2 010,00	0,00	0,00
Budget de financement	Janvier	Février	Mars
Emprunts reçus		**10 000,00**	
Remboursement d'emprunts			
Paiement des intérêts			
Budget encaissements/décaissements	Janvier	Février	Mars
Encaissements			
Ventes janvier	10 800,00	7 200,00	
Ventes février		12 744,00	8 496,00
Ventes mars			14 273,28
Emprunts		10 000,00	
Total encaissements	**10 800,00**	**29 944,00**	**22 769,28**
Décaissements			
Achats janvier	4 752,00	1 188,00	
Achats février		5 464,80	1 366,20
Achats mars			6 065,93
Achats d'immobilisations		19 200,00	19 200,00
Salaires	4 500,00	4 500,00	4 500,00
TVA à décaisser		2 010,00	0,00
Total décaissements	**9 252,00**	**32 362,80**	**31 132,13**
	Janvier	Février	Mars
Trésorerie début de mois	4 500,00	6 048,00	3 629,20
Encaissements	10 800,00	29 944,00	22 769,28
Décaissements	9 252,00	32 362,80	31 132,13
Trésorerie fin de mois	6 048,00	3 629,20	– 4 733,65

20 La planification et la gestion du temps

Mémoriser

L'organisation peut utiliser des outils de planification et de gestion du temps qui lui permettront de faire face à d'éventuelles contraintes temporelles.

1 Les outils de planification

Planifier, c'est organiser les tâches des projets de l'entreprise dans le temps.

Exemple → Une entreprise de maçonnerie a un projet de construction d'une maison. Tâches : 1. couler la dalle, 2. monter les parpaings...

Les tâches sont ordonnées en fonction de leur succession dans le temps, leur durée et les éventuels délais entre deux opérations afin d'optimiser la durée totale du projet.

L'entreprise établit ainsi un calendrier prévisionnel des tâches du projet.

Cette planification peut faire ensuite l'objet de modifications éventuelles pour ajuster le calendrier (en cas de retards, par exemple).

Objectif de la planification : connaître et minimiser le temps du projet.

Le diagramme de Gantt est un outil graphique de planification qui permet de visualiser dans le temps les diverses tâches liées au projet et de rendre plus simple le suivi de son avancement. Il peut être réalisé à l'aide de logiciels (ex. : Gantt Project, Visual Project).

Exemple → Diagramme de Gantt pour un projet comprenant 6 tâches

Tâche	Durée	01-mars	02-mars	03-mars	04-mars	05-mars	06-mars	07-mars	08-mars	09-mars	10-mars	11-mars	12-mars	13-mars	14-mars	15-mars
Tâche 1	2 jours	■	■													
Tâche 2	5 jours			■	■	■	■									
Tâche 3	1 jour						■									
Tâche 4	4 jours								■	■	■	■				
Tâche 5	3 jours										■	■	■	■		
Tâche 6	2 jours													■		■

Remarque : les 7 et 14 mars sont des dimanches. Certaines tâches peuvent être en partie effectuées simultanément avec d'autres tâches (tâches 3, 5 et 6), d'autres non (tâche 1).

2 Les outils de gestion du temps

Afin d'effectuer leurs missions dans les temps, les collaborateurs utilisent divers outils de gestion du temps :

– les calendriers ou agendas partagés : outils informatiques permettant de rassembler, sur un agenda commun, les calendriers de plusieurs salariés ;

– outils d'automatisation (ex. : automatisation des envois de mails) ;
– les échéanciers, qui indiquent les factures à régler afin de simplifier la gestion des délais de paiement.

Objectifs de la gestion du temps : gagner du temps, être plus performant.

S'entraîner

Exercice Le tableau de remboursement d'un emprunt

Travail à faire

1. Quelle est la durée prévue pour la construction d'une maison dans le document 1 ?
2. Repérez les tâches pouvant être réalisées simultanément.
3. Repérez les tâches ne pouvant pas être commencées avant que la tâche précédente ne soit terminée.
4. Quels sont les intérêts d'un outil de planification tel que Visual Planning (document 2) ?

Corrigé p. 215

Document 1 Construction d'une maison : planning (nombre de jours)

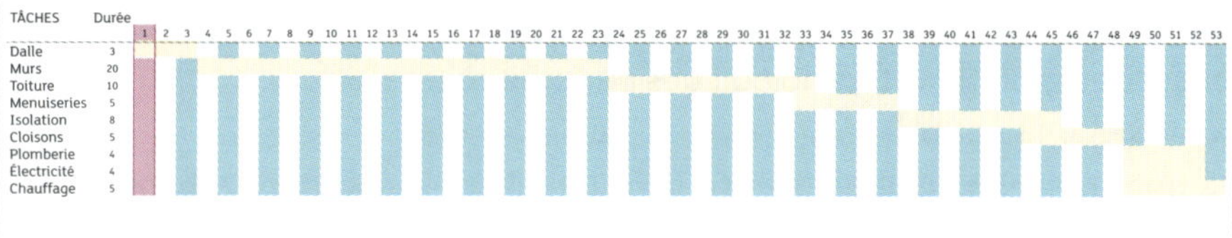

Document 2 Visual Planning, outil de planification

Notre inspiration vient des tableaux muraux des entreprises. Dans les années 1990, la nature des tâches à réaliser, les noms des employés et les moyens techniques y étaient inscrits. Des codes couleur étaient utilisés pour indiquer les affectations et les associations « tâches/ressources ». […] Visual Planning […] permet par exemple de planifier la réalisation de chantiers (clients, collaborateurs, engins et outillages, matériaux, consommables, etc.). Les informations liées à la décomposition et au suivi des chantiers peuvent être décomposées en phases de durées variables, auxquelles sont associées les ressources nécessaires. […] Tous les acteurs de l'entreprise peuvent participer à l'élaboration du planning, suivre l'avancement des tâches, d'une activité, et même les taux d'occupation de leurs moyens de production. Ils peuvent aussi effectuer des reportings et des analyses de données en temps réel.

www.forbes.fr

21 Les facteurs de risque

Le risque correspond à la probabilité d'apparition d'un événement et ses conséquences.

1 Les facteurs de risque externes

Les facteurs externes sont liés aux aléas de l'environnement comme :
– l'**évolution de la demande** : la demande des clients peut évoluer de façon positive (risque : ne pas réussir à répondre à la demande des clients) ou négative (risque : baisse des ventes et du chiffre d'affaires) ;
– le **cycle de vie du produit** : il s'agit de la représentation graphique des quatre phases de l'évolution des ventes d'un produit dans le temps :

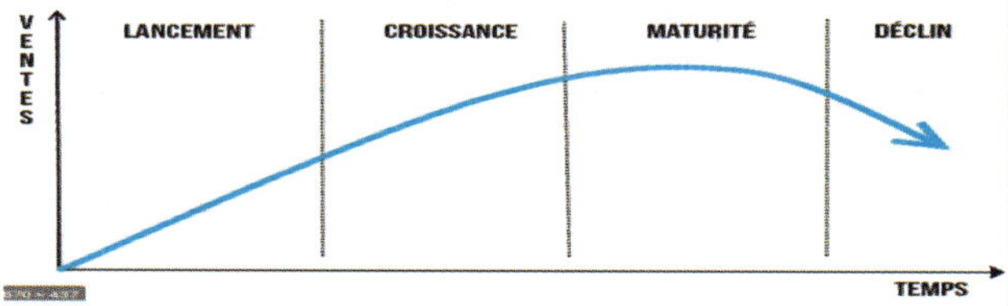

Exemple → Le Coca-Cola est dans sa phase de maturité depuis plusieurs décennies.

Le risque pour l'entreprise est de proposer un produit en phase de déclin ;
– l'**obsolescence** : le risque est lié à la baisse de la valeur d'usage d'un produit à cause des évolutions technologiques ou esthétiques ;

Exemples → Un smartphone, un vêtement passé de mode.

– la **rupture technologique** : le risque résulte d'une innovation technologique radicale ;

Exemple → Le Minitel.

– la **dépendance énergétique et technologique** : certaines organisations dépendent fortement d'énergies dont les prix sont volatils et/ou de technologies ;

Exemple → Le pétrole pour une entreprise de transport de biens.

– l'**approvisionnement** : les risques seraient un retard dans la production ;

Exemple → Un fournisseur défaillant.

– l'**empreinte environnementale** : plus l'empreinte environnementale d'une entreprise est importante, plus elle peut engendrer des coûts (taxes environnementales) et impacter de manière négative son image.

2 Les facteurs de risque internes

Les facteurs internes sont liés aux décisions de l'organisation.

Exemples → Un changement de fournisseur pourrait dégrader la qualité des matières premières, un endettement trop important pourrait fragiliser la santé financière de l'entreprise.

S'entraîner

Exercice

Blocage du canal de Suez : quelles conséquences ?

Travail à faire

Repérez les conséquences liées au blocage du canal de Suez par le porte-conteneurs *Ever Given.*

Corrigé p. 215

Document

Le canal de Suez est bloqué par le porte-containers *Ever Given* [échoué suite à une tempête de sable]. **Un événement qui a impact significatif sur l'économie mondiale.** [...]

Le problème, c'est qu'une bonne partie du commerce mondial passe par là : **12 % du trafic de marchandises entre l'Asie et l'Europe passent par le canal de Suez.**

Chaque année, 20 000 navires passent par là... **Le blocage a même fait remonter les cours du pétrole de 6 %** car vous avez chaque jour 2 millions de barils qui transitent par ici... 2 millions de barils par jour, c'est pratiquement la production quotidienne d'une compagnie comme Total.

Les bateaux vont se dérouter mais les conséquences économiques risquent d'être énormes [...].

Si on bouche le canal, il faut, comme avant, **contourner toute l'Afrique et remonter vers le Vieux Continent**, cela signifie 15 jours de traversée supplémentaire, des retards de livraison et, potentiellement, des chaînes de production à l'arrêt dans les usines européennes.

D'autant que c'est déjà tendu sur la livraison des matières premières. On parle beaucoup des semi-conducteurs qui manquent depuis des semaines en Europe et dans l'industrie automobile notamment. **PSA [devenu Stellantis] a dû ralentir la cadence de production et des équipementiers auto sont à l'arrêt.** Des pénuries, il y en a sur la plupart des matières premières qui viennent toutes de Chine ou du Japon.

Martial You, www.rtl.fr, 26 mars 2021.

22 L'action collective

Mémoriser

1 L'action individuelle et l'action collective

Une action individuelle est une action réalisée par une seule personne ayant un objectif propre.

Exemple ➜ Un sportif a pour objectif de gagner une compétition.

Une action collective suppose la constitution d'un groupe de personnes ayant un objectif commun. Un simple rassemblement de personnes ne constitue pas une action collective.

Exemple ➜ Des personnes décident de créer une entreprise pour faire des profits → c'est une action collective.
Des lycéens se rassemblent dans la cour de récréation → ce n'est pas une action collective, les lycéens poursuivent un objectif qui leur est propre (prendre l'air, retrouver des amis...).

2 L'action collective organisée

2.1 La création d'une organisation

Une action collective est plus efficace qu'une action individuelle, le regroupement des individus permettant de mutualiser leurs compétences.
Ainsi, lorsqu'un groupe d'individus a un objectif commun, il s'organise pour atteindre son objectif et souhaite agir dans la durée ; il crée alors une **organisation** : entreprise privée, organisation publique, organisation de la société civile (association, fondation, organisation non gouvernementale, syndicat).
L'organisation aura un cadre juridique : ensemble des règles relatives à son activité et son fonctionnement, et retranscrites dans des statuts juridiques.

Exemples ➜ Forme juridique (entreprise individuelle, société anonyme...), dénomination de l'organisation, mode de prise de décision.

2.2 Le fonctionnement de l'organisation

Pour que l'organisation puisse atteindre ses objectifs, il est nécessaire :

de mobiliser des **ressources**			
financières (ex. : apports, emprunts)	humaines (ex. : salariés, fonctionnaires, bénévoles)	matérielles (ex. : locaux, machines, matériel informatique)	immatérielles et technologiques (ex. : notoriété, brevets, marque commerciale)
de prendre des **décisions**			
d'assurer la **circulation des informations** dans l'organisation			
de **définir**, **répartir** et **coordonner les tâches** entre les membres de l'organisation à l'aide d'une **structure hiérarchisée**.			

S'entraîner

Exercice 1 Action individuelle ou collective ?

Travail à faire

Précisez, dans chaque situation, s'il s'agit d'une action individuelle ou collective.

Corrigé p. 215

Situation	Action	
	individuelle	collective
1. Loni et Alex souhaitent créer une association pour défendre les intérêts des lycéens.	☐	☐
2. Trois amis pensent que le secteur de l'aide à la personne va se développer ; ils décident de créer une entreprise.	☐	☐
3. Lysa et Anne se retrouvent à la cantine.	☐	☐
4. Jean plante des arbustes dans son jardin.	☐	☐

Exercice 2 Les ressources d'une organisation

Travail à faire

Associez chaque élément présenté dans le document à la ressource correspondante : matérielle, immatérielle ou technologique, financière, humaine.

Corrigé p. 216

Conseil

Pour différencier les ressources matérielles et immatérielles, il est possible de se poser les questions suivantes :

1. Est-ce un élément qu'on peut toucher ?
   Si oui → ressource matérielle. Si non → ressource immatérielle.
2. Est-ce un élément facilement évaluable en argent ?
   Si oui → ressource matérielle. Si non → ressource immatérielle.

Document Classer des éléments dans une catégorie de ressource

1. Apports en capital	
2. Machines	a. Ressource matérielle
3. Brevets	
4. Image de marque	b. Ressource immatérielle ou technologique
5. Salariés	
6. Emprunts	c. Ressource financière
7. Locaux	
8. Ordinateurs	d. Ressource humaine
9. Bénévoles	

23 Les entreprises privées

Mémoriser

1 Les finalités des entreprises

Les entreprises privées sont des organisations qui produisent et vendent des biens et services marchands afin de satisfaire les besoins des clients.

1.1 La finalité principale des entreprises

Les entreprises ont comme finalité principale :
– faire du profit – le profit correspond à la différence entre l'ensemble des revenus et des dépenses (charges) d'une entreprise, c'est donc le bénéfice financier qu'elle retire de son activité ;
– être pérennes, c'est-à-dire durer dans le temps.
On parle de finalité économique. Les entreprises poursuivent donc un but lucratif.

1.2 Les autres finalités des entreprises, la RSE

Outre leur finalité économique, les entreprises doivent de plus en plus prendre en compte leur responsabilité sociétale. On parle de RSE (responsabilité sociale et environnementale) :

Finalité sociale	Finalité sociétale	Finalité environnementale
Prise en compte du bien-être des salariés, bonnes conditions de travail…	Démarches en faveur de la société. Ex. : préservation de l'emploi.	Démarches en faveur de l'environnement. Ex. : réduction des émissions de CO_2, recyclage des emballages.

2 Les critères de distinction des entreprises

Pour distinguer les entreprises, on utilise les critères suivants :

Nombre de salariés	– De 0 à 9 : TPE (très petites entreprises) – De 10 à 249 : PME (petites et moyennes entreprises) – De 250 à 4 999 : ETI (entreprises de taille intermédiaire) – Plus de 5 000 : GE (grandes entreprises)
Secteur d'activité économique	– Secteur primaire : entreprises exploitant les ressources naturelles (agriculture, pêche, mine…). – Secteur secondaire : entreprises transformant les matières premières (industries). – Secteur tertiaire : entreprises proposant des services (banques, assurances, transport, location…).
Forme juridique	– Entreprises individuelles : personnes physiques (commerçants, artisans). – Sociétés : personnes morales (EURL, SARL, SA, SNC…).

Secteur privé / Secteur public	– Entreprises privées : entreprises dont le capital est détenu par des personnes privées physiques ou morales. – Entreprises publiques et semi-publiques : entreprises dont une partie du capital est détenue par l'État (ex. : EDF).
Type de production	– À l'unité : fabrication une seule fois ou en petites quantités. – En série : fabrication en nombre important. – En continu : fabrication ininterrompue.
Champ géographique	– Local : clientèle proche de l'entreprise. – National : clientèle située en France. – International : clientèle située dans plusieurs pays.

3 Les ressources des entreprises

Les ressources des entreprises sont constituées de :

Ressources matérielles	Ressources immatérielles	Ressources financières	Ressources humaines
Biens utilisés dans le cadre de l'activité de l'entreprise Ex. : locaux, machines, véhicules, ordinateurs.	Éléments sans existence physique Ex. : savoir-faire, site Internet, brevets, logo, image de marque.	Moyens financiers utilisés pour l'activité de l'entreprise Ex. : apports en capital, emprunts, bénéfices réalisés dans le cadre de l'activité.	Individus participant à l'activité de l'organisation Ex. : salariés.

S'entraîner

Exercice 1 Les différentes entreprises privées

Travail à faire

Étudiez les organisations présentées dans le document en déterminant les critères suivants :
- leur taille (TPE, PME, ETI, GE) ;
- leur secteur d'activité ;
- leur type de production ;
- leur champ géographique.

Corrigé p. 216

Document Renault, Rampal Latour et Maison Felger

a.	RENAULT	Le groupe Renault est un constructeur automobile français. 5 marques : Renault, Dacia, LADA, Alpine et Mobilize. 156 000 collaborateurs dans le monde. 2,7 millions de véhicules vendus.
b.	Rampal·Latour 1828	Rampal Latour est un fabricant de savons de Marseille. 40 salariés répartis dans 2 usines de fabrication. Vente de savons dans de nombreux pays.
c.	MAISON & FELGER	Maison Felger fabrique des chaussures à la main, sur mesure et personnalisables dans son atelier breton. 7 salariés. Produits vendus en France.

Exercice 2 Les finalités de Decathlon

Travail à faire

1. À partir des documents 1 et 2, présentez l'organisation Decathlon selon les critères de distinction des entreprises.
2. Identifiez les finalités de Decathlon.

Corrigé p. 216

Conseil

Pour présenter ou caractériser une organisation, il est possible de faire un tableau :

Critères	Decathlon
Taille	
Secteur d'activité économique	
Forme juridique	
Secteur privé / Secteur public	
Type de production	
Champ géographique	

Document 1 Decathlon, une entreprise française

Decathlon est une entreprise française (société anonyme) de grande distribution de sport et de loisirs, créée en 1976 par Michel Leclercq. Avec plus de 103 000 collaborateurs, 1 700 magasins répartis dans 70 pays, son chiffre d'affaires s'élève à plus de 11,4 milliards d'euros en 2020. L'entreprise propose aussi de nombreux services permettant de faciliter l'achat : livraison, service après-vente, location de matériel, essais dans les magasins, cours de sport en ligne, application…

Document 2 Les engagements de Decathlon

Distribution : nos engagements à travers le monde Transporter nos produits depuis leur lieu de fabrication jusque chez vous, alimenter en énergie nos magasins ou entrepôts : toutes ces activités ont un impact sur l'environnement. Pour le réduire, nous avons choisi de développer l'utilisation des énergies renouvelables et d'agir sur les transports.	**Répondre à l'enjeu climatique** Parce que nous sommes bien conscients que nos activités ont un impact sur l'environnement, nous devons être acteurs du changement. Mais c'est loin d'être simple : la lutte contre le changement climatique nous met face à de nombreux défis. Découvrez la manière dont nous essayons de les relever, notamment pour réduire nos émissions de CO_2.
Nos responsabilités en production Nous imaginons et concevons nos produits. Nous sommes donc responsables de la manière dont ils sont fabriqués à grande échelle. Notre objectif est de les rendre disponibles à travers le monde et au plus grand nombre. Cet engagement inclut le respect des droits des personnes qui fabriquent ces produits, mais aussi le fait de limiter l'impact environnemental de nos fournisseurs.	Decathlon Teammates Barometer est une enquête, organisée par Decathlon. Elle mesure le degré de plaisir, de bien-être de l'ensemble des coéquipiers de l'entreprise dans le monde : 93 % prennent du plaisir au travail, 89 % estiment prendre des décisions et être acteur du projet d'équipe, 81 % des collaborateurs sont heureux de venir travailler tous les matins. Decathlon est engagée dans l'inclusion et la non-discrimination, et agit ainsi quotidiennement en faveur du handicap, des seniors, de la mixité sociale, de l'égalité entre les femmes et les hommes.

www.decathlon.fr

24 Les organisations publiques

Mémoriser

1 Les finalités des organisations publiques

Les organisations publiques dépendent de l'État, elles appartiennent au secteur public. Elles ont pour finalité de satisfaire l'intérêt général de l'ensemble de la population, en assurant des missions de service public et en gérant les biens publics.

1.1 Les missions de service public

On distingue les services publics selon leurs missions :

Ordre et régulation	Protection sociale et sanitaire	À vocation éducative et culturelle	À caractère économique
Ex. : police, justice, protection civile.	Ex. : sécurité sociale, service public hospitalier.	Ex. : enseignement, recherche.	Ex. : transport.

Le service public est organisé autour de trois grands principes :
– la **continuité du service public** repose sur la nécessité de répondre aux besoins d'intérêt général sans interruption ;
– l'**égalité** devant le service public signifie que toute personne a un droit égal à l'accès au service et doit être traitée de la même façon que tout autre usager du service ;
– l'**adaptabilité ou mutabilité** du service public implique que le service public doit suivre les besoins des usagers (souplesse d'organisation des services) ainsi que les évolutions techniques.

Exemple → Passage de la déclaration papier des impôts à la déclaration en ligne.

1.2 La gestion des biens publics

Un bien public est un bien dont l'utilisation par un individu n'empêche pas son utilisation par d'autres.
Il répond à deux conditions ou critères :
– la **non-rivalité** : la consommation du bien par un individu ne prive pas un autre individu de le consommer de la même manière (ex. : l'usage de l'éclairage public par une personne n'en prive pas les autres) ;
– la **non-exclusion** : il est impossible de priver des personnes de son usage (ex. : l'éclairage public ne peut pas n'être réservé qu'à certains habitants).

1.3 Le partenariat public-privé (PPP)

L'État peut faire appel à des organisations privées pour financer, construire puis gérer des biens publics et assurer un service public à sa place. Il existe deux formes de PPP : le partenariat et la délégation de service public (DSP).

Le marché de partenariat	La délégation de service public (DSP)
L'organisation privée reçoit un paiement de l'État ou des collectivités territoriales en contrepartie de sa prestation. Ex. : construction et gestion d'une prison.	L'organisation privée qui gère le bien public se rémunère en fonction du résultat de l'exploitation du service. Ex. : gestion des piscines municipales.

2 Les administrations et collectivités territoriales

Il s'agit des administrations publiques :

Centrales	Locales
– État et ministères. – Établissements publics administratifs dépendant des administrations publiques centrales mais ayant un fonctionnement plus autonome. Ex. : ministère de la Défense, Météo France.	– Collectivités territoriales (régions, départements, communes et groupements de communes). – Établissements publics administratifs dépendant des collectivités territoriales. Ex. : Région Occitanie, lycée Monnet.

Ces organisations ont un **but non lucratif** : elles exercent leurs missions sans chercher à s'enrichir et à faire des bénéfices. Elles proposent des **services non marchands** : ils sont fournis gratuitement ou à un prix économiquement non significatif (prix de vente inférieur au coût de revient).

3 Les entreprises publiques

Une entreprise est dite « publique » lorsqu'elle appartient pour plus de 50 % du capital à l'État ou à des collectivités territoriales. On distingue :
– les sociétés anonymes à capital public ayant un capital détenu entièrement ou en grande partie par l'État (ex. : La Poste) ;
– les sociétés d'économie mixte dont le capital est détenu en majorité par l'État (ex. : la société des chemins de fer de Corse) ;
– les établissements publics à caractère industriel et commercial (EPIC), qui n'ont pas de capital et sont rattachés à l'État (ex. : la RATP).
La plupart des entreprises publiques cherchent aujourd'hui à faire des bénéfices, **leur but est lucratif**. Elles proposent des services publics assimilés à des **services marchands** et doivent maîtriser leurs coûts. Elles évoluent sur des marchés concurrentiels.

4 Les ressources des organisations publiques

Les ressources des organisations publiques sont constituées de :

Ressources matérielles	Ressources immatérielles	Ressources financières	Ressources humaines
Biens du domaine public, ordinateurs…	Savoir-faire…	Fiscales (impôts) et non fiscales (emprunts)	Fonctionnaires, élus

Exercice 1 Les différentes organisations publiques

S'entraîner

Travail à faire

Afin d'étudier chacune des organisations présentées dans le document, répondez aux questions suivantes.

1. Précisez s'il s'agit d'une administration publique ou d'une entreprise publique.
   Si c'est une administration publique, indiquez si elle est centrale ou locale.
   Si c'est une entreprise publique, indiquez si c'est une SA à capital public, une société d'économie mixte ou un EPIC.
2. Précisez sa mission.
3. Précisez son but (lucratif ou non lucratif).

Corrigé p. 216

Document Des organisations publiques à Salon-de-Provence

a. SALON DE PROVENCE LA VILLE  Mairie	b. 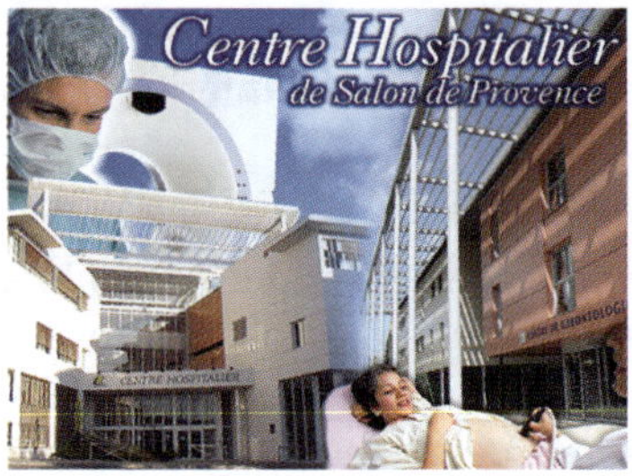
c. SNCF	d. SIEMP Société Immobilière d'Économie Mixte de la Ville de Paris Salon habitat
e. 	f. LA POSTE

Exercice 2 Les missions d'une organisation publique

Travail à faire

1. À partir du document 1, présentez l'organisation mairie de Marseille : type d'organisation, but, services marchands ou non marchands, champ d'action.
2. Quelle forme de PPP est évoquée dans le document 2 ?

Corrigé p. 217

Document 1 Services proposés par la mairie de Marseille

Marseille est une ville du sud de la France qui compte près de 900 000 habitants. La mairie propose divers services, par exemple :

Papiers et citoyenneté

- Demande d'état civil
- Suivi de votre demande d'état civil
- Carte nationale d'identité
- Carte nationale d'identité - Prise de rendez-vous
- Passeport
- Passeport - Prise de rendez-vous
- Listes électorales
- Vérification d'inscription sur les listes électorales
- Vote par procuration
- Recensement militaire ou "citoyen"
- Journée défense ou citoyenneté (JDC)
- Bureaux municipaux de proximité
- Mairies de secteur

Famille

- Naissance
- Petite enfance
- École primaire
- Pacte Civil de Solidarité
- Mariage
- Décès
- Centre municipal de vaccination
- Inscriptions aux activités sportives municipales
- Maintien à domicile
- Étudier à Marseille

Logement & Urbanisme

- Services et démarches d'urbanisme
- Mes démarches d'urbanisme en ligne
- Changements d'usage
- Charte de la construction durable
- Espace accompagnement habitat
- Organismes HLM et sociaux
- Logement indécent, insalubre ou menacé de péril
- Ravalement de facade
- Chèque accession rénovation
- Chèque premier logement
- Taxe de séjour
- Je déménage
- J'arrive à Marseille

Travail

- Les concours
- Les offres d'emplois
- L'apprentissage
- Les offres de service civique
- Les stages

Document 2 La gestion des piscines de Marseille

La gestion des piscines municipales de la ville de Marseille est confiée depuis 2017 à des prestataires privés.

Cette gestion était trop coûteuse pour la ville : les piscines municipales sont en nombre insuffisant (14, alors que la ville en aurait besoin du double pour répondre aux besoins des habitants), vétustes (la plupart ont été construites dans les années 1970), mal entretenues pour la plupart, les horaires n'y étaient pas respectés…

25 Les organisations de la société civile (OSC)

Mémoriser

1 Les finalités des OSC

Les OSC sont des **organisations privées** au sein desquelles des individus sont réunis autour d'un projet commun.

1.1 Les finalités des OSC

Les OSC ont deux finalités :
– proposer des services non marchands destinés à satisfaire leurs adhérents ;

Exemple → Un club de tennis.

– et/ou réaliser une mission de service public pour l'ensemble de la population (tout en restant privée).

Exemple → Emmaüs.

Elles poursuivent donc un but non lucratif : la recherche de bénéfices n'est pas leur objectif premier. Si une OSC fait des bénéfices, ceux-ci doivent obligatoirement être réutilisés dans le cadre de sa finalité (on parle de surplus).

1.2 Les fonctions des OSC

On distingue quatre grandes fonctions remplies par les OSC :
– le partage d'un loisir entre membres (associations sportives…) ;

Exemple → Le tennis club de Miomo.

– la défense des intérêts des membres (association de locataires, de parents d'élèves, syndicats…) ;

Exemples → La Confédération générale du travail (CGT), la Fédération indépendante et démocratique lycéenne (FIDL).

– le rôle caritatif, humanitaire : associations venant en aide aux autres ;

Exemple → Les Restos du cœur.

– l'expression, la diffusion et la promotion d'idées ou d'œuvres : il peut s'agir de principes démocratiques (ex. : Amnesty International, la Ligue des droits de l'homme), d'idées politiques (les partis politiques sont des associations), de créations artistiques (ex. : théâtre, salle de concert).

2 Les différentes OSC

2.1 Les organisations non gouvernementales (ONG)

Ce sont des organisations indépendantes des États ayant un champ d'action international. Elles réalisent des actions humanitaires, sociales (culture, santé…), environnementales, politiques au niveau mondial.

Exemples → Greenpeace, Handicap International, Amnesty International.

2.2 Les associations

Une association peut avoir plusieurs formes juridiques :

Association de fait	Association loi 1901	
	Association déclarée	Association reconnue d'utilité publique
Elle ne nécessite ni formalités ni déclaration de création. Elle n'a pas la capacité juridique (personne morale), ne peut pas posséder de patrimoine, agir en justice, recevoir des subventions…	Elle nécessite une déclaration en préfecture, a une capacité juridique qui lui est propre, peut agir en justice, posséder un patrimoine, recevoir des dons, cotisations et subventions, recruter des salariés…	Elle est reconnue d'utilité publique par décret. Elle doit être reconnue d'intérêt général, avoir un champ d'action dépassant le cadre local, un nombre minimum d'adhérents (minimum 200) […]. Elle peut recevoir des dons, des donations et des legs. associations.gouv.fr
Ex. : un groupe de lecture.	Ex. : l'Athletic Club de football.	Ex. : les Restos du cœur.

2.3 Les syndicats

Ils ont pour objectif la **défense d'intérêts professionnels communs**. Ils ont la capacité d'ester en justice.

Exemple → Force ouvrière (FO).

2.4 Les fondations

Elles sont constituées lorsqu'une ou plusieurs personnes physiques ou morales décident l'affectation de biens, droits ou ressources à la réalisation d'une œuvre d'intérêt général et à but non lucratif.

Exemple → La Fondation Abbé Pierre.

3 Les ressources des OSC

Les ressources des OSC sont constituées de :

Ressources matérielles	Ressources immatérielles	Ressources financières	Ressources humaines
Locaux, ordinateurs…	Savoir-faire, site Internet…	Cotisations des membres, dons en espèces ou en nature, legs, subventions de l'État, sponsoring, emprunts auprès des banques, vente de biens ou services…	Salariés, bénévoles, volontaires.

S'entraîner

Exercice 1 Les différentes OSC

Travail à faire

Étudiez chacune des organisations présentées dans le document en répondant aux questions suivantes.

1. Précisez de quelle OSC il s'agit.
2. Précisez sa finalité.
3. Indiquez sa fonction.

Corrigé p. 217

Document Des organisations de la société civile en France

a. FIDL LE SYNDICAT LYCEEN	b. Fondation Cartier pour l'art contemporain
c. ACTION CONTRE LA FAIM	d. la cgt
e. A.J.AUXERRE	f. LES RESTAURANTS DU COEUR LES RELAIS DU COEUR

Exercice 2 Les missions d'une OSC

Travail à faire

1. À partir des documents 1 et 2, présentez l'organisation Fondation Abbé Pierre : type d'organisation, forme juridique, but lucratif ou non lucratif, services marchands ou non marchands, champ d'action.
2. Précisez sa finalité et sa fonction.

Corrigé p. 217

Document 1 La Fondation Abbé Pierre

Créée en 1987 et reconnue d'utilité publique le 11 février 1992, la Fondation Abbé Pierre est membre du Comité de la Charte du Don en Confiance. Elle agit pour permettre à toutes personnes défavorisées d'accéder à un logement décent et une vie digne. [...]

www.fondation-abbe-pierre.fr

NOTRE ORGANISATION | NOS ADRESSES | NOS COMPTES | FONDATION ABRITÉE | EMPLOIS ET STAGES | NOTRE COMITÉ D'AMIS ET PARRAINS | BÉNÉVOLAT | LA VIE DE L'ABBÉ PIERRE

Notre organisation

La Fondation Abbé Pierre pour le logement des défavorisés ne compte pas de membres adhérents. Elle est dirigée par un Conseil d'administration de 12 membres : 3 au titre du « collège des fondateurs » et 9 au titre des « personnalités qualifiées », 1 Commissaire du gouvernement représente le Ministère de l'Intérieur puisque la Fondation est reconnue d'utilité publique. Enfin 3 auditeurs ont été nommés par le Conseil d'administration pour 4 ans. Ils participent aux débats du Conseil mais n'ont pas de droit de vote.

2 personnes, dont une représentante de la famille de l'Abbé Pierre, sont invitées permanentes du Conseil d'administration.

L'ensemble de ces fonctions est exercé à titre gratuit et bénévole.

Document 2 Rapport sur « l'état du mal-logement »

Chaque année, la Fondation Abbé Pierre publie un rapport sur « l'état du mal-logement en France ». [...]
Le phénomène n'est pas nouveau mais les chiffres dévoilés ce jour donnent toujours le vertige : selon la Fondation Abbé Pierre, 4,1 millions de personnes sont mal logées dans le pays. Elle a décompté 300 000 personnes sans domicile, soit deux fois plus qu'en 2012. Enfin, plus de 22 000 personnes vivent dans un lieu de vie informel ou indigne, squat, bidonville.

https://france3-regions.francetvinfo.fr

26 Le management des organisations

1 La notion de management

Le management peut être défini comme l'art de gérer une organisation en tenant compte de contraintes (financières, matérielles, humaines, juridiques, environnementales…).

2 Les fonctions du management

Le management repose sur quatre grandes fonctions :

Fonctions du management

Piloter l'organisation
Fixer des objectifs, contrôler les résultats obtenus et engager des actions correctrices si nécessaire.

Diriger
Prendre des décisions.

Organiser
Répartir les tâches entre les acteurs de l'organisation, définir des outils permettant de s'assurer de la cohérence de l'ensemble des tâches.

Animer et mobiliser
Faire en sorte que les ressources soient bien employées pour atteindre l'objectif fixé.

3 Le management stratégique et le management opérationnel

Toutes les décisions prises dans l'organisation relèvent du management. Selon le niveau hiérarchique de l'acteur qui prend la décision et son impact sur l'organisation, on peut distinguer deux niveaux de management : le management stratégique et le management opérationnel.

3.1 Le management stratégique

Le management stratégique consiste à **prendre des décisions stratégiques**.
Ces décisions :
– sont prises en général par les dirigeants ;
– engagent durablement l'organisation (à long terme) ;
– impliquent des coûts et des risques importants ;
– sont difficilement réversibles.

Exemple → Les dirigeants décident de s'implanter en Asie, la construction d'usines sera nécessaire (décision stratégique).

3.2 Le management opérationnel

Le management opérationnel consiste à **prendre des décisions opérationnelles**.
Ces décisions :
– concernent la gestion quotidienne de l'organisation ;
– sont en général prises par le personnel d'encadrement ;
– ont un impact moindre sur le devenir de l'entreprise (à court terme) ;
– sont facilement réversibles.

Le management opérationnel correspond donc à la mise en œuvre des décisions stratégiques.

Exemple → Suite à la décision stratégique de s'implanter en Asie, il faut recruter du personnel, acquérir les machines et aménager les locaux (décisions opérationnelles).

Niveau de management	Niveau de décision	Horizon	Degré de réversibilité	Coûts/risques engendrés
Stratégique	Dirigeants	Long terme	Difficile	Importants
Opérationnel	Encadrement	Court terme	Facile	Faibles

S'entraîner

Exercice 1 Les décisions

Travail à faire

Pour chaque situation présentée dans le document, précisez s'il s'agit d'une décision stratégique ou opérationnelle. Justifiez.

Corrigé p. 217

Document Décision stratégique ou opérationnelle ?

a. L'entreprise Dupont met en place une nouvelle campagne de communication sur les réseaux sociaux. Elle espère augmenter son nombre d'abonnés.

b. L'entreprise Machine fait construire un nouvel entrepôt de 800 m^2 afin de pouvoir y stocker ses marchandises avant livraison. Coût total de l'opération : 500 000 €.

c. L'entreprise Plume embauche un nouveau web designer pour créer et concevoir son site Internet.

d. L'entreprise Pitter envisage de fusionner avec l'entreprise Panne. L'objectif des deux organisations est de mettre en commun leurs ressources et d'avoir un poids plus important sur le marché.

Exercice 2 Le management de Facebook (Meta)

Travail à faire

Répondez aux questions suivantes à l'aide du document.

1. Pourquoi peut-on affirmer que Facebook est une organisation ?
2. Caractérisez l'organisation Facebook selon les critères suivants : type, but, finalité, activité, ressources, champ d'action géographique.
3. À quel type de management appartient la décision prise par Facebook de racheter Instagram ? Qualifiez la décision qui en découle. Justifiez votre réponse.
4. À quel type de management appartient la décision prise par Facebook de changer le nom de Facebook en « Meta » ? Qualifiez la décision qui en découle. Justifiez votre réponse.

Corrigé p. 217

Conseil

La réponse à une question de management doit être rédigée de manière structurée en suivant une méthodologie précise.

Étape 1 : rappeler la définition des termes et/ou des éléments de cours. Même si la consigne ne demande pas précisément la définition des termes, il est nécessaire de les rappeler.

Étape 2 : appliquer le cours à la situation de l'organisation étudiée. Il faut utiliser les éléments propres à l'organisation étudiée, présentés dans le[s] document[s]. Ceux-ci doivent être précis et justifiés.

Étape 3 : soigner la rédaction de la réponse. Pour ce faire, il est utile :
– d'aller à la ligne ou de sauter une ligne après chaque idée ;
– de proposer une réponse sous forme de tableau quand cela est possible ;
– de se relire et de corriger les éventuelles fautes d'orthographe.

Document **Le métavers de Marc Zuckerberg**

Le 3 février 2004, Mark Zuckerberg, étudiant à Harvard et passionné par le développement de programmes informatiques, fonde « The Facebook ». Eduardo Saverin (pour l'aspect commercial), Dustin Moskovitz (programmeur), Andrew McCollum (graphiste) et Chris Hughes le rejoignent afin de l'aider à promouvoir le site.
Mark Zuckerberg fait confiance et délègue, il a plutôt un style de management simple et décontracté. Ainsi, Sheryl Sandberg (directrice des opérations) a carte blanche pour gérer tout ce qui n'intéresse pas le fondateur : les ventes, le marketing, la publicité et les ressources humaines. Zuckerberg peut ainsi se concentrer sur le développement du site.
Avec le temps, Facebook s'est développée : la compagnie a racheté Instagram en 2012, ainsi que WhatsApp et Oculus VR en 2014.
En 2021, Facebook change de nom pour s'appeler Meta afin de mieux distinguer le groupe de ses biens et services : il n'y aura plus de confusion entre le groupe Facebook et le réseau social Facebook. Ce changement est également lié à la volonté du fondateur de développer l'activité du groupe dans le domaine du métavers*.

* Le métavers est un monde parallèle, virtuel, où chacun peut évoluer, à travers un avatar ou un hologramme : jouer, travailler, apprendre…

Meta aujourd'hui en quelques chiffres

Chiffre d'affaires : 117,929 milliards de dollars (2021)
Effectif : 71 000 salariés à travers le monde
2,912 milliards d'utilisateurs actifs mensuels
Implantée dans 70 villes à travers le monde : Amérique du Nord, Amérique latine, Europe, Moyen-Orient, Afrique et Asie-Pacifique.

27 Le management et les changements de l'environnement

Mémoriser

1 L'organisation : un système complexe au sein d'un environnement instable

1.1 L'organisation : un système complexe

Une organisation (entreprise, organisation publique, organisation de la société civile) est un **système complexe** (composé de différents éléments et acteurs internes en interaction) ouvert sur un environnement, à double niveau (macro- et micro-environnement), en perpétuel mouvement.

1.2 Les causes de cette complexité

Cette complexité est liée à plusieurs causes :

– des **éléments internes en interaction**, que l'organisation doit articuler pour assurer une organisation et un fonctionnement performants ;

Exemples → Une entreprise internationale qui a des filiales à l'étranger doit coordonner ses actions et assurer sa cohésion.
Un ministère doit tenir compte des directives du ministre pour coordonner l'action des fonctionnaires qu'il emploie.

– des **intérêts divergents**, source de conflits entre les **parties prenantes** que l'organisation doit concilier ;

Exemple → Les dirigeants d'une entreprise doivent tenir compte des revendications de leurs salariés tout en préservant les intérêts de leurs associés.

– un **environnement complexe et changeant** auquel l'organisation doit s'adapter en permanence afin d'assurer sa pérennité.

Exemple → La crise sanitaire a poussé l'État à revoir sa politique industrielle afin de relocaliser sur le territoire français la fabrication de produits liés à la santé, comme certains médicaments ou les masques chirurgicaux.

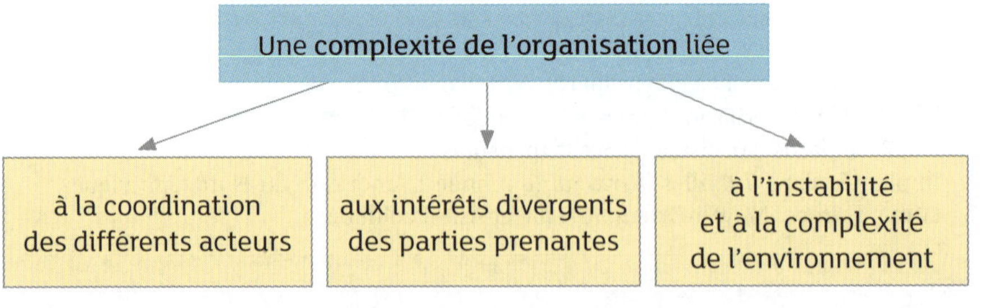

2 Le management face à une double contrainte

Le management a pour mission de diriger l'organisation afin de lui permettre d'atteindre sa finalité (réaliser des bénéfices, assurer une mission de service public…) et doit veiller à la faire évoluer pour tenir compte des changements de l'environnement tout en respectant son identité. Il doit donc faire en sorte que l'organisation s'adapte.

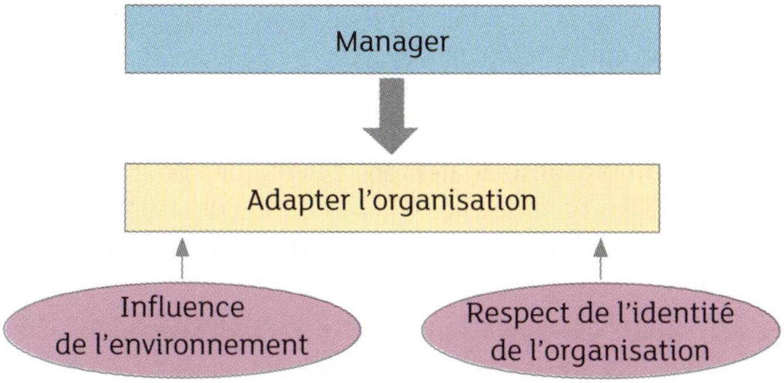

2.1 Manager en tenant compte de l'environnement

Face à un environnement changeant (mutations technologiques, contraintes écologiques ou juridiques…), les managers doivent veiller en permanence à piloter l'organisation de manière à assurer son adaptabilité et sa flexibilité.

Leurs décisions permettent à l'organisation d'être suffisamment agile et réactive afin d'assurer sa stabilité et son équilibre, et par conséquent sa pérennité.

Exemple → Les constructeurs automobiles sont confrontés à un défi de taille : la fin des voitures thermiques d'ici 2035, selon le projet de la Commission européenne. Les dirigeants doivent donc revoir leur stratégie pour assurer la pérennité et le développement de leur activité actuellement basée sur les moteurs thermiques.

2.2 Manager en tenant compte de l'identité de l'organisation

Le management doit assurer l'agilité de l'organisation tout en prenant en compte les facteurs internes comme sa taille, son histoire et/ou sa culture, qui est porteuse de valeurs fondamentales. La résistance aux changements est une des grandes difficultés que tout manager doit surmonter.

Exemple → L'ouverture à la concurrence du trafic ferroviaire en 2023 implique un changement du statut professionnel historique des cheminots de la SNCF pour s'aligner sur celui des concurrents (Transdev, par exemple).

3 Le management face au défi de la digitalisation

La digitalisation est un processus qui permet l'intégration de l'informatique et d'Internet dans le fonctionnement des organisations. La transformation digitale incarne la quatrième révolution industrielle.

La digitalisation crée des opportunités pour les organisations et améliore leur performance.

Exemples → L'e-commerce a progressé de 8,5 % en 2020, avec 41,6 millions de Français qui achètent sur Internet.
Le service public accélère sa transformation digitale avec trois objectifs pour l'usager : la rapidité, la simplicité, la proximité.

Mais la digitalisation présente également des risques pour les organisations : les cyberattaques, les problèmes liés à la protection des données personnelles, les dangers du télétravail pour les salariés, la mauvaise maîtrise de l'e-réputation (« *bad buzz* »).

Exemples → Le nombre de cyberattaques a été multiplié par 4 en 2020 ;
10 000 entreprises ont été victimes de piratage.
80 % des internautes se renseignent sur l'e-réputation d'un vendeur avant d'acheter.

4 Le management face au défi écologique

Le management doit prendre en compte les impératifs écologiques car il pose un cadre juridique contraignant à respecter.

Exemple → L'interdiction des produits en plastique à usage unique par la loi du 10 février 2020 crée une inquiétude chez les producteurs de plastique, qui voient leur activité principale menacée.

Mais au-delà de la contrainte législative, les organisations cherchent à devenir des acteurs responsables. Elles ont en effet intérêt à s'inscrire dans une démarche de RSE (responsabilité sociétale de l'entreprise) : les clients sont de plus en plus attentifs aux conditions dans lesquelles sont fabriqués les produits qu'ils consomment, donc à l'attitude écoresponsable des entreprises qui les produisent. Une démarche RSE permet à toute entreprise d'améliorer son image et d'accroître sa popularité et sa compétitivité.

Exemple → Decathlon développe un concept d'éco-design afin de réduire l'impact environnemental de ses produits (matières premières durables, procédés de fabrication respectueux de la planète).

S'entraîner

Exercice — L'adaptabilité de TotalEnergies

Travail à faire

Étudiez les documents 1 et 2 afin de répondre aux questions suivantes.

1. Relevez les éléments qui illustrent la complexité de l'organisation TotalEnergies.
2. Identifiez les menaces de l'environnement auxquelles TotalEnergies est confrontée.
3. Montrez que les dirigeants de TotalEnergies prennent des décisions qui permettent l'adaptabilité de l'entreprise.

Corrigé p. 218

Document 1 Total rachète Direct Energie

En 2018, Total crée la surprise en rachetant Direct Energie, troisième acteur de l'électricité, pour 1,4 milliard d'euros, soit 74 % du capital. Total fait alors son entrée dans le secteur de l'électricité, face à EDF, le fournisseur historique en France. Le groupe Total, devenu TotalEnergies, sixième groupe pétrolier mondial, compte aujourd'hui 105 000 collaborateurs, de 160 nationalités différentes et exerçant plus de 750 métiers différents. À travers cette acquisition, les dirigeants poursuivent deux objectifs majeurs pour assurer la pérennité du groupe : préparer l'après-pétrole (énergie fossile épuisable) et intégrer les préoccupations écologiques dans leurs priorités. En effet, une identité plus verte est la bienvenue dans ce contexte toujours plus culpabilisant pour les compagnies pétrolières perçues comme trop polluantes… Mais qu'en est-il des clients de Direct Energie ? Les associations de consommateurs craignent que les gros acteurs de l'énergie prennent le contrôle du marché et mettent fin à la bataille concurrentielle qui tirait les prix à la baisse.

Document 2 TotalEnergies dans le monde

Selon Patrick Pouyanné, le PDG de TotalEnergies, le risque géopolitique est au cœur de l'activité du groupe et pèse au quotidien sur la sécurité des salariés dans le monde. Comme on ne peut pas choisir la localisation des matières premières, l'entreprise doit s'adapter, et les équipes dirigeantes doivent savoir réagir au bon moment. Ainsi, en 2015, al-Qaida étant arrivé à 50 km de l'usine de liquéfaction de gaz du Yémen, l'ordre d'évacuation avait été donné.

Conseils

– Bien lire la consigne et se poser la question simple : « Qu'est-ce qu'on me demande ? » avant de répondre.

– Ne pas recopier les documents mais y relever des éléments concrets pour construire sa réponse à partir du contexte donné.

28 La stratégie

1 La stratégie et le plan stratégique

1.1 Le concept de stratégie

Le terme « **stratégie** » vient du grec « *stratego* », qui a des origines militaires puisqu'il signifie « celui qui commande l'armée ».

La **stratégie** consiste à :

- **Déterminer les finalités et objectifs.** Dépendent de la finalité.
- **Choisir les actions à mettre en œuvre.** Nécessitent la prise de décisions stratégiques.
- **Allouer des ressources.** Mobilise des ressources humaines, financières, matérielles et immatérielles.

1.2 Le plan stratégique

Un plan stratégique permet à l'organisation de mettre en œuvre sa stratégie. Au cours du temps, il nécessitera des ajustements, voire des réorientations pour s'adapter et tenir compte des évolutions de l'environnement.

En effet, dans un environnement de plus en plus incertain et instable, du fait d'une concurrence mondialisée et accrue, le déroulement du plan stratégique subit des aléas et perturbations de l'environnement, non prévus au départ.

Exemple → La crise sanitaire et ses conséquences sur les transports ont obligé plusieurs entreprises à revoir leur stratégie de délocalisation de leur production.

2 La démarche stratégique

2.1 Les étapes de la démarche stratégique

Le choix d'une stratégie, impactant le devenir de l'organisation, est rarement instantané. Il nécessite, de la part de l'organisation, une analyse poussée de son environnement, et donc une réflexion en amont de la mise en œuvre du plan stratégique.

Ainsi, le plan stratégique suit une démarche qui peut être découpée en étapes :

Étape 1 Mise en évidence des...	**Étape 2** Fixation des objectifs stratégiques	**Étape 3** Mise en œuvre et contrôle d'un ou plusieurs choix stratégiques
Forces et faiblesses de l'organisation / Opportunités et menaces de son environnement		
Qu'est-ce que l'organisation sait faire ? Qu'est-ce qu'elle devrait faire ?	*Qu'est-ce que l'organisation veut faire ?*	*Comment l'organisation veut faire pour atteindre ses objectifs ?*

2.2 L'analyse FFOM (ou SWOT)

L'analyse FFOM (Forces, Faiblesses, Opportunités, Menaces – ou SWOT : *Strengths, Weaknesses, Opportunities, Threats*) est un outil d'aide à la décision permettant d'analyser les éléments de l'environnement d'une organisation impactant ou pouvant impacter l'organisation. On parle aussi de diagnostic stratégique (*cf.* fiches 29 et 30).

Elle se présente de la manière suivante :

	Forces	Faiblesses
Éléments d'origine interne (organisation)	Ex. : • Marque connue mondialement • Salariés aux qualifications pointues • Machines très performantes	Ex. : • Image de marque négative • Difficultés d'approvisionnement
	Opportunités	**Menaces**
Éléments d'origine externe (environnement)	Ex. : • Demande croissante	Ex. : • Baisse du pouvoir d'achat des ménages • Normes

S'entraîner

Exercice — Le plan stratégique de Stellantis

Travail à faire

Étudiez les documents 1 et 2 afin de répondre aux questions suivantes.

1. Identifiez l'objectif stratégique fixé par Carlos Tavares dans le cadre du plan « Dare Forward ».
2. Montrez que cet objectif coïncide avec la finalité de Stellantis.
3. Quelles décisions découlent de ces objectifs stratégiques ? Précisez s'il s'agit de décisions stratégiques ou opérationnelles.
4. Montrez que Carlos Tavares a tenu compte des forces et faiblesses, opportunités et menaces de l'organisation pour mettre en œuvre sa stratégie. Donnez un exemple.
5. Identifiez les ressources allouées dans le cadre du plan stratégique « Dare Forward ».

Corrigé p. 218

Conseil

Il ne faut pas confondre ces trois notions :
- la finalité de l'organisation est ce pour quoi elle a été créée ;
- l'objectif stratégique est le but défini par la direction à atteindre à moyen ou long terme ;
- la décision stratégique est la décision prise par la direction pour atteindre le ou les objectifs.

Document 1 Extrait du site Stellantis

Qui sommes-nous ?

Stellantis est un constructeur automobile mondial de premier plan qui propose des solutions de mobilité propres, connectées, abordables et sûres. La force de notre entreprise réside dans l'étendue de notre portefeuille de marques emblématiques.

Marques

Document 2 Le plan stratégique de Stellantis pour 2030

[...] Baptisée «Dare Forward», la feuille de route [du plan stratégique du constructeur automobile] prévoit une grosse accélération dans le véhicule 100 % électrique. Et ce, malgré les nombreuses mises en garde de Carlos Tavares sur les surcoûts de cette technologie. « *Le but aujourd'hui n'est pas d'exprimer notre opinion. Il s'agit d'être compétitif* », a expliqué le directeur général de Stellantis.

[...] Stellantis a fixé un cap ambitieux pour 2030 : doubler son chiffre d'affaires net pour atteindre 300 milliards d'euros en 2030. [...] En parallèle, elle compte aussi se renforcer à l'extérieur de l'Europe et de l'Amérique du Nord. « *Nous voyons exactement où nous allons au cours des neuf prochaines années, ce qui est assez audacieux étant donné le chaos mondial actuel* », a souligné Carlos Tavares, en écho aux perturbations sur la chaîne d'approvisionnement et à la guerre en Ukraine.

[...] Stellantis dit se préparer pour viser « *100 % de véhicules électriques vendus en Europe et 50 % aux États-Unis à l'horizon 2030* », annonce le groupe. « *Tous les lancements en Europe seront des véhicules 100 % électriques à partir de 2026* », a complété Carlos Tavares. Un virage radical pour l'industriel même s'il conditionne cet objectif à « *des politiques publiques favorables* ». Encore en juillet 2021, le groupe ne visait « que » 70 % de véhicules à faible émission en Europe en 2030.

Les analystes n'ont pas manqué d'interroger Carlos Tavares sur cette accélération. « *Nous gérons nos plans et nos équipes en fonction des réglementations et des interdictions qui seront décidées par les gouvernements* », a expliqué le directeur général.

[...] En termes de volumes, la croissance projetée par Stellantis est vertigineuse. Le groupe souhaite atteindre 5 millions de véhicules électriques vendus en 2030. [...]

L'industriel va augmenter sa production de batteries en conséquence. Stellantis vise désormais une capacité de 400 GWh en 2030, et non plus 260 GWh. En revanche, le groupe ne semble pas avoir revu à la hausse son plan d'investissement. Il prévoit toujours d'engager 30 milliards d'euros entre 2021 et 2025 dans l'électrique et le logiciel. Soit le même montant qu'annoncé en juillet 2021.

[...] La gamme de véhicules électriques devrait ainsi grossir de 19 modèles à plus de 75. [...]

www.usinenouvelle.com, 1er mars 2022.

29 Le diagnostic stratégique interne

Mémoriser

La démarche stratégique prévoit la réalisation d'un diagnostic stratégique (cf. fiche 28). L'organisation va ainsi procéder à un diagnostic interne qui consiste :
– à analyser ses ressources et ses compétences ;
– à les classer en forces et en faiblesses.
Il s'agit de la partie « FF » de l'analyse FFOM.

1 Les ressources et les compétences de l'organisation

1.1 Les ressources

Chaque organisation s'efforce de constituer et de développer des ressources créatrices de valeur qui lui sont propres.

Les ressources humaines Nombre et niveau de qualification des salariés. → Elles doivent être évaluées d'un point de vue quantitatif et qualitatif. Il importe ici d'analyser le niveau de qualification et le savoir-faire du personnel, sa flexibilité, sa polyvalence, sa motivation ou sa capacité d'innovation…	Les ressources financières Ensemble des sources de financement de l'organisation. → Le diagnostic financier consiste à évaluer l'importance des ressources financières mais aussi la capacité d'autofinancement, la solvabilité (l'endettement) et la rentabilité de l'organisation.
Les ressources matérielles Caractéristiques des locaux, du matériel, des équipements, des installations, des usines en termes de taille, d'âge, de localisation, d'évolution technique, de flexibilité.	Les ressources immatérielles Brevets, investissements en R&D, systèmes d'information organisationnels, image de marque, réputation, notoriété… → Elles sont le fruit d'un long processus propre à chaque organisation. Ce type de ressources lui procure un pouvoir de différenciation important.

1.2 Les compétences

Les compétences sont des capacités à mobiliser et à combiner au mieux des ressources en vue d'atteindre un objectif. Cette « combinaison de ressources » constitue un savoir-faire et s'acquiert par l'apprentissage, la répétition et l'expérience.

Le diagnostic permet d'identifier plusieurs types de compétences :
– professionnelles : savoirs et savoir-faire individuels des salariés ;
– organisationnelles : maîtrise des processus internes (règles et normes de fabrication), gestion de la qualité, processus d'innovation (R&D, brevets...) ;
– commerciales : relations avec les partenaires, fournisseurs, distributeurs...

2 Les forces et les faiblesses de l'organisation

2.1 Les forces et les faiblesses

Après avoir identifié les ressources et les compétences les plus importantes, l'organisation sait ce qu'elle maîtrise, ce sont ses forces. Elle doit également repérer les facteurs de faiblesse qui pourraient nuire à sa pérennité.

2.2 L'élaboration du diagnostic interne

C'est à partir de l'analyse des ressources et des compétences que l'organisation va pouvoir définir sa stratégie. Elle pourra s'appuyer sur ses forces existantes pour faire évoluer ses activités et consolider son avantage concurrentiel, et elle tentera de réduire ses faiblesses.

Exemples → Une entreprise dispose de matières premières de qualité grâce à des relations suivies avec ses fournisseurs : force.
Elle a un budget consacré à la R&D conséquent : force.
Elle rencontre des difficultés à recruter du personnel qualifié : faiblesse.
Son matériel de production est ancien : faiblesse.

2.3 Les compétences distinctives

Certaines compétences sont fondamentales pour l'organisation, elles la différencient de façon stratégique et permettent d'obtenir un avantage concurrentiel (avantage temporaire qui permet à l'organisation d'être meilleure que ses concurrents). On parle alors de « compétences distinctives ».
Une compétence qui requiert une combinaison complexe d'un grand nombre de ressources permet d'assurer un avantage concurrentiel durable à l'organisation, car elle sera plus difficile à constituer et à imiter.

Exemple → L'entreprise Opinel, célèbre fabricant de couteaux, dispose d'un savoir-faire unique et reconnu dans le monde entier.

S'entraîner

Exercice ## Le diagnostic interne d'Opinel

Travail à faire

1. Relevez dans le document les ressources et les compétences de l'entreprise Opinel et précisez s'il s'agit d'une force ou d'une faiblesse pour l'organisation (diagnostic interne).
2. Identifiez la compétence distinctive d'Opinel.

Corrigé p. 219

Conseil

Pour analyser les ressources et les compétences, et les classer en forces et faiblesses, il est utile de faire un tableau :

	Forces	Faiblesses
Compétences : – professionnelles – organisationnelles – commerciales		
Ressources humaines		
Ressources financières		
Ressources matérielles		
Ressources immatérielles		

Remarques :

- il n'est pas obligatoire de compléter toutes les cases ;
- il est important de justifier les éléments cités ; il faut toujours se demander en quoi cette ressource ou compétence est une force ou une faiblesse pour l'organisation.

Ex. : « 2 usines » → ressource simple : pas dans le diagnostic interne
« 2 usines modernes » → élément de diagnostic interne : force

Document L'Opinel, le couteau des Alpes

En 1890, dans un petit village de Maurienne, en Savoie, Joseph Opinel invente le couteau de poche qui porte aujourd'hui son nom. L'entreprise Opinel est toujours dirigée par les descendants de Joseph Opinel et fabrique au cœur des Alpes, à Chambéry, des articles dont la qualité a fait la réputation de la marque depuis près de 130 ans.

La collection est composée de couteaux et outils de poche pour le bricolage, le sport, les activités de plein air, le jardinage ainsi que des couteaux de cuisine et de table…

Les couteaux de poche, couteaux de table, couteaux de cuisine, outils de jardin sont fabriqués en France dans l'usine de Chambéry, en Savoie, qui emploie 130 personnes dont 80, au savoir-faire qualifié, directement liées à la production. Pour suivre le développement de l'activité, 2 000 m² de bâtiments industriels ont été ajoutés aux 4 000 m² existants (1 500 m² en 2015 et 500 m² en 2018).

En 2019, 5,5 millions d'articles ont été produits. Les couteaux sont vendus dans plus de 70 pays à travers le monde pour un chiffre d'affaires de 26 millions d'euros, réalisé à hauteur de 45 % à l'export.

L'un des piliers de la réussite de l'entreprise est la protection de la marque, des produits et du savoir-faire. Et ce, au travers de plus de 900 protections (marques, modèles, brevets, noms de domaine) dans près de 100 pays. Cela a débuté dès 1909 avec le dépôt de la marque Opinel®, et par la suite de manière régulière (par exemple, en 1955 et 2000 pour le brevet du Virobloc®).

Simple, fonctionnel et malin, le couteau pliant Opinel est devenu au fil du temps une icône design reconnue dans le monde entier comme LE couteau français, « *the french knife* ».

D'après www.opinel.fr

30 Le diagnostic stratégique externe

Mémoriser

Pour compléter son diagnostic interne (cf. fiche 29), l'entreprise réalise un diagnostic externe qui consiste :
– à analyser son micro- et son macro-environnement ;
– à les classer en opportunités et menaces.
Il s'agit de la partie « OM » de l'analyse FFOM.

1 La veille stratégique, utile au diagnostic

La veille stratégique consiste à rechercher, collecter et traiter les informations sur l'environnement de l'organisation afin de réduire l'incertitude. Elle est aujourd'hui facilitée par le numérique.

Exemples → Informations juridiques, technologiques, sur la concurrence, les modes de consommation, l'activité économique.

La veille stratégique est un outil d'aide à la prise de décision stratégique permettant de tenir compte des évolutions de l'environnement qui peuvent impacter l'organisation.

2 Le micro- et le macro-environnement de l'organisation

2.1 Le micro-environnement

C'est l'environnement le plus proche de l'organisation. Il regroupe divers acteurs.

a) Les concurrents

La concurrence directe	La concurrence indirecte	La concurrence potentielle
Analyse des entreprises concurrentes déjà existantes sur le marché (nombre, taille et stratégie). Plus les concurrents sont nombreux et de même poids, plus l'intensité concurrentielle est vive.	Analyse de la menace des produits de substitution. S'ils existent, ils représentent un risque de baisse des ventes. Ex. : Airbnb pour les hôtels.	Analyse d'une éventuelle menace de nouveaux entrants sur le marché. Cette menace dépend de la présence de barrières à l'entrée du marché. Ex. : barrière à l'entrée : implanter un supermarché nécessite l'autorisation de la mairie.

b) Les fournisseurs

Si l'entreprise est dépendante de ses fournisseurs, ceux-ci auront un pouvoir de négociation important.

Exemple → Lorsqu'une entreprise n'a qu'un seul fournisseur, celui-ci a un pouvoir de négociation important.

c) Les clients

Lorsqu'un client représente une part importante du chiffre d'affaires d'une entreprise, il détient un pouvoir de négociation important.

Exemple → Les entreprises de grande distribution, en tant que clientes, ont un pouvoir de négociation important envers les petits producteurs.

2.2 Le macro-environnement

C'est l'environnement le plus éloigné de l'organisation. Pour en analyser les différents éléments, l'organisation utilise la méthode PESTEL :

PESTEL	Éléments
Politique	Politique fiscale, politique gouvernementale, commerce extérieur, politique sociale. Ex. : une hausse des impôts.
Économique	Conjoncture nationale ou internationale. Ex. : l'inflation, la baisse du pouvoir d'achat des consommateurs, le chômage.
Socioculturel	Changements de société, de mode de vie, de culture, démographiques, sociaux. Ex. : l'allongement de la durée de vie, le vieillissement de la population, l'attitude par rapport au travail, aux loisirs.
Technologique	Innovation, recherche en matière de technologies clés, équipement en matière de communication et infrastructures. Ex. : les dépenses publiques de R&D, le réseau Internet.
Écologique	Respect de l'environnement, « technologies vertes », énergies propres et ressources renouvelables. Ex. : la réglementation sur la consommation de CO_2.
Légal	Règles légales. Ex. : le droit du travail, le droit social, les normes, la sécurité des produits, l'étiquetage.

3 Les opportunités et les menaces de l'organisation, le diagnostic externe

Après avoir identifié les éléments constituant son environnement, l'organisation doit repérer, dans le cadre de son diagnostic externe, ceux qui constituent :
– soit des opportunités sur lesquelles elle peut s'appuyer ;
– soit des menaces dont elle doit absolument tenir compte pour espérer rester pérenne.

Exemples → La crise sanitaire pour une entreprise de restauration : menace.
La crise sanitaire pour un fabricant de masques : opportunité.
L'arrivée d'un nouveau concurrent : menace.

Le diagnostic permet d'identifier les éléments déterminants pour réussir sur un marché donné : ce sont les facteurs clés de succès.

S'entraîner

Exercice — Le diagnostic externe de Stellantis

Travail à faire

Relevez, dans les documents 1 et 2, les éléments du micro- et du macro-environnement de l'entreprise Stellantis, et précisez s'il s'agit d'une opportunité ou d'une menace pour l'organisation (diagnostic externe).

Corrigé p. 219

Conseil

Pour analyser les éléments du micro- et du macro-environnement, et les classer en opportunités et menaces, il est utile de faire un tableau :

	Opportunités	Menaces
Micro-environnement : – concurrence – fournisseurs – clients		
Macro-environnement : – politique – économique – socioculturel – technologique – écologique – légal		

Remarques :

- il n'est pas obligatoire de compléter toutes les cases ;
- il est important de justifier les éléments cités ;
- il faut toujours se demander en quoi l'élément de l'environnement est une opportunité ou une menace pour l'organisation.

Document 1 Extraits du site Stellantis.com

Stellantis est un groupe automobile résultant de la fusion, en 2021, du groupe PSA et de Fiat Chrysler Automobiles (FCA).

• « À l'horizon 2025, sur l'ensemble de nos 14 marques emblématiques, 98 % des véhicules commercialisés en Europe et en Amérique du Nord seront électrifiés, dont 40 en version 100 % électrique. »

• « Grâce à un large éventail de technologies innovantes, nous nous efforçons de satisfaire tous les besoins de transport avec des véhicules attractifs et abordables disponibles dans le monde entier, tout en réduisant nos émissions globales de CO_2. »

Document 1 (suite)

- « Stellantis dispose d'une stratégie software globale, grâce à laquelle nous réinventons la manière dont nos véhicules sont dessinés, conçus et fonctionnent, pour offrir des solutions de mobilité toujours plus orientées client et connectées. »

Document 2 **Éléments du micro- et du macro-environnement de Stellantis**

Suite à l'invasion de l'Ukraine, le groupe Stellantis a annoncé suspendre ses importations et ses exportations de voitures vers la Russie. Il possède environ 1,5 % des parts du marché automobile russe.
La pénurie de semi-conducteurs (composants électroniques) allonge les délais de livraison sur le marché automobile.
La loi « Climat et Résilience » impose la création d'une zone à faible émission dans les grandes agglomérations d'ici la fin 2024 : interdiction aux véhicules les plus polluants de se déplacer sur ces zones.
Le groupe Stellantis est le sixième constructeur automobile mondial, après Toyota, Volkswagen, Renault Nissan, General Motors et Hyundai Kia.
Inflation, baisse du pouvoir d'achat des ménages, telles sont les perspectives économiques pour l'année à venir.
Les ventes de vélos électriques ont fortement augmenté durant la crise sanitaire. De nombreux consommateurs plébiscitent ce moyen de transport, moins polluant. Les mentalités évoluent, les régions développent les aides à l'achat et la création de pistes cyclables.
Les constructeurs automobiles cherchent de plus en plus à innover : voitures intelligentes pour faciliter la vie des conducteurs, innovations pour la sécurité de la voiture (contre le vol…) ou des conducteurs (aide à la conduite, détection des dangers…), voitures connectées (partenariat de Fiat avec Google), tablette ou tableau de bord géant permettant de répliquer l'écran de son téléphone, faire des visioconférences, diffuser des films…
La hausse substantielle des prix, qui fait de l'automobile un produit de luxe, a entraîné une baisse des ventes de voitures neuves. Elle incite les acheteurs à repousser leur décision d'achat.
Vous achetez une voiture électrique ou hybride ? Vous avez droit à une aide financière versée par l'État. Pour un véhicule de moins de 45 000 € dont le taux de CO_2 est au maximum de 20 g/km, le bonus est de 27 % du coût d'acquisition TTC du véhicule, plafonné à 5 000 €.

31 L'interprétation du diagnostic stratégique

Mémoriser

Dans le cadre de sa démarche stratégique, l'organisation va interpréter son diagnostic stratégique (cf. fiche 28). Cette interprétation facilite la fixation d'objectifs stratégiques.

1 La fixation des objectifs stratégiques

Les objectifs stratégiques permettent de déterminer ce que l'organisation veut faire, c'est-à-dire les résultats qu'elle souhaite atteindre à moyen ou à long terme. Ils sont fixés par les dirigeants en tenant compte de la finalité de l'organisation et en fonction des résultats du diagnostic stratégique.
Ces objectifs peuvent être :

Économiques	Non économiques
Ex. : être leader sur le marché.	Ex. : promouvoir l'égalité au travail.
Quantitatifs	**Qualitatifs**
Ex. : augmenter le CA de 30 %.	Ex. : améliorer les conditions de travail.

Pour atteindre ses objectifs, l'organisation va prendre des décisions stratégiques.

2 Les nœuds de conflit et points de consensus

2.1 Les parties prenantes

Ce sont les individus ou groupes d'individus, internes ou externes, qui peuvent avoir une influence ou être influencés par l'activité et la performance de l'organisation.

Exemples → Salariés : partie prenante interne. Fournisseurs : partie prenante externe.

L'organisation doit tenir compte des avis des différentes parties prenantes lors de la fixation des objectifs et des décisions stratégiques.

2.2 Les nœuds de conflit et les points de consensus

Des divergences d'intérêts peuvent survenir au sein de l'organisation et conduire à des nœuds de conflit. Il faut alors rechercher le point de consensus à l'aide de discussions ou de négociations afin que les objectifs stratégiques soient acceptés par les différentes parties prenantes.

Exemple → La non-augmentation de la rémunération de ses salariés permet à l'entreprise de ne pas augmenter ses charges et de faire des bénéfices. Les actionnaires auront davantage de dividendes, mais les employés peuvent être démotivés. Le point de consensus peut être de leur verser des primes, moins coûteuses et moins engageantes pour l'entreprise que des augmentations de salaire.

S'entraîner

Exercice Les objectifs de Doctolib

Travail à faire

1. Identifiez les objectifs stratégiques de Doctolib.
2. Quelles décisions ont été prises pour les atteindre ?

Corrigé p. 220

Document

Doctolib lève 500 millions d'euros de fonds et devient la start-up la mieux valorisée de France

Sur les cinq prochaines années, Doctolib compte créer 3500 nouveaux emplois dans 30 villes de France, en Allemagne et en Italie.

[…]

Quels sont les projets de Doctolib ?

Désormais, **l'objectif est celui de la rentabilité**. Aujourd'hui, la stratégie est encore d'investir pour continuer de grandir. Les co-fondateurs de Doctolib misent sur 2024 ou 2025 pour atteindre le fameux seuil de rentabilité. Actuellement, de nombreux investissements servent à développer de nouveaux logiciels pour les médecins, infirmiers et kinés libéraux, mais aussi pour les hôpitaux, qui doivent tous aboutir [en 2022].

Touchant plus de 13 % du marché européen, **60 millions d'utilisateurs** et 300 000 professionnels de santé, Doctolib permet de trouver un professionnel de santé, prendre un rendez-vous médical en ligne, effectuer une téléconsultation ou gérer [sa] santé et celle de [ses] proches. L'entreprise souhaite aller encore plus loin en créant des « *services supplémentaires, comme le partage d'ordonnances dématérialisées, ou une messagerie avec les professionnels de santé* ».

Cette messagerie devrait voir le jour en 2022. Elle promet d'offrir aux soignants la **capacité de communiquer entre eux de façon sécurisée**. L'autre grand objectif de Doctolib est de « *s'attaquer aux hôpitaux* ». En 2022, 250 hôpitaux publics sont déjà utilisateurs de Doctolib dont 50 % des CHU. Avec ce nouveau financement [500 millions d'euros], la start-up française précise qu'elle compte également renforcer ses équipes de cybersécurité.

https://siecledigital.fr, 16 mars 2022.

32 L'évaluation de la performance

Mémoriser

1 Objectifs stratégiques, indicateurs et performance

Pour évaluer l'atteinte des objectifs stratégiques, l'organisation adopte des indicateurs, c'est-à-dire des critères de mesure dont les dirigeants suivent l'évolution. Ces indicateurs, qui peuvent être d'ordre financier, économique, social ou commercial, mesurent la performance de l'organisation. On les appelle aussi « **indicateurs clés de performance** » ou **KPI** (*Key Performance Indicators*).

Exemple → Le taux de turnover est un indicateur de performance sociale qui renseigne sur le renouvellement des effectifs (suite à des recrutements, à des départs de personnel...) et traduit l'ambiance de travail au sein de l'organisation.

2 Le choix des indicateurs

Les critères de choix des indicateurs sont importants car ils conditionnent la qualité des informations collectées sur la performance et donc celle de la prise de décision. Ainsi, les indicateurs choisis doivent être :

– pertinents (adaptés à ce que l'organisation veut mesurer) ;
– variés (représentatifs du phénomène à mesurer) ;
– évaluables (mesurables dans le temps et dans l'espace pour permettre les comparaisons) ;
– acceptés par les acteurs, notamment les salariés (reconnus comme fiables).

Exemple → Le suivi d'indicateurs comme le chiffre d'affaires, la part de marché, le nombre de clients gagnés, le nombre de prospects permet de mesurer la performance d'une équipe commerciale.

3 Les tableaux de bord

Un **tableau de bord** est un document qui regroupe un ensemble d'indicateurs. Il est alimenté par la remontée régulière des informations des différentes entités de l'organisation appelée « **reporting** ». Il donne une vision globale de la performance de l'organisation car il permet :

– d'identifier les écarts entre la réalisation et le prévisionnel ;
– de faciliter la communication interne avec les différents acteurs ;
– de motiver autour de l'atteinte d'objectifs communs ;
– de stimuler la performance des équipes.

S'entraîner

Exercice — Le pilotage de l'entreprise Flextech

Travail à faire

1. Que représente le document ?
2. Quel type de performance mesure-t-il ? Justifiez votre réponse.
3. Quel est l'intérêt de l'indicateur « Répartition de l'effectif » et de l'indicateur « Salaire annuel moyen par sexe » ?
4. Quelle information donne l'indicateur « Taux de turnover » sur la SAS Flextech ? Quelles seront les suites données à cette information ?

Corrigé p. 220

Document Extrait du rapport annuel de la SAS Flextech

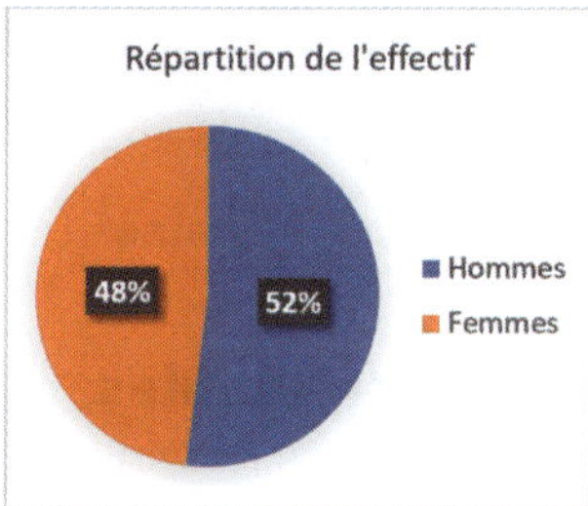

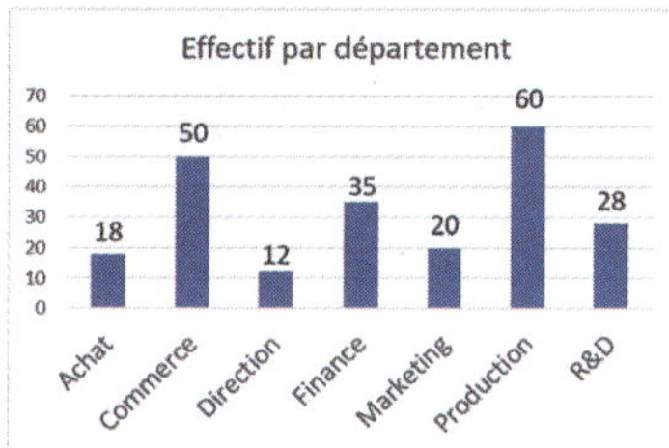

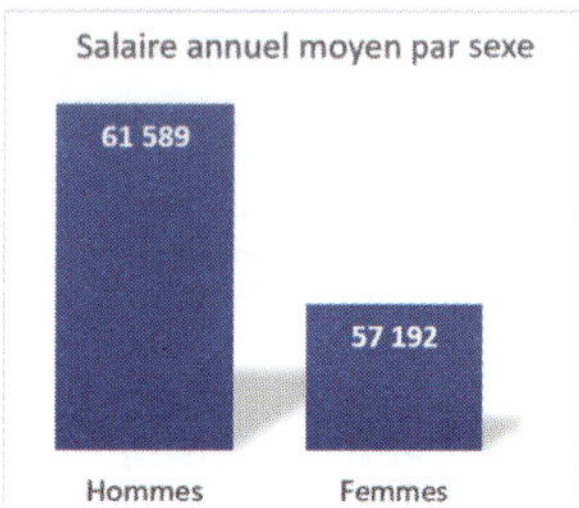

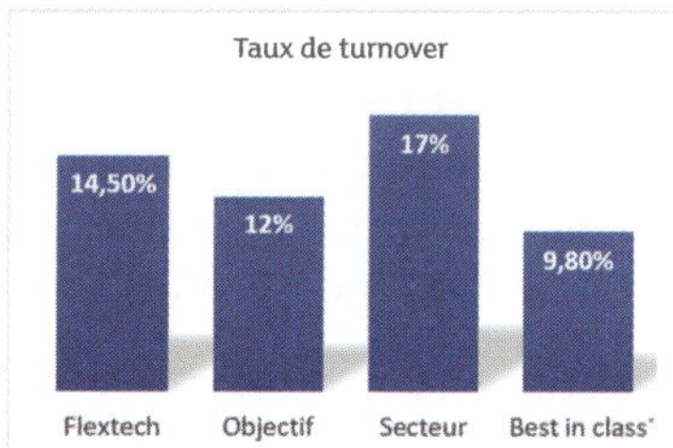

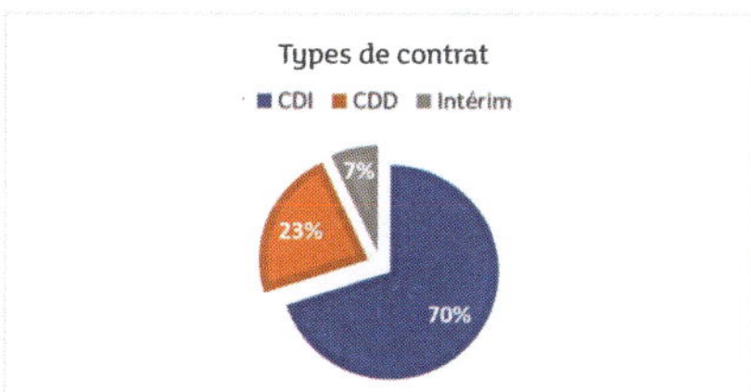

* « Best in class » désigne l'entreprise du secteur qui fait le mieux.

33 Les choix stratégiques

1 La stratégie des entreprises

Une **stratégie** est un ensemble d'actions menées en cohérence avec des objectifs à atteindre à long terme.
La détermination d'une stratégie est influencée par des facteurs internes (mission, valeurs...) et externes (marché, concurrence...) comme la révolution numérique, qui pousse à la transformation digitale des entreprises.

Exemple → Le groupe AXA a intégré dans ses choix stratégiques la digitalisation des processus.

La stratégie se définit à deux niveaux :

Deux niveaux de stratégie
- Les stratégies globales
- Les stratégies de domaine

2 L'avantage concurrentiel et le DAS : les préalables aux choix stratégiques

Avant de définir la stratégie, les différents domaines d'activité stratégique (DAS) doivent être clairement identifiés. Un DAS est un découpage de l'entreprise en ensembles homogènes de biens ou de services. Il correspond à un savoir-faire et un métier de l'entreprise.

Exemple → Une boulangerie-pâtisserie avec une activité de traiteur a trois DAS : la boulangerie, la pâtisserie et le traiteur, correspondant à trois savoir-faire différents.

L'équipe dirigeante doit également identifier son **avantage concurrentiel**, qui est l'atout développé par l'entreprise lui permettant de se démarquer de ses concurrents. Cet avantage concurrentiel est éphémère car il est remis en cause par l'instabilité de l'environnement (mutations technologiques, nouveaux enjeux environnementaux...).

Exemple → IKEA maîtrise la création de meubles basiques en kit et peu chers.

3 Les stratégies globales

Les **stratégies globales** concernent l'ensemble des activités de l'entreprise :

Les stratégies globales
- La spécialisation
- La diversification
- L'intégration
- L'externalisation

3.1 Spécialisation ou diversification ?

La **spécialisation** consiste pour l'entreprise à intervenir sur un seul DAS. L'entreprise spécialisée n'a qu'une seule activité ou un seul métier.

Exemple → Kusmi Tea est spécialisée dans la composition de thés haut de gamme.

La **diversification** consiste pour l'entreprise à développer plusieurs DAS. L'entreprise diversifiée possède donc plusieurs métiers.

Exemple → Le groupe Danone est diversifié car présent sur quatre DAS : les eaux, les produits laitiers, la nutrition infantile, la nutrition médicale.

	La spécialisation	La diversification
Intérêts	Expertise dans un métier	Partage des risques sur plusieurs métiers
Limites	Dépendance par rapport à un métier	Risque de brouillage de l'image auprès des clients

3.2 Intégration ou externalisation ?

L'**intégration** consiste à conserver en interne ses activités principales.

Exemple → Le personnel d'entretien d'un hôtel est composé des propres salariés de l'établissement.

L'**externalisation** consiste pour l'entreprise à confier certaines de ses activités à des entreprises partenaires. La sous-traitance est une externalisation qui concerne l'activité de production.

Exemple → Metaline est une entreprise spécialisée dans l'externalisation de hotlines qu'elle gère pour ses clients qui sont des entreprises.

	L'intégration	L'externalisation
Intérêt	Maîtriser sa production et le niveau de qualité	Se concentrer sur l'activité créatrice de valeur
Limite	Se disperser sur des activités secondaires	Mauvaise maîtrise de la qualité et de la confidentialité

4 Les stratégies de domaine

Une **stratégie de domaine** concerne un DAS en particulier. L'idée est d'adapter parfaitement la stratégie au métier concerné pour mieux répondre aux attentes spécifiques des clients.

Les stratégies de domaine
- La domination par les coûts
- La différenciation
- La focalisation

4.1 La domination par les coûts

La stratégie de domination par les coûts consiste pour une entreprise à proposer des prix plus bas que ceux des concurrents.

Exemple → Leclerc vend la baguette à 29 centimes au début de l'année 2022.

Avantage	Inconvénient
Élargir sa clientèle (stratégie basée sur le volume)	Faire le sacrifice de la qualité au profit du coût

4.2 La différenciation

La stratégie de différenciation consiste à se démarquer de ses concurrents par des éléments différents (l'innovation, la qualité, l'originalité...).

Exemple → Roche Bobois vend des meubles haut de gamme au design original.

Avantage	Inconvénient
Accroître les marges et pérenniser son avantage concurrentiel	S'adresser à un nombre limité de clients

4.3 La focalisation

La stratégie de focalisation consiste à se positionner sur un segment de marché très limité, appelé « niche ». On l'appelle aussi « stratégie de niche ».

Exemple → L'entreprise Ceciaa est spécialisée dans la vente de matériel pour les non-voyants.

Avantage	Inconvénient
Faire face à peu de concurrence, voire être en situation de quasi-monopole	S'adresser à une clientèle très restreinte

5 La stratégie d'internationalisation

La stratégie d'internationalisation consiste à s'ouvrir à des marchés étrangers. C'est une stratégie globale ou de domaine.

Avantages	Inconvénients
Agrandir son marché Profiter des coûts bas Partager les risques	Nécessité d'adapter son métier à différentes cultures Piloter les équipes à distance

S'entraîner

Exercice 1 Identifier les options stratégiques

Travail à faire

Identifiez les options stratégiques pour chaque entreprise présentée.

Corrigé p. 220

Situations d'entreprise	Stratégie globale	Stratégie de domaine
Le Club Med est propriétaire de clubs de vacances haut de gamme. Il ouvre des clubs dans le monde entier.		
L'entreprise BMW fabrique des voitures et des moteurs pour avions. Elle mise beaucoup sur la qualité de ses produits.		
L'hôtel 4 étoiles Albatros a confié la maintenance de son système informatique à l'entreprise Archinfo.		
La PME Technos, qui fabrique des petits jouets en plastique, a abandonné l'année dernière la fabrication de kits créatifs pour enfants. Elle s'efforce de proposer des prix bas pour affronter la concurrence chinoise.		

Exercice 2 Le Comptoir des Épices, une pincée d'authenticité

Travail à faire

1. Identifiez le ou les DAS du Comptoir des Épices.
2. Qualifiez les options stratégiques choisies par les dirigeants.

Corrigé p. 220

Document Le Comptoir des Épices : récit d'une aventure familiale

Riches d'une expérience familiale de 30 ans, nous vous proposons de découvrir un large choix d'épices rigoureusement sélectionnées aux quatre coins du monde. La création de mélanges d'épices est également une composante importante de notre métier. C'est ainsi que nous sommes fiers de n'intégrer dans nos moutures que des produits « haut de gamme ». Comme par le passé, notre quête d'authenticité commence par une sélection de produits de qualité, d'origines connues et constantes. Nous importons nos épices au rythme du calendrier des récoltes du monde entier.

www.comptoir-des-epices.com

Conseil

Il faut veiller à bien connaître les caractéristiques de chaque stratégie pour les identifier correctement.

34 Les autres choix stratégiques

Mémoriser

1 Où se positionner sur la chaîne de valeur ?

1.1 La chaîne de valeur

La **chaîne de valeur** est la succession d'activités qui, à chaque étape du cycle de production et de commercialisation, ajoute de la marge au produit final.

Exemple → Pierre Hermé, grand pâtissier français, et ses 600 salariés, propose des pâtisseries créatives haut de gamme, dans ses 40 magasins à travers le monde.

Au sein des activités, on distingue les activités principales (la production, la commercialisation, le marketing, la logistique, les services) et les activités de soutien (les RH, la R&D, les approvisionnements, l'infrastructure de l'entreprise).

1.2 Le positionnement de l'entreprise sur la chaîne de valeur

La question est de savoir où va se positionner l'entreprise sur cette chaîne de valeur : doit-elle faire elle-même ou faire faire ?

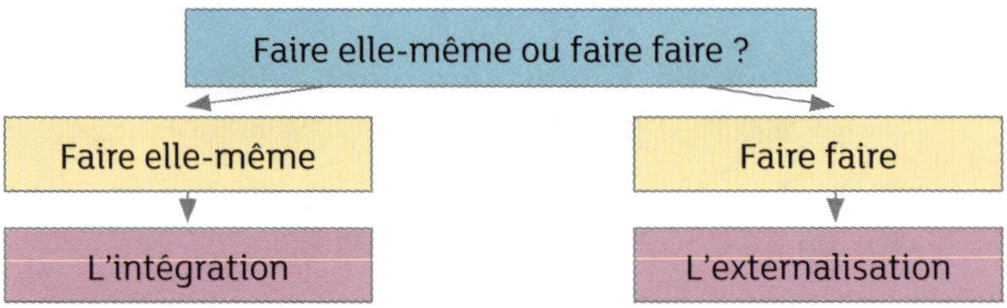

L'entreprise doit choisir les activités qu'elle veut garder en interne (**intégration**) ou confier à d'autres entreprises (**externalisation**). Ce choix est de nature stratégique car l'objectif est de mieux maîtriser la création de sa marge.

Exemples → Dior, Hermès et Givenchy confient la fabrication de leurs flacons de parfum à l'entreprise Verescence, installée dans la Meuse.

1.3 L'intégration en amont et en aval

Une entreprise peut décider de conserver en interne l'approvisionnement. On parle d'**intégration en amont**.

Exemple → Intermarché possède une flotte de 21 bateaux de pêche qui fournissent le poisson à ses magasins.

Une entreprise peut aussi décider de garder la maîtrise de son réseau de distribution au lieu de le confier à des clients. On parle d'**intégration en aval**.

Exemple → L'entreprise nantaise Concept Alu conçoit et produit des vérandas dans son usine et les commercialise à travers son réseau de magasins.

Une entreprise peut aussi décider de maîtriser toutes les activités depuis l'approvisionnement jusqu'à la commercialisation de ses produits. On parle de **stratégie de filière**.

Exemple → Les Délices du Maraîcher, entreprise ardéchoise, vend, dans ses propres magasins, des conserves de légumes cultivés et transformés sur ses exploitations agricoles.

2 De quelle manière se développer ?

L'entreprise a le choix entre quatre modalités de croissance :

La croissance interne	L'entreprise accroît ses propres ressources (agrandissement des locaux, embauches...). La croissance est progressive et assez lente.
La croissance externe	L'entreprise rachète une entreprise déjà existante afin de profiter du savoir-faire et d'un marché déjà établis. Ce type de croissance est rapide du fait du rachat d'une entreprise en pleine activité.
Le partenariat	L'entreprise conclut des contrats avec des entreprises partenaires. Ce type de croissance est souple et nécessite une confiance dans les partenaires potentiels.
L'internationalisation	L'entreprise se développe sur les marchés étrangers. L'internationalisation est à la fois une modalité de croissance et un type de stratégie.

3 Comment concilier la transparence et le secret ?

L'entreprise doit communiquer des informations aux parties prenantes pour établir avec elles des relations de confiance, dans un climat de transparence. Dans certains cas, la législation impose une obligation de transparence.

Exemple → Les entreprises ont une obligation de publication de leurs comptes annuels (compte de résultat et bilan).

Cependant, l'entreprise doit aussi protéger son avantage concurrentiel par le respect d'un certain secret.

Exemple → La recette du Coca-Cola est secrètement gardée par la multinationale américaine.

S'entraîner

Exercice 1 Identification de la modalité de croissance

Travail à faire

Identifiez, dans chaque situation, la modalité de croissance en justifiant votre réponse.

Corrigé p. 221

Situation d'entreprise	Modalité de croissance	Justification
L'entreprise Sisca, spécialiste des vérandas, décide de développer son activité traditionnelle de rénovation de maisons anciennes, en embauchant cinq salariés.		
L'entreprise Martin, spécialisée dans la distribution de logiciels, signe un contrat de distribution avec les magasins Oliveri.		
L'entreprise Robert fabrique des coques de bateau. Elle décide de racheter son concurrent.		
La SA Estalou, entreprise niçoise, implante une filiale en Chine.		

Exercice 2 Qui suis-je ?

Travail à faire

Retrouvez les notions à partir des définitions suivantes.

Corrigé p. 221

1. Option stratégique consistant pour une entreprise à confier une de ses activités à une autre entreprise.
2. Stratégie d'une entreprise industrielle consistant à posséder ses propres structures de distribution.
3. Chaîne d'activités générant de la marge.
4. Stratégie consistant pour une entreprise à maîtriser toute la filière depuis l'approvisionnement jusqu'à la commercialisation.

Exercice 3 La stratégie de Benetton

Travail à faire

1. Dans quelle mesure l'entreprise Benetton développe-t-elle une stratégie de filière ?
2. Montrez les avantages de la stratégie de filière pour Benetton.
3. Identifiez les autres options stratégiques de l'entreprise.
4. Montrez que Benetton est un acteur à part entière de la société.

Corrigé p. 221

Document Une histoire à l'italienne

Benetton est une multinationale qui fabrique ses propres collections de vêtements. Mais c'est avant tout une belle aventure familiale « à l'italienne » : trois frères, une sœur et un pull jaune. Dans les années 1960, Giuliana Benetton tricote pour son frère Luciano un pull jaune. La teinte tranche avec la monotonie d'alors. En 1966, leur boutique de maille aux tons vifs, à Belluno (Italie), séduit la jeunesse italienne puis le monde entier. Aujourd'hui, le groupe Benetton compte 5 000 boutiques ouvertes progressivement à travers le monde et 85 000 salariés. En 2016, Benetton invite la créatrice romaine Stella Jean pour une collection aux motifs graphiques conçue avec des artisans haïtiens et éthiopiens, qui restent fidèles à la qualité et à l'originalité « made by Benetton » : selon elle, « *les grands groupes doivent travailler avec les artisans locaux pour sauvegarder les traditions* ». L'une des grandes forces de Benetton est de maîtriser sa matière première : la laine. En effet, l'or blanc est fondamental pour l'activité de l'entreprise. Sa qualité doit être irréprochable. C'est pourquoi, Benetton possède des exploitations de moutons en Argentine, en Australie et en Nouvelle-Zélande. Une fois prélevée, elle envoie directement la laine brute en Italie pour qu'elle soit traitée et tissée pour fabriquer les fameux pulls vendus dans les boutiques de la marque. De fil en aiguille, Benetton, devenue « United Colors of Benetton », a fait preuve d'un engagement citoyen. À partir de 2020, à l'instar de Victoria's Secret et Uniqlo, Benetton s'engage dans le programme Detox mené par l'ONG Greenpeace, qui a révélé l'usage de substances toxiques dans la fabrication de vêtements. Il faut dire que Benetton a l'habitude de prendre position : spécialiste des campagnes de publicité choc, elle dénonce, tour à tour, la détresse des migrants, la peine de mort, le racisme.

Conseil

Repérer les termes managériaux importants afin de bien traiter les questions (« stratégie de filière », « options stratégiques »...).

35 Les stratégies des organisations publiques

1 Les domaines stratégiques de l'action publique

L'intervention de l'État a pour finalité de remplir une **mission de service** public en poursuivant un **intérêt général**.

Les **domaines d'intervention de l'État** sont divers : justice, sécurité, protection sociale et sanitaire, éducation et culture, économie. L'efficacité de l'action publique et l'utilisation des ressources financières sont strictement contrôlées, notamment par la **Cour des comptes**.

2 Les choix stratégiques spécifiques aux organisations publiques

Les choix stratégiques spécifiques des organisations publiques

Les cadres d'intervention des organisations publiques
L'action publique s'inscrit dans trois cadres : **local** (communes, départements, régions), **national** et **européen** (Union européenne).

L'évaluation de la performance des organisations publiques
Les indicateurs de performance ne sont pas les mêmes que pour une entreprise. La satisfaction des usagers doit être mesurée.

L'influence des groupes de pression
Les groupes de pression, ou lobbys, peuvent exercer une pression importante.
Ex. : le lobby des chasseurs.

La surveillance des conflits d'intérêts
Certains élus peuvent être tentés de « profiter » des services publics ou de l'argent public.

3 Les choix stratégiques spécifiques aux entreprises publiques

Les entreprises publiques sont détenues majoritairement par l'État, comme La Poste, la SNCF ou EDF. Étant actionnaire majoritaire dans ces sociétés, l'État en est le décideur principal.

Sur le plan de la stratégie, l'entreprise publique diffère de l'entreprise privée. En effet, c'est l'État qui définit les orientations stratégiques (et non des actionnaires privés) en poursuivant une mission de service public (et non la finalité de réaliser de bénéfices). Ainsi, ses choix stratégiques sont guidés par l'intérêt général, relayant au second plan l'aspect lucratif.

S'entraîner

Exercice La vision stratégique de la SNCF

Travail à faire

Répondez aux questions suivantes à l'aide du document.

1. De quel type d'organisations la SNCF fait-elle partie ?
2. Quelle est sa finalité ? Expliquez.
3. Repérez les menaces auxquelles est confrontée la SNCF.
4. Identifiez les objectifs stratégiques de la SNCF définis en 2021.

Corrigé p. 221

Document **La SNCF lance son plan stratégique à dix ans « Tous SNCF »**

Baptisé « Tous SNCF », le programme fixe le cap à dix ans pour le groupe, tandis que les filiales (Voyageurs, Réseau, Fret…) déclinent leur stratégie à cinq ans, et les entités opérationnelles sur le terrain à trois ans.

[…] Le PDG de la SNCF Jean-Pierre Farandou a donné mercredi le coup d'envoi à son plan stratégique à dix ans, qui vise à se projeter au-delà de la crise sanitaire pour faire du groupe « *un champion mondial de la mobilité durable* ». S'adressant en ligne à plus de 10 000 managers de terrain, Jean-Pierre Farandou s'est aussi employé à répondre aux inquiétudes des cheminots face à la situation économique, aux problèmes d'emploi ou aux défis de la concurrence […]. La pandémie va faire perdre des milliards d'euros, aggravant encore sa très lourde dette […].

Jean-Pierre Farandou veut faire de la SNCF « *une entreprise plus tournée vers les territoires* », « *une entreprise qui (…) veut être en avance et leader sur l'environnement* », un groupe « *à la pointe de l'innovation* » avec un accent mis sur le numérique. « *Et puis il y a l'humain : j'ai une conscience claire que cette entreprise est une entreprise d'hommes et de femmes, de cheminots et de cheminotes, 133 000 cheminots, et on doit préparer l'avenir de l'entreprise avec eux* », a-t-il remarqué. La maintenance prédictive, notamment, doit permettre de réduire les pannes.

La SNCF se donne un objectif de régularité à 95 % à l'horizon 2025 pour les TGV comme pour les RER [contre 92 % aujourd'hui].

Le groupe se fixe parallèlement un objectif de neutralité carbone d'ici à 2050 […] atteignable en particulier avec le développement de trains à hydrogène, à batteries et hybrides.

AFP, 13 janvier 2021.

36 Les stratégies des organisations de la société civile (OSC)

Mémoriser

1 OSC et objet social

Une organisation de société civile (OSC) est une organisation ayant une ou des activités à finalité non lucrative, proposant des services non marchands destinés à leurs adhérents ou à la collectivité. L'action d'une OSC est limitée par son objet social, c'est-à-dire la cause poursuivie par ses fondateurs.

Exemple → L'objet social de la SPA est d'améliorer le sort de tous les animaux sauvages et domestiques.

2 La justification d'une démarche stratégique dans les OSC

1.1 La prise en compte d'un contexte exigeant

Les dirigeants des OSC doivent avoir une vision à long terme afin de faire face à la difficulté de collecter des ressources financières et de fidéliser les bénévoles du fait de la concurrence qui se développe entre les OSC.

1.2 L'atteinte d'un double objectif stratégique

Les deux objectifs de la démarche stratégique

- La pérennisation des ressources, les OSC ayant besoin de ressources financières et humaines stables
- Le développement et la diversification des activités des OSC

Exemple → Depuis sa création en 1985, l'association Les Restos du cœur a développé ses activités vers l'insertion des plus démunis pour faciliter le retour à l'emploi, l'aide aux mineurs seuls et aux femmes vivant dans la rue avec des enfants.

3 L'obligation de transparence dans l'utilisation des moyens

Du fait de la collecte des dons auprès du public et du versement de subventions par l'État, les OSC sont tenues au respect d'une certaine transparence financière. En effet, celles qui reçoivent plus de 153 000 € de dons ou subventions publiques ont l'obligation de publier leurs comptes annuels.

Exemple → Emmaüs Solidarité a reçu 46 millions d'euros de subventions publiques en 2020. Elle a l'obligation de publier ses comptes annuels montrant l'utilisation de ses ressources financières.

S'entraîner

Exercice La SPA s'agrandit

Travail à faire

Étudiez les documents 1 et 2 afin de répondre aux questions suivantes.

1. À quel type d'organisation appartient la SPA ?
2. Identifiez les objectifs stratégiques de la SPA et montrez leur cohérence avec l'objet social de l'organisation.
3. Montrez que le projet du site de Gennevilliers s'inscrit dans le cadre de la stratégie définie à horizon 2030.

Corrigé p. 222

Document 1 Objet social et objectifs stratégiques

La SPA poursuit son combat contre la notion d'animal objet et participe à faire voter en première lecture à l'Assemblée nationale de nouvelles lois : interdiction de ventes en animalerie et limitation des petites annonces en ligne aux professionnels.
La SPA adopte sa stratégie pour 2030 : être partout, pour tous et lutter contre toute forme de maltraitance.

www.la-spa.fr

Document 2 Un refuge flambant neuf en Île-de-France

Présent depuis 1903 à Gennevilliers et depuis 1973 sur son site actuel, le plus grand des 56 refuges français de la SPA va se déplacer à quelques centaines de mètres plus au nord. « *Il y a de belles choses ici, avec notamment plus de 2 500 adoptions par an* », constate Marine Buelli, la responsable de ce refuge de 23 salariés et 80 bénévoles. « *Mais le refuge actuel ne nous permet pas de développer l'ensemble de nos missions. Nous avons hâte d'avoir un lieu de vie plus accueillant dans des locaux neufs.* » La pose de la première pierre lance un projet déjà dans les tuyaux depuis près de quinze ans et qui s'inscrit dans la stratégie de développement « SPA 2030 » centrée sur le bien-être animal et la relation homme-animal. Ce nouveau refuge aura une plus grande capacité et accueillera ainsi 200 chats, 144 chiens et 20 « NAC » (nouveaux animaux de compagnie). Pour mettre fin à « l'univers carcéral » des bêtes et pour favoriser leur circulation, les espaces seront ouverts avec des parcs de détente et les boxes seront plus grands. Ce projet est soutenu à hauteur de 1,5 million d'euros par le Fonds de solidarité interdépartemental par l'investissement mis en place en 2017 pour financer des projets d'intérêt commun dans les sept départements franciliens. Ouverture prévue au premier semestre 2023.

www.hauts-de-seine.fr

37 La démarche marketing

Mémoriser

1 Les étapes de la démarche marketing

Le **marketing** est un ensemble de moyens permettant de connaître les besoins des clients (actuels ou potentiels) et d'adapter l'offre afin de développer les ventes. La **démarche marketing** se décompose en trois étapes incontournables pour rechercher le succès du produit :

La connaissance du marché

↓

L'identification des besoins des clients

↓

La conception d'une offre adaptée

Exemple → Le lancement d'une nouvelle voiture électrique par un constructeur suit trois étapes : la connaissance du marché (notamment l'offre des concurrents), puis l'étude des besoins des clients (une mobilité « propre », moins coûteuse que l'essence) et enfin, la mise au point de l'offre définitive en termes de produits, prix, promotion et distribution.

2 Les approches marketing

Pour répondre aux besoins des clients, l'organisation doit choisir son approche marketing :

Approche marketing	Caractéristiques
Approche réactive	Elle répond aux besoins exprimés du client.
Approche anticipatrice	Elle anticipe les besoins non encore exprimés du client.
Approche créative	Elle crée un nouveau marché avec un nouveau produit.
Approche médiatrice	Elle crée un produit en collaborant avec les clients qu'elle implique.

Exemples → Les mises à jour d'application consécutives à des avis donnés par les clients s'apparentent à une approche réactive. Les réunions de dégustation de produits alimentaires par des consommateurs pour la mise au point d'un nouveau produit relèvent d'une approche médiatrice. Le drive des supermarchés s'inscrit dans une démarche anticipatrice. Un bar à chats, qui permet de boire un verre tout en cajolant des chats (concept importé du Japon), relève d'une approche créative.

3 La connaissance du marché

3.1 L'étude de marché

Une étude de marché permet de connaître l'offre (marché, produits, concurrents), la demande (clients, consommateurs) et l'environnement (opportunités et menaces) de l'organisation.

3.2 La veille marketing et commerciale

La **veille marketing et commerciale** consiste à surveiller de manière permanente le marché de l'organisation et à collecter des informations grâce à divers outils (Internet, presse, avis des clients, retours des commerciaux...).
Le ***big data*** permet de collecter et traiter en temps réel un ensemble volumineux de données qui permet d'améliorer la connaissance du marché.

4 Choix marketing, finalités et objectifs stratégiques : une nécessaire cohérence

Les choix marketing qui portent sur les caractéristiques du bien doivent être cohérents avec la **finalité de l'entreprise** et ses **orientations stratégiques**, mais aussi ses **avantages concurrentiels**.

Exemple → Le lancement d'un produit par une maison de luxe comme LVMH ou Chanel doit respecter la stratégie de différenciation par la qualité et l'excellence. L'adoption d'une stratégie prix d'écrémage du marché sera donc incontournable.

S'entraîner

Exercice 1 La bonne approche marketing

Travail à faire

Identifiez l'approche marketing choisie dans les situations suivantes (document).

Corrigé p. 222

Document

Situation 1 – La SA Primamer a mis sur le marché des extraits d'une algue rare qui n'avait jamais été exploitée auparavant, utilisée pour ses vertus anti-vieillissement.
Situation 2 – La société Goûtchoco a lancé ses nouveaux gâteaux pauvres en sucre, destinés aux diabétiques. Ces produits ont été mis au point après quatre mois de consultation auprès d'un groupe de vingt consommateurs touchés par la maladie.
Situation 3 – La start-up StopToo lance une application pour smartphone permettant de bloquer certains numéros. Elle propose maintenant de bloquer le numéro avec identification automatique de celui qui appelle, suite à la demande de beaucoup de ses clients.
Situation 4 – La société Domisécu propose des téléphones à touches limitées permettant de déclencher une alarme visant à prévenir les parents de personnes âgées ou handicapées d'une éventuelle chute.

Exercice 2 Les étapes de la démarche marketing

Travail à faire

Rattachez les dix actions marketing suivantes à l'une des trois étapes de la démarche marketing pour le lancement d'un nouveau produit.

Corrigé p. 222

1. Détermination du service après-vente du produit
2. Réalisation d'une étude sur les prix des concurrents
3. Détermination du positionnement haut de gamme du produit
4. Étude de l'offre des concurrents
5. Sondage réalisé auprès des clients de l'entreprise
6. Détermination des caractéristiques techniques du produit
7. Fixation du prix de vente du produit
8. Analyse des premières ventes du produit
9. Étude de satisfaction réalisée auprès des clients de l'entreprise

Exercice 3 Le marketing selon les « trublions du goût »

Travail à faire

1. Caractérisez l'organisation Michel & Augustin (type, métier, finalité, taille, champ géographique).
2. Identifiez l'approche marketing adoptée par Michel & Augustin.
3. Montrez que cette organisation applique un marketing 3.0.

Corrigé p. 222

Document 1

Depuis 2004, Michel & Augustin et ses 120 salariés « trublions du goût » sèment la zizanie dans le monde de l'agroalimentaire. Leur succès s'appuie sur un savoir-faire enraciné dans le terroir français. L'entreprise travaille avec un réseau de producteurs et de fabricants français, sélectionnés avec soin. Pas question d'aller fabriquer en Chine, même si l'entreprise vend dans une vingtaine de pays !

La force des produits Michel & Augustin se trouve également dans le visuel de ses produits : le conditionnement se caractérise par des éléments graphiques et textuels teintés d'humour et de joie de vivre afin que les produits puissent ressortir des rayons des grandes surfaces.

Le consommateur passif est mort : vive le consom'acteur ! Le but est de susciter l'engagement et la complicité, et de créer un sentiment de proximité avec les clients. La marque fait participer les consommateurs à la conception des produits et recueille leurs avis sur des choix de design ou de recette. Preuve de cette ouverture : les locaux (baptisés « Bananeraies ») sont ouverts au public chaque premier jeudi du mois, à Paris, Lyon et New York, afin de se rapprocher de sa communauté et partager des moments conviviaux. Les « trublions » en profitent pour montrer « l'envers du décor », faire découvrir leurs recettes, et recueillir l'avis des quelques centaines de consommateurs présents.

Enfin, pour faire grandir sa communauté de consommateurs, Michel & Augustin communique activement sur les réseaux sociaux et sur sa chaîne YouTube avec un objectif clairement affiché : replacer l'humain et le consommateur au cœur de sa communication digitalisée.

Document 2

Le marketing 3.0 consacre l'arrivée d'un tout nouveau marketing digitalisé (appelé « marketing *inbound* »), plus humain, poussé par les tendances suivantes : la participation et la collaboration sur les réseaux sociaux, la mondialisation en lien avec le multiculturalisme, la prise de conscience écologique, un retour à des valeurs éloignées de la consommation de masse. Le marketing « *new wave* » est SoLoMo : Social, Local, Mobile.

38 La création de valeur

1 La notion de création de valeur dans les organisations

1.1 Pourquoi créer de la valeur ?

ENTREPRISES	ORGANISATIONS PUBLIQUES OU DE LA SOCIÉTÉ CIVILE
↓	↓
Pour que l'activité soit rentable, c'est-à-dire que l'entreprise réalise un bénéfice et assure sa pérennité.	Pour couvrir les frais de fonctionnement et améliorer les services rendus aux usagers.

1.2 Comment créer de la valeur ?

C'est l'activité elle-même qui permet de créer de la valeur. Les entreprises vont donc vendre des produits qui assurent une création de valeur. Les organisations choisissent et mettent en place le modèle économique qui assure le meilleur développement de leur activité (*cf.* fiche 39). Cette création de valeur est mesurée par des indicateurs qui diffèrent selon le type d'organisations.

2 La mesure de la création de valeur dans les entreprises

Dans les entreprises, la création de valeur peut être mesurée à partir des informations comptables.

2.1 À partir du compte de résultat

Rappel : le **compte de résultat** détermine le résultat réalisé par l'entreprise sur une période donnée (en principe, l'année) en calculant la différence entre les produits et les charges. Le résultat est soit un bénéfice (produits > charges), soit une perte (charges > produits).
Le compte de résultat permet également de calculer la richesse créée par l'entreprise : la **valeur ajoutée** (VA).

VA = Chiffre d'affaires – Consommations intermédiaires

Exemple → Une pizza vendue 8,50 € a nécessité 3 € d'ingrédients, 1 € d'électricité, 0,60 € d'eau et 0,90 € d'autres fournitures.
Sa valeur ajoutée est donc de : 8,50 – (3 + 1 + 0,60 + 0,90) = 3 €.

Compte de résultat simplifié de l'entreprise Délices Pizzas

CHARGES	Montants	PRODUITS	Montants
Achats de matières 1res Autres achats* Impôts et taxes Salaires Charges sociales Amortissements	27 980 7 874 3 785 23 690 8 640 2 144	Ventes de produits finis	89 750
Total Charges	**74 113**	**Total Produits**	**89 750**
Résultat	15 637		
Total général	**89 750**	**Total général**	**89 750**

* Locations, primes d'assurances, publicité, frais de télécommunications...

Les consommations intermédiaires correspondent aux comptes 60-61-62 de la comptabilité.

Le chiffre d'affaires représente les ventes (comptes 70 de la comptabilité).

→ Résultat : 89 750 – 74 113 = 15 637 €, c'est un bénéfice.

→ VA : 89 750 – (27 980 + 7 874) = 53 896 €

2.2 À partir du bilan

Rappel : le **bilan** représente le patrimoine de l'entreprise, c'est-à-dire ce qu'elle possède (actif) et ce qu'elle doit (passif).

La valeur ajoutée créée permet d'augmenter la valeur patrimoniale de l'entreprise.

Valeur patrimoniale = Total Actif net – Total des dettes

Exemple (suite) → Bilan simplifié de l'entreprise Délices Pizzas

ACTIF	Brut	Amort.	Montant net	PASSIF	Montant
Actif immobilisé				**Capitaux propres**	
Immobilisations	19 400	1 650	17 750	Capital	5 000
Actif circulant				Résultat	15 637
Stocks	1 430		1 430	**Dettes**	
Clients	820		820	Emprunts	4 610
Disponibilités	6 980		6 980	Fournisseurs	1 733
Total Actif	**28 630**	**1 650**	**26 980**	**Total Passif**	**26 980**

Le total Actif net correspond à la valeur nette (valeur brute – amortissements) de ce que possède l'entreprise. Les dettes comprennent les emprunts bancaires et les dettes auprès des tiers (fournisseurs, État...).

→ Valeur patrimoniale : 26 980 – (4 610 + 1 733) = **20 637 €**

S'entraîner

Exercice 1 — L'économie circulaire, nouveau modèle de création de valeur

Travail à faire

1. Rappelez en quoi consiste l'économie circulaire.
2. À l'aide du document, expliquez le lien entre économie circulaire et création de valeur des entreprises.

Corrigé p. 223

Document L'économie circulaire, nouveau modèle de création de valeur

La place de l'économie circulaire au sein des entreprises

Malgré un cadre institutionnel récent, l'économie circulaire tend à s'imposer comme une réelle opportunité de croissance pour les acteurs économiques, à l'instar d'ARMOR Print Solutions, qui place la circularité au cœur de son business model. D'après une étude de la filiale du groupe ARMOR réalisée en 2021 auprès d'entreprises de taille intermédiaire (ETI), l'économie circulaire est un sujet connu et maîtrisé par plus de 80 % des sociétés interrogées. Ce sont autant d'entreprises qui déclarent également avoir instauré des pratiques qui s'y apparentent, *via* notamment le recyclage, l'écoconception, l'optimisation des processus d'achat et l'approvisionnement durable.

L'économie circulaire comme levier de performance

L'économie circulaire se voit de plus en plus reconnue comme une des réponses possibles aux questions environnementales, sociales et relatives à la gouvernance (ESG). Ce nouveau modèle économique offre de réelles opportunités de croissance pour les entreprises, comme la réduction des coûts de fabrication ou encore le développement de nouveaux marchés. Ainsi, plus de 95 % des sociétés interrogées par ARMOR Print Solutions dans le cadre de son baromètre pensent que la valorisation de l'économie circulaire peut attirer de nouveaux clients. En favorisant l'innovation, l'économie circulaire encourage notamment la création de nouveaux produits et services à moindre impact environnemental et social, en prise avec les nouvelles attentes des consommateurs. L'étude d'ARMOR Print Solutions révèle aussi que les pratiques liées à l'économie circulaire améliorent la marque employeur et l'attachement des collaborateurs à l'entreprise.

L'économie circulaire, vectrice de synergies

[…] « [Des] *exemples de collaboration nous ont été rapportés. Ainsi, une entreprise met à disposition sa solution de gestion des déchets à la quinzaine d'entreprises présentes sur le parc industriel et tertiaire sur lequel elle est installée. Cette mutualisation des outils permet de réduire les coûts et de favoriser le recyclage des matières* », commente Gerwald van der Gijp, Directeur Général d'ARMOR Print Solutions.

www.beaboss.fr, novembre 2021.

Exercice 2 Le calcul de la création de valeur

Travail à faire

1. Calculez des indicateurs de création de valeur de l'entreprise Bois Design, spécialisée dans la fabrication de meubles en bois (document).
2. Interprétez les résultats.

Corrigé p. 223

Document

Compte de résultat Bois Design

CHARGES	Montants	PRODUITS	Montants
Achats de matières 1res	46 879	Ventes de produits finis	115 112
Autres achats	11 920	Produits financiers	12 422
Impôts et taxes	9 214		
Salaires et charges	38 740		
Amortissements	3 795		
Charges financières	6 108		
Total Charges	116 656	Total Produits	127 534
Résultat	10 878		
Total général	127 534	Total général	127 534

Bilan de Bois Design

ACTIF	Montants nets	PASSIF	Montants
Actif immobilisé		**Capitaux propres**	
Immobilisations	29 833	Capital	20 000
Actif circulant		Résultat	10 878
Stocks	17 660	**Dettes**	
Clients	14 926	Emprunts	26 458
Disponibilités	2 580	Fournisseurs	6 454
		État	1 209
Total Actif	64 999	Total Passif	64 999

39 L'innovation et l'adaptation du *business model*

Mémoriser

1 L'innovation, au cœur du processus de production

L'**innovation** correspond à une démarche par laquelle une organisation cherche à introduire une nouveauté dans le processus de production et de vente. Elle est source de création de valeur et gage de compétitivité pour l'entreprise.

L'innovation peut porter sur...

- le **produit** → Améliorer un produit existant ou proposer un produit nouveau
- les **services** → Proposer un nouveau service ou associer un service à la vente d'un bien
- la **distribution** → Proposer un nouveau canal de distribution

Exemple → Decathlon innove au niveau du design des produits (*innovative design*), des technologies utilisées (*tech innovation*), de l'impact environnemental (*responsible innovation*), de la pratique sportive (*usage innovation*).

2 L'adaptation du *business model* (ou modèle économique)

Le *business model* désigne la manière dont une organisation crée de la valeur.

Exemple → Les enseignes de la grande distribution comme Carrefour ou Leclerc créent de la valeur en achetant et en revendant des produits, comme le ferait un épicier.
Les *marketplaces* comme Amazon prélèvent une commission sur la vente des produits de leurs entreprises partenaires.

Sous l'effet de l'innovation et des évolutions technologiques, les organisations font évoluer leur *business model* afin d'assurer leur pérennité.

Exemple → La Poste a dû réaliser sa transformation digitale en proposant à ses clients les envois dématérialisés *via* son site laposte.fr, sans passer par les agences physiques.

3 L'émergence de nouveaux modèles économiques

3.1 La disruption des marchés

La révolution Internet et le développement de nouvelles technologies liées au traitement de l'information ont fait émerger de nouveaux modèles économiques qui vont « disrupter » (perturber) les marchés traditionnels.

Exemple → Uber ou BlaBlaCar ont bousculé le marché traditionnel de la mobilité comme celui des taxis en proposant des chauffeurs privés et du covoiturage entre particuliers.

3.2 Les nouveaux modèles économiques

a) Les modèles gratuits

L'organisation propose des services totalement gratuits pour les clients, financés par la publicité.

Exemple → Le réseau social Facebook propose des services gratuits financés par la publicité des entreprises partenaires.

b) Les modèles *freemium* (*free* + *premium*)

L'organisation propose des services basiques gratuits pour les clients, qui peuvent accéder à d'autres services plus évolués mais payants.

Exemple → Le réseau professionnel LinkedIn est, à la base, gratuit. Mais il propose un abonnement payant nommé « Premium Career », qui permet aux demandeurs d'emploi de mieux suivre la consultation de leur compte.

c) Les modèles *low cost*

L'organisation propose des prix de vente très bas. En contrepartie, les clients acceptent une prestation basique. Tous les services supplémentaires sont payants.

Exemple → La compagnie aérienne Transavia, filiale *low cost* du groupe Air France-KLM, propose un service à des prix compétitifs. Les prestations supplémentaires sont payantes (bagages, repas à bord).

d) Les modèles économiques des plateformes

L'organisation utilise les plateformes numériques pour développer son activité. Celles-ci permettent la rencontre entre des offreurs et des demandeurs.

Exemple → La plateforme Travaux.com permet de mettre en relation des clients et des artisans du bâtiment.

e) Les modèles économiques de location

L'organisation propose la location de ses produits, ce qui permet de générer des revenus réguliers. Les clients ont l'usage d'un bien au lieu d'en être propriétaires.

Exemple → La Maison de la literie propose de louer des matelas (avec option d'achat) au lieu de les acheter.

S'entraîner

Exercice 1 Quiz

Travail à faire

Cochez la ou les bonnes réponses.

Corrigé p. 223

1. Un *business model* :
- ☐ a. correspond au calcul du chiffre d'affaires de l'entreprise.
- ☐ b. présente la manière dont l'organisation crée de la valeur.
- ☐ c. est influencé par l'évolution de l'environnement des organisations.

2. L'innovation :
- ☐ a. porte uniquement sur les biens et non sur les services.
- ☐ b. concerne le bien et d'autres aspects comme les services ou la distribution.
- ☐ c. contribue à améliorer la compétitivité de l'entreprise.

3. Le modèle économique *freemium* :
- ☐ a. a toujours existé.
- ☐ b. propose des services payants et gratuits.
- ☐ c. ne propose que des services gratuits.

4. Le modèle *low cost* :
- ☐ a. touche tous les secteurs.
- ☐ b. n'est pas rentable pour les entreprises qui le pratiquent.
- ☐ c. correspond à une stratégie de domination par les coûts.

Exercice 2 Identification des nouveaux modèles économiques

Travail à faire

Identifiez le nouveau modèle économique dont il est question dans les situations d'entreprise suivantes.

Corrigé p. 223

Situations d'entreprise	Nouveau modèle économique
a. Gameloft fournit des jeux gratuits pour tablette et smartphone. Les utilisateurs peuvent acheter des « items » qui leur permettent de progresser plus vite dans les jeux.	
b. EasyJet est une compagnie aérienne qui propose des billets à prix bas. Tout service supplémentaire est payant.	
c. Airbnb a mis au point une plateforme numérique proposant des locations de logement partout dans le monde.	
d. Le site Lescachotieres.com est un site de location de vêtements de marque à la journée.	
e. Mango est un service de *streaming* gratuit financé par la publicité.	

Exercice 3 La transformation numérique à La Redoute

Travail à faire

1. Décrivez le *business model* de La Redoute en mettant en évidence son évolution.
2. Identifiez les raisons qui ont poussé l'entreprise La Redoute à faire évoluer son *business model*.
3. Montrez que l'innovation a joué un rôle central dans la mutation de La Redoute.

Corrigé p. 224

Document

La Redoute a été fondée en 1837 par Joseph Pollet, issu d'une famille rurale d'agriculteurs installée à Roubaix, dans le Nord. Les filatures de La Redoute deviennent en 2000 le leader français de la vente par correspondance dont le *business* s'appuie sur le mythique catalogue de 1 218 pages.
Mais en 2010, l'activité accuse une perte de 40 millions d'euros. Il faut alors impérativement réagir. En effet, l'arrivée d'Internet a bouleversé les habitudes d'achat des clients et l'entreprise n'a pas vu venir le bouleversement. L'heure du dépoussiérage a sonné… En 2016, un entrepôt flambant neuf voit le jour : l'objectif est de réduire de 2 jours à 2 heures le délai de traitement d'une commande. Les clients, sous l'influence de concurrents comme Amazon ou Zalando, n'acceptent plus d'attendre… En 2017, le groupe Galeries Lafayette rachète l'entreprise du Nord et accélère sa révolution numérique. Le site Internet est modernisé et devient le fer de lance de la transformation digitale de La Redoute. Parallèlement, l'engouement des clients pour les marques conduit à la création de la « Brand Boutique », un espace de marques *premium* revendues par La Redoute. L'entreprise ne revendra donc plus seulement ses propres produits mais élargira son offre à des produits sélectionnés d'autres marques. Le commerce électronique représente aujourd'hui près de 80 % du CA de l'entreprise. Le mythique catalogue est définitivement enterré.

Conseil

Bien apprendre son cours permet de comprendre et de bien répondre aux questions (la notion de *business model* ne s'invente pas !).

40 La classification des ressources

Les ressources constituent un ensemble de moyens permettant aux organisations de produire et d'assurer leur activité.

1 La diversité des ressources

On peut classer les ressources de manières différentes :

1re classification
- **Ressources humaines*** : salariés, bénévoles…
- **Ressources financières** : CA, dons, impôts…
- **Ressources matérielles** : machines, locaux…
- **Ressources immatérielles** : image, marque…
- **Ressources technologiques** : brevets, logiciels…

2e classification
- **Ressources tangibles** : ressources financières, humaines* (effectif), matérielles
- **Ressources intangibles** : ressources humaines (compétences et savoir-faire), immatérielles et technologiques

* Les RH peuvent être soit des ressources intangibles (compétences et savoir-faire), soit des ressources tangibles (effectif).

2 Des ressources spécifiques à chaque organisation

Certaines ressources peuvent être communes à plusieurs organisations.

Exemple → Les emprunts sont des ressources financières utilisables par les trois types d'organisation.

Cependant, chaque type d'organisations (entreprises, organisations publiques, organisations de la société civile) dispose de ressources spécifiques.

Exemple → Concernant les ressources humaines, les associations emploient des bénévoles, les organisations publiques des fonctionnaires, les entreprises des salariés.
Concernant les ressources financières, les entreprises développent un chiffre d'affaires grâce à leurs clients, les organisations publiques collectent des prélèvements obligatoires, les associations des cotisations ou des dons.

S'entraîner

Exercice 1 Identifier les ressources

Travail à faire

Rattachez chaque ressource à la bonne organisation (certaines ressources peuvent concerner plusieurs types d'organisations) en distinguant les ressources tangibles des ressources intangibles, selon l'exemple indiqué.

Corrigé p. 224

~~Chiffre d'affaires~~ – Dons – Fonctionnaires – Bénéfices – Image – Marque commerciale – Usine – Bénévoles – Salariés – Emprunts – Impôts et taxes – Legs – Cotisations – Locaux – Brevets – Adhérents – Président – Apports des associés – Logiciel – Machines – Subvention de l'État

	Entreprises	Administrations publiques	Organisations de la société civile
Ressources tangibles	Chiffre d'affaires		
Ressources intangibles			

Exercice 2 Trouver l'intrus

Travail à faire

Barrez les intrus qui se cachent parmi les ressources des organisations.

Corrigé p. 224

Impôts – Clients – Taxes – Capital social – Concurrents – Ordinateurs – Fournisseurs – Impôts – Dons – Usagers – Coût de production – Bénévoles – PIB – Salariés – Marchandises – Machines – Logiciels – Banques – Marque commerciale – Adhérents – Locaux – Matières premières – Services – Fonctionnaires

41 Les ressources financières

Mémoriser

Elles sont indispensables dès la création de l'entreprise puis tout au long de sa vie pour assurer sa pérennité et son développement.

1 La classification des ressources financières

1.1 Les ressources tangibles et intangibles

Cette distinction est basée sur l'évaluation quantifiable ou non des ressources.

Ressources tangibles
- Ressources matérielles — Ex. : machine
- Ressources humaines — Ex. : effectif
- Ressources financières — Ex. : emprunt

Ressources intangibles
- Ressources immatérielles — Ex. : technologie, savoir-faire, notoriété

1.2 Les ressources financières selon l'horizon temporel

– Les **ressources financières à long terme** (> 1 an) sont destinées à financer les **investissements** à long terme, comme l'acquisition d'immobilisations.

– Les **ressources financières à court terme** (< 1 an) sont destinées à financer le **cycle d'exploitation** de l'entreprise, c'est-à-dire les besoins financiers liés aux activités d'approvisionnement (achats de matières premières, marchandises), de stockage (financement des stocks et des coûts associés) et de distribution (ventes des produits finis, marchandises, services).

2 Le choix des ressources financières

2.1 Pour le financement des investissements

Le choix des ressources financières à mobiliser s'effectue en fonction de la situation financière de l'entreprise, de son environnement, de sa taille et de sa stratégie. Il est souvent nécessaire de combiner plusieurs financements.

LE FINANCEMENT INTERNE	
Autofinancement	L'entreprise puise dans sa trésorerie et/ou ses réserves. ☺ Aucun coût, pas d'endettement. ☹ Baisse de la trésorerie, sommes souvent peu élevées.
Augmentation de capital	Les associés apportent du capital. ☺ Pas d'endettement, sommes en fonction des associés. ☹ Procédure assez longue et réglementée, augmentation des dividendes à verser, nouvelle répartition du pouvoir.

LE FINANCEMENT EXTERNE	
Emprunt bancaire	L'entreprise demande un emprunt à sa banque. ☺ Sommes disponibles rapidement si demande acceptée. ☹ Augmentation de l'endettement, coût élevé en fonction des intérêts, garanties demandées par la banque.
Crédit-bail	L'entreprise loue l'immobilisation à une société de crédit-bail, propriétaire du bien, selon un contrat de crédit-bail. ☺ Pas d'endettement, plus simple à obtenir qu'un emprunt. ☹ Coût total (loyers + option d'achat) élevé, le bien ne fait pas partie de l'actif, possible uniquement pour certains matériels.
Subvention	L'entreprise bénéficie d'une somme attribuée par les collectivités publiques. ☺ Pas d'endettement, somme acquise (non remboursable). ☹ Conditions d'obtention parfois limitées, sommes peu élevées.
Financement participatif (*crowdfunding*)	L'entreprise fait appel à des prêteurs sur une plateforme spécialisée *via* Internet. ☺ Coût moins élevé qu'un emprunt bancaire. ☹ Sommes peu élevées, peut prendre du temps.

2.2 Pour le financement du cycle d'exploitation

Les coûts liés au cycle d'exploitation ainsi que le décalage entre le règlement des clients et le paiement des fournisseurs engendrent un besoin d'argent plus ou moins important, sur une période plus ou moins longue.

LES FINANCEMENTS À COURT TERME PAR LA BANQUE	
Crédit à court terme	Prêt consenti par la banque remboursable sur quelques mois pour des sommes peu élevées.
Autorisation de découvert	Négociée dans la convention de compte, elle permet à l'entreprise d'avoir son compte bancaire débiteur pour un montant maximal fixé.
Escompte des effets de commerce	La banque rachète les effets de commerce avant l'échéance moyennant une commission.
L'AFFACTURAGE	
L'entreprise vend ses créances clients à une société spécialisée moyennant une commission.	

3 L'analyse fonctionnelle du bilan

3.1 Le bilan fonctionnel

Il est établi à partir du bilan comptable et met en évidence le cycle de financement, le cycle d'investissement et le cycle d'exploitation.

Exemple →

ACTIF		PASSIF	
Emplois stables		Ressources stables	
Immobilisations incorporelles Immobilisations corporelles	15 400 19 900	Capitaux propres Emprunts bancaires	30 000 16 000
Actif circulant		Passif circulant	
Stocks Créances clients	4 100 7 900	Dettes fournisseurs Dettes fiscales	5 200 1 300
Trésorerie active		Trésorerie passive	
Disponibilités	6 000	Concours bancaires	800
Total	53 300	Total	53 300

3.2 Les indicateurs issus du bilan fonctionnel

Trois indicateurs permettent d'analyser la situation financière d'une entreprise :

– le **FRNG** (fonds de roulement net global) :

FRNG = Ressources stables – Emplois stables.

Ex. (suite) : FRNG = 46 000 – 35 300 = 10 700 €

Il représente le surplus de ressources à long terme et doit être le plus élevé possible ;

– le **BFR** (besoin en fonds de roulement) :

BFR = Actif circulant – Passif circulant.

Ex. (suite) : BFR = 12 000 – 6 500 = 5 500 €

Il représente le besoin d'argent nécessaire pour financer le cycle d'exploitation. Il doit être le plus faible possible ;

– la **TN** (trésorerie nette) :

TN = FRNG – BFR ou Trésorerie active – Trésorerie passive.

Ex. (suite) : TN = 10 700 – 5 500 = 5 200 € ou 6 000 – 800 = 5 200 €

Elle représente l'argent disponible. Si la TN est négative, cela signifie que l'entreprise est à découvert.

→ La situation financière est saine si le FRNG est supérieur au BFR, permettant ainsi d'avoir une TN positive.

S'entraîner

Exercice 1 Le choix d'un financement

Travail à faire

Proposez des solutions de financement adaptées au projet et à la situation de l'entreprise.

Corrigé p. 225

Document

L'entreprise Buro+ vend des fournitures et matériels de bureau aux professionnels. Elle a contracté un emprunt bancaire important lors de sa création il y a deux ans, son taux d'endettement est élevé.
Ses deux associés ont apporté chacun 10 000 € de capital et ne peuvent augmenter leur apport. L'entreprise ne dispose pas d'une trésorerie très élevée.
Aujourd'hui, elle souhaite acquérir un véhicule utilitaire pour effectuer les livraisons aux clients.

Exercice 2 L'analyse d'un bilan fonctionnel

Travail à faire

Procédez à l'analyse du bilan fonctionnel.

Corrigé p. 225

Document

La société Erpada fabrique du linge de maison (linge de table, linge de lit, linge de toilette).
Avant de se lancer dans un projet d'agrandissement, le dirigeant souhaite faire le point sur la situation financière.

Bilan fonctionnel – Erpada			
ACTIF	Montant	PASSIF	Montant
Immo. corporelles Immo. financières	35 788 12 623	Capitaux propres Emprunts bancaires	45 000 11 240
Emplois stables	**48 411**	**Ressources stables**	**56 240**
Stocks de produits finis Créances clients	5 432 9 012	Dettes fournisseurs Dettes fiscales	3 996 1 543
Actif circulant	**14 444**	**Passif circulant**	**5 539**
Disponibilités	2 404	Concours bancaires courants	3 480
Trésorerie active	**2 404**	**Trésorerie passive**	**3 480**
TOTAL ACTIF	65 259	TOTAL PASSIF	65 259

42 Les ressources humaines

1 Les deux aspects des ressources humaines

Les **ressources humaines** (RH) sont les personnes qui permettent à l'organisation de produire. Elles peuvent être considérées sous deux aspects :

Les deux aspects des RH

- L'aspect quantitatif → L'effectif d'une organisation
- L'aspect qualitatif → Les qualifications et les compétences

Exemple → Le groupe Française des jeux emploie 2 500 salariés (aspect quantitatif) avec des qualifications différentes : ingénieurs en informatique, responsables commerciaux, qualiticiens, contrôleurs de gestion... (aspect qualitatif).

2 Le rôle de la GPEC

2.1 La définition de la GPEC

La **GPEC** (gestion prévisionnelle des emplois et des compétences) est une démarche qui vise à adapter les ressources humaines aux besoins des organisations en termes quantitatif et qualitatif. C'est un outil de gestion prévisionnelle des RH sur une échéance de 3 à 5 ans.

2.2 Les étapes de la GPEC

La GPEC se structure en trois étapes (le triple A) :

Analyser les besoins actuels (Faire un diagnostic) → Anticiper les besoins (Définir la situation idéale) → Ajuster (Prendre des mesures concrètes)

La GPEC aboutit à des mesures concrètes, comme la mise en place de formations, le lancement d'une campagne de recrutement...

Exemple → Burger King a inversé la procédure de recrutement en rédigeant, en tant qu'employeur, sa propre lettre de motivation à destination des candidats à l'embauche.

2.3 La GPEC, outil de flexibilité sociale

La GPEC permet à l'entreprise d'anticiper les besoins en RH pour mieux s'adapter aux évolutions du marché et de la demande, rendant ainsi l'entreprise plus flexible.

Exemple → Le secteur de l'hôtellerie est en déficit de candidats : il recherche 100 000 salariés, soit 15 à 20 % d'effectifs manquants dans les entreprises. Des plans de recrutement et de formation sont lancés afin de pallier ce déficit.

3 L'évolution de la relation de travail

Le lien entre les RH et l'organisation a évolué : l'organisation a dû s'adapter aux changements de son environnement par une recherche accrue de flexibilité sociale. Les transformations numériques et l'émergence des générations Y puis Z font apparaître de nouvelles manières de travailler.

3.1 Le nomadisme

Le nomadisme consiste à travailler de n'importe où et n'importe quand. Il est l'un des marqueurs de la génération Z.

3.2 Le télétravail

Le télétravail consiste pour un salarié à travailler hors des locaux de l'entreprise en utilisant les nouvelles technologies de l'information et de la communication.

3.3 Le *coworking*

Le *coworking* correspond à la mise en place d'espaces communs de travail permettant d'accueillir des consultants, des créateurs d'entreprise, des travailleurs indépendants.

3.4 L'intrapreneuriat

Les salariés ont l'entière autonomie pour mener leurs propres projets au sein de leur entreprise employeur. Cette forme de travail stimule la créativité et la prise de risque.

3.5 Le recours à des collaborateurs indépendants (*freelancing*)

Certaines entreprises préfèrent collaborer avec des travailleurs indépendants plutôt que d'embaucher des salariés. Ce mode de travail permet à l'entreprise de s'adapter plus rapidement à la charge de travail et d'éviter les contraintes du salariat. De leur côté, les collaborateurs indépendants y trouvent une certaine liberté et une manière de diversifier leur expérience professionnelle.

S'entraîner

Exercice 1 Panique sur le marché de la gestion immobilière

Travail à faire

1. Caractérisez, à l'aide du document, l'organisation Matera (type, activité, statut juridique, champ géographique).
2. Identifiez les parties prenantes présentes dans ce contexte.
3. Montrez que l'évolution technologique constitue une opportunité pour Matera.
4. Recensez les différentes ressources mises en œuvre par Matera.
5. Analysez ses ressources humaines sous l'angle quantitatif puis qualitatif.

Corrigé p. 225

Document Matera au service des copropriétaires

Son entreprise a le chic pour hérisser le poil de toute une profession : Raphaël Di Meglio, fondateur de la SAS Matera avec deux autres associés, est un disrupteur dans le monde très fermé des syndics de copropriété. Un syndic de copropriété comme Foncia ou Nexity est mandaté par les propriétaires pour gérer leur bâtiment (ménage, travaux, entretien des espaces verts, gestion des poubelles…).

En 2017, Raphaël Di Meglio crée la start-up Matera, une plateforme de gestion mise à disposition des copropriétaires, qui assurent eux-mêmes la gestion de leur copropriété, réunis en syndic bénévole. L'intérêt ? Une économie de 30 % sur les charges ! Mais également une plus grande liberté et une meilleure fluidité dans la gestion de leur bien.

Matera grossit vite et réalise une levée de fonds de la part des actionnaires presque chaque année, portant son financement à 45,5 millions d'euros. Les équipes suivent le rythme et la start-up emploie 120 personnes. Elle revendique 3 000 copropriétés clientes pour 80 000 copropriétaires, soit 1 % des parts de marché.

L'international est dans le viseur, avec très bientôt une arrivée en Allemagne, qui présente un cadre juridique similaire à celui de la France.

Le secret du succès de Matera ? Un outil informatique très performant sous la forme d'une plateforme en ligne puissante et une équipe d'experts, spécialistes dans leur domaine, disponibles pour leurs clients. Matera recrute des profils divers : développeurs informatiques, *business developers*, experts en travaux, juristes. Le tout dans un cadre de travail agréable dans des locaux qui sentent bon le neuf à Paris, dans le 8e arrondissement.

Conseil

Pensez à classer les différentes ressources selon les classifications que vous connaissez. Vous ferez de même pour les parties prenantes (internes et externes).

Exercice 2 La Région Île-de-France a de la ressource

Travail à faire

1. Caractérisez l'organisation Région Île-de-France (type, mission, statut juridique, champ géographique).
2. Analysez les différentes ressources de cette organisation.
3. Identifiez les aspects quantitatif et qualitatif de ses ressources humaines.
4. Expliquez l'intérêt de la GPEC pour la Région Île-de-France.

Corrigé p. 226

Document 1 La Région Île-de-France en chiffres

La Région Île-de-France, présidée par Valérie Pécresse, agit dans la plupart des domaines qui concernent l'action des 12 millions de Franciliens : les transports, les lycées, l'apprentissage, le développement économique, l'environnement. Au-delà, elle aménage un territoire à la fois urbain et rural, qui représente 2 % de la France, mais concentre 18 % de sa population et contribue à près de 30 % du PIB national.

Document 2 Les ressources financières et le soutien aux entreprises

La Région Île-de-France a voté un budget de 4,9 milliards d'euros pour 2022, dont 2,7 milliards de dépenses d'investissement et 2,2 milliards de dépenses de fonctionnement. La dette de 6 milliards d'euros est stabilisée. L'endettement était indispensable pour maintenir la région « à flot ». À travers diverses mesures de développement économique, la Région accompagne les entreprises qui se créent, se développent ou font face à des difficultés.

Document 3 La diversité des ressources humaines

La Région Île-de-France emploie environ 1 800 agents chargés du suivi et de la mise en œuvre des politiques régionales et près de 8 500 agents techniques des lycées (depuis 2007, dans le cadre de la loi de décentralisation).
Compte tenu des missions très variées confiées à la Région, on trouve tous les métiers au sein de cette administration : des juristes, des comptables, des urbanistes, des informaticiens, des architectes, mais aussi des spécialistes de l'accompagnement des PME ou de la formation professionnelle.

Document 4 Petite annonce de recrutement

La Région Île-de-France recherche un(e) chargé(e) de mission GPEC pour le pôle Ressources humaines. Sa mission : contribuer à la définition, au développement et au déploiement de la politique dynamique de gestion prévisionnelle des emplois et des compétences (GPEC) de la Région, y compris dans son volet Système d'information RH.

43 Comment concilier coût, qualité et flexibilité ?

1 La problématique coût, qualité, flexibilité

La maîtrise des coûts est un enjeu important pour l'entreprise, car elle conditionne sa rentabilité et sa compétitivité.
La recherche d'une meilleure qualité des produits vendus et d'une plus grande flexibilité de la production peut générer des coûts supplémentaires qui vont augmenter le coût de revient du produit.

EXEMPLE → Une paire de Stan Smith personnalisée avec un ensemble « motif, logo et personnage » coûte 250 € contre 100 € pour une paire basique, produite à la chaîne.

Cette problématique nécessite de faire des choix au niveau de la production :

Les choix productifs
- Quelles méthodes de production ?
- Quelle organisation productive ?
- Quelle organisation logistique ?

2 Le choix des méthodes de production : l'innovation de procédés

Avant d'organiser la production, l'entreprise doit réfléchir à la mise en place de procédés de production innovants. L'**innovation de procédés** consiste à adopter des méthodes de production flexibles, c'est-à-dire capables de s'adapter à la demande du client.

EXEMPLE → L'industrie de l'emballage a mis au point des robots collaboratifs conçus pour travailler en tandem avec l'opérateur humain afin de répondre à une demande des clients en constante évolution.

3 Le choix de l'organisation de la production

3.1 Le choix du type de pilotage de la production

Pilotage en flux poussés	Pilotage en flux tendus
La production anticipe la demande des clients. L'entreprise produit en constituant des stocks. L'entreprise répond à la demande tout en assumant le coût des stocks et le risque d'invendus. Ex : les produits alimentaires.	La production est déclenchée par la demande des clients. L'entreprise flexibilise sa production et minimise les stocks, mais impose un délai de livraison. Ex : la production de voitures chez Toyota.

3.2 Le choix du mode de production

Selon le type de biens	Selon le rythme de production
– **Production à l'unité** : réalisation d'un produit unique (ex. : un paquebot de croisière, une robe de haute couture). – **Production en grandes séries** : réalisation de produits standardisés en grande quantité (ex. : des jouets, des produits alimentaires). – **Production en petites et moyennes séries** : réalisation de produits identiques par lots (ex. : des avions A380, les séries limitées chez Zara ou H&M).	– **Production en continu** : l'outil de production fonctionne 24 heures sur 24 et 7 jours sur 7 sans s'arrêter (ex. : les centrales nucléaires, les produits chimiques). – **Production en discontinu** : l'outil de production est constitué d'ateliers flexibles (ex. : les industries mécaniques, certains ateliers de confection de vêtements).

3.3 Le cas particulier de la production de services

La production de services présente des particularités du fait d'une dématérialisation du produit vendu et des documents qui y sont attachés. L'automatisation des flux d'information et de travaux (*workflow*) a rendu la circulation de l'information plus fluide.

Exemple → La mise en place de l'application TousAntiCovid permet à l'État de mieux remplir sa mission sanitaire dans le cadre du service public.

4 Le choix de l'organisation logistique

4.1 Qu'est-ce que la chaîne logistique ?

La **chaîne logistique** est l'ensemble des processus qui concernent la gestion des flux physiques et les flux d'information depuis l'approvisionnement jusqu'à la livraison des produits aux clients.

4.2 Le défi de l'organisation logistique

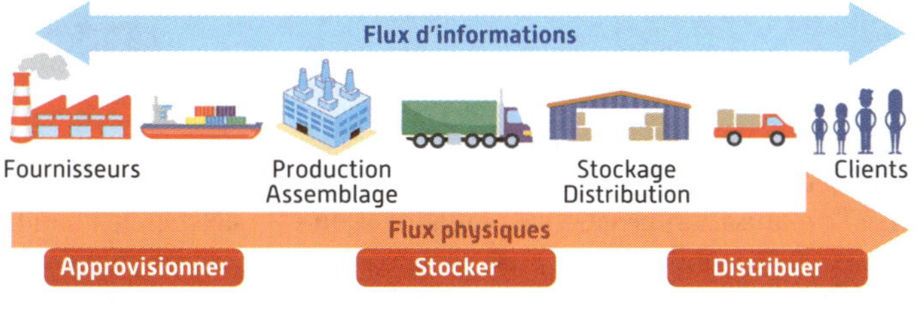

La chaîne logistique remplit un triple rôle : approvisionner, stocker et distribuer. Le défi des acteurs de la chaîne logistique est de livrer le bon produit, au bon moment et au bon endroit.

Exemple → La chaîne logistique présente un intérêt stratégique pour des cybercommerçants comme Venteprivee.com ou Amazon.

S'entraîner

Exercice 1 Le choix du mode de production

Travail à faire

Identifiez chaque mode de production présenté en justifiant votre réponse.

Corrigé p. 226

Contextes d'entreprise	Modes de production
La scierie Florentin fabrique un seul modèle de porte en bois brut vendue en grande quantité. Depuis deux ans, trois équipes en assurent la production sur 24 heures.	
L'atelier Anaïs fabrique des chapeaux. La créatrice travaille pour le cinéma et coiffe les reines du monde entier. Ses ouvrières sont fières de fabriquer des pièces uniques.	
La SA Optimate fabrique des vêtements pour des marques connues, en nombre limité d'exemplaires par vêtement, ce qui permet de renouveler l'offre sur une année. Les machines tournent 10 heures par jour.	

Conseil

Ne pas confondre le mode de production (en série, en continu...) et le type de pilotage de la production (flux poussés, flux tendus).

Exercice 2 L'évolution du pilotage de la production

Travail à faire

Analysez l'évolution du pilotage de la production dans la SA Modelvie.

Corrigé p. 227

Document

La SA Modelvie fabrique du mobilier de jardin. Ses clients sont des revendeurs spécialisés. La demande est très liée à la météo. Depuis deux ans, les dirigeants ont changé l'organisation productive : la fabrication est déclenchée quand les clients passent commande. L'entreprise s'engage à livrer les produits dans les deux mois qui suivent la prise de commande. Avant cette décision stratégique, elle fabriquait des quantités « à l'aveugle » puis écoulait ses produits sur le marché, mais les invendus ont failli anéantir l'activité, tant les pertes étaient importantes.

Conseil

« Analysez » implique d'expliquer mais aussi d'évoquer les causes.

Exercice 3 La logistique chez Veepee

Travail à faire

1. Quel est l'intérêt d'ouvrir une septième plateforme logistique pour Veepee ?
2. En quoi cette nouvelle plateforme est-elle innovante ?
3. Montrez le lien entre la maîtrise de la logistique et la qualité du service proposé par Veepee à ses clients.

Corrigé p. 227

Document 1 Une *success-story* à la française

En 2001, Vente-privee.com voit le jour sous l'impulsion de Jacques-Antoine Granjon et de ses 7 associés. Avec une mise en avant qualitative et un service irréprochable basé sur une logistique sans faille, le site de ventes événementielles en ligne, rebaptisé Veepee, est devenu en près de 15 ans LA référence dans ce domaine. Le soldeur en ligne compte actuellement 22 millions de membres dans 8 pays européens et réalise 3,6 milliards d'euros de chiffre d'affaires, dont 40 % à l'international.

Document 2 Veepee s'offre un nouvel entrepôt

La maîtrise de la chaîne logistique, c'est le nerf de la guerre chez Veepee. L'entreprise exploite dorénavant, en France, 170 000 m² répartis sur 7 sites. Le septième entrepôt de 10 000 m², situé à Beaune (Côte-d'Or), en bordure de l'autoroute A6, ouvert en 2015, est destiné à gérer quotidiennement jusqu'à 10 000 commandes de vins et denrées alimentaires en sec et semi-frais, lui sert de test pour améliorer ses flux. La forte croissance de l'activité oblige à réduire les délais et à améliorer l'organisation du travail des collaborateurs affectés à la logistique. À Beaune, le soldeur en ligne a investi plus de 10 millions d'euros pour se doter d'équipements et d'emballages spécifiquement adaptés à ses besoins conçus par le groupe Savoye Logistics et le cartonnier local Saica Pack. Au-delà d'un système classique de tapis roulants longs de 1 235 m, l'innovation tient à la conception même des emballages modulaires, adaptés à des produits différents en un seul colis et aux équipements de formage des cartons qui leur sont dédiés. D'autant qu'avec le concept Miam Miam, qui repose sur la sélection et la vente de produits locaux, Veepee a dû relever un vrai défi logistique : commercialiser des produits frais, des légumes et des viandes sous vide dont la fraîcheur est un gage de qualité indispensable pour les clients.

44 La qualité, enjeu majeur de la production

Mémoriser

1 Qu'est-ce que la qualité ?

« Un produit ou un service de qualité est un produit dont les caractéristiques lui permettent de satisfaire les besoins exprimés ou implicites des consommateurs. » (Afnor)
La qualité est un enjeu concurrentiel majeur, car elle permet à l'entreprise de mieux se positionner par rapport à la concurrence.

2 Le contrôle de la qualité

Toutes les entreprises contrôlent la qualité des biens et/ou services qu'elles fabriquent et/ou qu'elles vendent. Les qualiticiens sont des salariés spécialisés qui s'assurent du respect des protocoles, de la qualité attendue des produits et de leur conformité aux normes en vigueur.

Exemple → Tous les secteurs d'activité recrutent des qualiticiens, y compris la fonction publique.

3 L'importance de la certification

Une **certification** est une procédure par laquelle un organisme indépendant et agréé garantit qu'un bien ou un service respecte certaines normes. Elle présente un avantage concurrentiel, car elle rassure les clients sur la qualité des produits.

Exemple → Les normes ISO 9000 concernent le management de la qualité.

4 La démarche d'amélioration continue (le *kaïzen*)

La **démarche d'amélioration continue** consiste à mettre en place des actions permanentes pour améliorer les processus en éliminant les dysfonctionnements et les gaspillages. Elle aboutit à une amélioration de la qualité des produits.

Exemple → Le *kaïzen* a été mis au point par Toyota dans le cadre du toyotisme et du *lean management* dans l'optique du « zéro défaut ».

5 La qualité des services publics

Comme les entreprises, l'État s'est lancé dans une recherche de qualité : les services publics doivent satisfaire les usagers dans un contexte de modernisation de l'État. Depuis 2013, la **charte Marianne** est le cadre de référence de la qualité des services publics, basée sur des engagements de l'État envers les usagers. La démarche « Services Publics + » invite à « plus de simplicité, plus de proximité, plus d'efficacité ». Une plateforme numérique dédiée sert de support à cette initiative. Le label Marianne a été créé pour certifier la démarche qualité des communes.

Exercice Amazon, l'obsession du client

Travail à faire

1. Analysez la place de la qualité dans le processus de production d'Amazon.
2. Identifiez les actions mises en place au sein de cette organisation pour atteindre un niveau élevé de satisfaction des clients.
3. Montrez qu'Amazon s'inscrit dans une démarche d'amélioration continue.

Corrigé p. 227

Document 1 Le champion de la satisfaction client

Pour la septième année consécutive, Amazon est en tête du classement annuel de la satisfaction client aux États-Unis. Dans le cadre de cette étude, plus de 10 000 consommateurs américains ont été interrogés afin d'évaluer leur perception de la qualité des services. Amazon a, une fois encore, décroché le score le plus élevé, tous secteurs confondus.

Document 2 Le client au cœur de l'entreprise

Pour Jeff Bezos, fondateur et PDG de la société, la satisfaction élevée des clients d'Amazon s'explique avant tout par son obsession pour la qualité de service apportée à ses clients. Depuis les débuts d'Amazon, Jeff Bezos a toujours mis un point d'honneur à placer le client au centre de ses décisions. Tous les ans, il participe donc avec quelques milliers de managers à deux jours de formation au sein de ses centres d'appels. L'objectif : rappeler aux équipes que le consommateur doit être au cœur de tous les projets, y compris au plus haut niveau de l'entreprise.

De plus, chez Amazon, l'innovation émane généralement d'un besoin du client, même s'il peut, de prime abord, sembler irréaliste. Aux équipes de travailler ensuite jusqu'à obtenir le bien ou le service qui répondra à ce besoin. La seule contrainte : travailler en groupes restreints. Il faut ensuite savoir s'organiser pour tester en permanence de nouvelles idées afin d'améliorer le service client.

Enfin : le bouche-à-oreille. Selon Jeff Bezos, sur Internet, un client mécontent pourra le dire à 6 000 personnes contre 6 dans le commerce physique. Aujourd'hui, le bouche-à-oreille a pris une nouvelle ampleur grâce aux systèmes de recueil et de diffusion automatisés d'avis clients qui facilitent la prise de parole par les consommateurs, qui peuvent librement s'exprimer.

Conseil

Répondez à la question 3 en développant des arguments permettant de consolider votre réponse, tout en prenant appui sur des connaissances personnelles solides. Argumenter, c'est convaincre (l'examinateur) !

45 Le contrôle des coûts : une nécessité

Mémoriser

1 La notion de coût

Un coût correspond à une ou plusieurs charges engagées par l'entreprise pour assurer son activité.

Exemples → Coût de la main-d'œuvre, coût de production d'un produit.

La détermination du coût de revient d'un produit permet de calculer la marge sur ce produit : Marge = Prix de vente – Coût de revient.

2 La mesure de la performance grâce au contrôle des coûts

La performance d'une entreprise peut se mesurer à travers ses coûts. Une bonne maîtrise des coûts permet en effet d'augmenter la rentabilité.
Ainsi, le contrôle des coûts peut s'effectuer à plusieurs niveaux :

❶ Prévision des coûts → Permet d'établir des budgets et d'estimer les besoins en trésorerie.

❷ Mesure des coûts → Permet d'évaluer les coûts réels et de les comparer aux coûts prévisionnels.

❸ Analyse des coûts → Permet de repérer les écarts et de prendre des décisions :

- **Opérationnelles**
  Ex. : baisser le coût des matières premières en changeant de fournisseur.
- **Stratégiques**
  Ex. : arrêter la production d'un produit non rentable.

3 L'incidence de la gestion du cycle de vie du produit sur les coûts

La gestion du cycle de vie du produit consiste à mettre en place des actions afin de limiter l'impact de l'activité de l'entreprise sur l'environnement.

Exemples → Recyclage des déchets, choix de matières premières biologiques / biodégradables, procédés de fabrication écologiques, gestion de produits en fin de vie.

Ces actions augmentent forcément les coûts et ont donc un impact sur la rentabilité des produits.

S'entraîner

Exercice Le métier de contrôleur des coûts

Travail à faire

1. Comment définiriez-vous le métier de contrôleur des coûts ?
2. Pourquoi des entreprises ont-elles besoin d'embaucher des contrôleurs des coûts ?

Corrigé p. 228

Document Le champion de la satisfaction client

Contrôleur des coûts F/H

Le contrôleur/La contrôleuse des coûts se porte garant(e) du suivi de budget d'un ou plusieurs projets. Il/Elle intervient en amont lors de l'estimation des coûts et des budgets nécessaires, surveille l'évolution des coûts déjà engagés et leur conformité contractuelle, en proposant des solutions lorsqu'ils sont dépassés.

Activités principales

• **Estimation des coûts en amont d'un projet**
– Mettre en place des méthodologies de calcul de coûts d'un projet donné ainsi que des tableaux de bord permettant le suivi des coûts une fois le projet démarré.
– Établir les différents budgets nécessaires à la réalisation d'un projet à partir d'estimations, et en déduire les provisions et les réserves appropriées à chaque projet.
– Identifier des postes de coûts à risques de dépassement et établir des procédures et recommandations en cas de problèmes observés.

• **Contrôle des coûts du projet**
– Suivre les évolutions budgétaires des différents projets en cours.
– Calculer régulièrement les coûts déjà engagés dans le projet et vérifier leur conformité contractuelle.
– Réaliser le suivi des coûts liés à la sous-traitance, des coûts d'ingénierie… et éditer des rapports de coûts.
– Estimer les dépenses restantes inhérentes à chaque projet.
– Être capable d'expliquer les différences entre coûts prévus et coûts réels.

• **Maîtrise des coûts et organisation**
– Proposer des actions correctives en cas de dépassement de budget.
– Identifier les coûts à venir non prévus et non intégrés aux budgets.
– Alerter sur les possibles dérives budgétaires. […]

Apec.fr

46 La méthode des coûts complets

1 La présentation de la méthode des coûts complets

1.1 L'objectif de la méthode

La méthode des coûts complets consiste à calculer le coût total (complet) d'un produit (bien ou service) en tenant compte de toutes les charges requises à sa réalisation, depuis l'achat des matières premières jusqu'à sa vente. Elle permet de calculer ensuite la rentabilité du produit et d'en fixer son prix de vente.

1.2 Les différentes étapes

La méthode des coûts complets met en évidence des coûts intermédiaires : le coût d'achat des matières premières et le coût de production des produits fabriqués. Afin d'établir le lien entre ces différents coûts et l'activité de l'entreprise, il est nécessaire de connaître le processus de production de celle-ci.

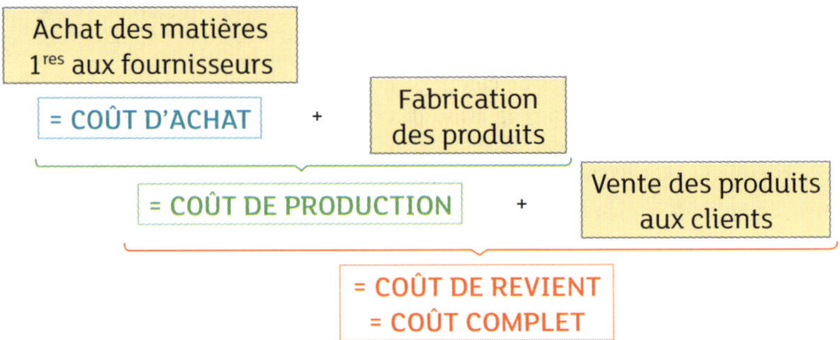

2 La mise en œuvre de la méthode des coûts complets

2.1 La répartition des charges indirectes

Comme la méthode des coûts complets tient compte de toutes les charges, il faut répertorier les charges issues du compte de résultat (sans les charges exceptionnelles) et les classer en deux catégories :

CHARGES DIRECTES	CHARGES INDIRECTES
Charges directement liées à un produit Ex. : achat des matières premières.	Charges concernant plusieurs produits Ex. : loyer des locaux.

➔ Les charges directes seront directement affectées aux différents coûts.

Exemple ➔ L'achat de matières premières sera affecté au coût d'achat, les coûts de main-d'œuvre de l'atelier de production seront affectés au coût de production.

➔ Les charges indirectes doivent être réparties entre les différents services de l'entreprise, appelés « **centres d'analyse** », pour être ensuite affectées aux différents coûts. Cette répartition s'effectue dans un **tableau de répartition des charges indirectes**.

EXEMPLE ➔ La société Star'houss fabrique des housses en tissu, haut de gamme, très résistantes, pour protéger les meubles (canapés, chaises, fauteuils, lits...). Elle calcule aujourd'hui le coût complet des housses de chaise.
Les charges indirectes (loyer, amortissements des machines, frais de télécommunications, électricité, impôts...), d'un total de 26 000 €, ont été réparties par le dirigeant dans les trois centres d'analyse.

Afin d'affecter les charges indirectes aux différents coûts, l'entreprise choisit une unité d'œuvre (UO) pour chaque centre. Elle compte ensuite le nombre d'UO qui ont été réalisées puis calcule le coût pour une UO pour chaque centre.

EXEMPLE (SUITE) ➔

Extrait du tableau de répartition des charges indirectes

	Centre Achat	Centre Production	Centre Distribution
Total des charges indirectes	9 800 €	12 100 €	4 100 €
Nature de l'UO	1 mètre de tissu acheté	1 heure de travail	1 housse vendue
Nombre d'UO	5 600 m	3 025 h	8 200 housses
Coût de l'UO	1,75 €	4 €	0,50 €

Coût de l'UO = Total des charges indirectes / Nombre d'UO

EXEMPLE (SUITE) ➔ Coût de l'UO pour le centre Achat : 9 800 / 5 600 = 1,75 €
➔ Quand l'entreprise achète 1 m de tissu, elle doit ajouter 1,75 € de charges indirectes.

2.2 Le calcul du coût d'achat

Il s'agit de calculer le coût d'achat de chaque matière première achetée.
Le coût d'achat comprend des charges directes (prix d'achat de la matière première) et les charges indirectes du centre Achat.

EXEMPLE (SUITE) ➔ Star'houss a acheté 1 200 m de tissu à 5,10 € le mètre pour la fabrication de ses housses de chaise.

Coût d'achat du tissu

Éléments	Quantité	Coût unitaire	Total
Charges directes Prix d'achat du tissu	1 200 m	5,10 €	6 120 €
Charges indirectes Centre Achat	1 200 m	1,75 €	2 100 €
Coût d'achat du tissu	**1 200 m**	**6,85 €**	**8 220 €**

Acheter 1 m de tissu coûte à l'entreprise 6,85 €, soit 8 220 € pour 1 200 m.

2.3 Le calcul du coût de production

Il s'agit de calculer le coût de production de chaque produit fabriqué.
Le coût de production comprend :
– le coût d'achat des matières premières ;
– des charges directes de production (heures de main-d'œuvre) ;
– les charges indirectes du centre Production.

Exemple (suite) → Star'houss a fabriqué 2 400 housses de chaise grâce aux 1 200 m de tissu. Il a fallu aussi 920 heures de travail (main-d'œuvre) à 18 € l'heure et des fournitures diverses (fil, boutons) pour un total de 360 €.

Coût de production des housses de chaise fabriquées

Éléments	Quantité	Coût unitaire	Total
Coût d'achat du tissu	1 200	6,85 €	8 220 €
Charges directes Heures de travail Fournitures diverses	920	18 €	16 560 € 360 €
Charges indirectes Centre Production	920	4 €	3 680 €
Coût de production des housses	**2 400**	**12 €**	**28 820 €**

Fabriquer une housse de chaise coûte à l'entreprise : 28 820 / 2 400 = 12 €, soit 28 820 € pour 2 400 housses de chaise.

2.4 Le calcul du coût de revient

Il s'agit de calculer le coût de revient de chaque produit vendu.
Le coût de revient comprend :
– le coût de production des produits fabriqués ;
– des charges directes de distribution (emballages, main-d'œuvre) ;
– les charges indirectes du centre Distribution.

Exemple (suite) → Star'houss a vendu les 2 400 housses de chaise fabriquées. Chaque housse est emballée dans un film plastique à 0,40 € l'unité.

Coût de revient des housses de chaise vendues

Éléments	Quantité	Coût unitaire	Total
Coût de production des housses vendues	2 400	12 €	28 820 €
Charges directes Emballages	2 400	0,40 €	960 €
Charges indirectes Centre Distribution	2 400	0,50 €	1 200 €
Coût de revient des housses	**2 400**	**12,91 €**	**30 980 €**

Le coût complet (pour fabriquer et vendre) d'une housse de chaise est de 12,91 €, soit 30 980 € pour 2 400 housses de chaise.

3 L'analyse du coût complet

3.1 Le calcul du résultat analytique

Il permet de calculer la rentabilité d'un produit.

Résultat analytique = Prix de vente unitaire HT – Coût complet unitaire

Exemple (suite) → Star'houss vend une housse de chaise 18,50 €.
Résultat analytique d'une housse de chaise :
18,50 – 12,91 = 5,59 €

3.2 L'interprétation des résultats

Si le résultat analytique est positif, cela signifie que le produit est rentable, il fait gagner de l'argent à l'entreprise.

Exemple (suite) → Star'houss gagne 5,59 € par housse de chaise vendue.

Si le résultat analytique est négatif, cela signifie que le produit n'est pas rentable, il fait perdre de l'argent à l'entreprise. Celle-ci peut décider d'augmenter son prix de vente ou de réduire certains coûts, voire éventuellement de l'abandonner.

S'entraîner

Exercice 1 Prix du pain : que paye-t-on quand on achète une baguette ?

Travail à faire

1. Calculez le coût complet d'une baguette classique, vendue 1 € (document).
2. Expliquez comment Leclerc peut vendre une baguette classique à 0,29 €.

Corrigé p. 228

Document

Combien coûte vraiment une baguette de pain ? 29 centimes comme le propose Leclerc, ou plutôt 90 centimes voire 1 euro comme on le voit souvent dans les boulangeries ?

RTL a pris sa calculette et son tablier, et s'est rendu chez un boulanger parisien. Là, Thierry et ses équipes sortent 400 baguettes par jour. Beaucoup de traditions soumises à un cahier des charges très strict. Elles sont vendues 1,20 €. Mais aussi ce qu'on appelle des baguettes blanches, [la] classique, la moins chère, avec des adjuvants à l'intérieur qui donnent un petit coup de pouce à la levure. Celle-ci est vendue dans sa boulangerie 1 € tout rond, un prix que Thierry Rabinot a bien voulu décortiquer pour nous.

« *Là-dessus, il faut compter entre 15 et 20 centimes de matières premières, entre 40 et 50 centimes de masse salariale. Ensuite, vous avez l'électricité, les loyers, le packaging. À la fin, il nous reste 10 centimes sur une baguette d'un euro* », explique-t-il. Alors, s'il ne prend que 10 centimes de marge par baguette, comment Leclerc s'en sort à moins de 30 centimes ?

D'abord, Michel-Édouard Leclerc l'a sous-entendu [...], il ne gagne pas ou presque pas d'argent sur la baguette, c'est un produit d'appel, comme le carburant quand il est à prix coûtant. Ensuite, il fait des économies sur les matières premières. C'est plus facile de négocier les prix quand vous achetez la farine ou la levure en très grande quantité.

Des économies sur la main-d'œuvre

Et enfin, il fait des économies sur la main-d'œuvre, comme le raconte Thierry dans son fournil. « *On cuit toute la journée, ça impose qu'il y ait tout le temps une personne qui soit là. C'est une question de temps aussi chez nous* », dit-il. Le temps, c'est de l'argent. En fait, la guerre de la baguette, c'est celle de l'industrie contre l'artisanat.

En fait, c'est le message envoyé par le groupe Leclerc qui pose problème à la profession. L'idée que si on peut vendre des baguettes à 30 centimes, alors l'artisan qui les vend 1 € s'en met plein les poches. D'autant que sur un an, les boulangers ont connu des hausses de prix en rafales. La farine + 12 %. L'électricité + 15 %, même leur grille de salaire augmente de près de 3 %.

www.rtl.fr

Exercice 2 Le coût complet d'un chevalet en bois

Travail à faire

1. Calculez le coût d'achat du bois, le coût de production puis le coût complet d'un chevalet en bois (document).
2. Analysez la rentabilité du chevalet en bois.

Corrigé p. 228

Document

La SARL Dubois fabrique divers articles en bois, dont des chevalets de peinture. Elle voudrait se lancer dans la fabrication d'un nouveau modèle, adapté pour les enfants. Elle envisage de vendre ce produit 22,50 €. Le dirigeant souhaite d'abord étudier la rentabilité du produit par la méthode des coûts complets. Il a élaboré le tableau de répartition des charges indirectes :

	Centre Achat	Centre Production	Centre Distribution
Total des charges indirectes	1 792	29 440	2 115
Nature de l'UO	1 planche de bois achetée	1 heure de travail	1 chevalet vendu
Nombre d'UO	560 planches	4 600 h	2 350 chevalets
Coût de l'UO	3,20 €	6,40 €	0,90 €

– Achat du bois : 180 planches de hêtre à 12,40 € la planche.
– Production de 540 chevalets grâce à 180 planches de bois, 400 h de travail à 16 € l'heure et 230 € de petite visserie (écrous, rivets).
– Vente des chevalets produits nécessitant autant de cartons à 1,50 € le carton.

47 La méthode des coûts spécifiques

Mémoriser

1 La présentation de la méthode des coûts spécifiques

Cette méthode ne remplace pas la méthode des coûts complets mais peut la compléter car son objectif est différent et permet à l'entreprise d'affiner sa prise de décision concernant le maintien ou non d'un produit.

1.1 L'objectif de la méthode

La méthode des coûts spécifiques consiste à mesurer la contribution d'un produit à la couverture des charges fixes supportées par l'entreprise.

1.2 Les différentes étapes

Pour calculer un coût spécifique, il faut d'abord étudier la variabilité des charges de l'entreprise.

CHARGES VARIABLES	CHARGES FIXES
Elles dépendent du niveau de l'activité : plus l'entreprise produit, plus les charges variables sont importantes, et inversement. Ex : matières premières, emballages.	Elles sont indépendantes du niveau de l'activité de l'entreprise : quel que soit le niveau de production, les charges fixes restent les mêmes Ex : loyer, salaire des secrétaires.

Il faut ensuite distinguer les charges fixes spécifiques des charges fixes communes. Les charges fixes spécifiques sont des charges fixes qui ne concernent que la réalisation d'un produit alors que les charges fixes communes concernent tous les produits de l'entreprise.

Exemple → Dans une boulangerie-pâtisserie-chocolaterie, le four à pain est exclusivement réservé à la cuisson des pains. L'amortissement de ce four est une charge fixe (son montant ne dépend pas du nombre de pains fabriqués) et plus particulièrement une charge fixe spécifique de l'activité « boulangerie ». Le salaire de la vendeuse, lui, est une charge fixe commune aux trois activités.

Coût spécifique d'un produit = Charges variables du produit + Charges fixes spécifiques

2 La mise en œuvre de la méthode des coûts spécifiques

La méthode des coûts spécifiques permet de mettre en évidence deux niveaux de marge : la marge sur coût variable puis la marge sur coût spécifique.

2.1 Le calcul de la marge sur coût variable

Marge sur coût variable d'un produit
= Chiffre d'affaires du produit – Charges variables du produit

C'est cette marge qui permet ensuite de couvrir les charges fixes.

2.2 Le calcul de la marge sur coût spécifique

Marge sur coût spécifique d'un produit
= Marge sur coût variable du produit – Charges fixes spécifiques au produit

C'est cette marge qui mesure la contribution du produit aux charges fixes communes de l'entreprise.

EXEMPLE (SUITE) → Pour l'activité « boulangerie », le chiffre d'affaires est de 48 900 € et les charges variables de 23 600 €. Les charges fixes, qui s'élèvent à 41 100 €, sont de 14 500 € pour cette activité.

Éléments	Montants
Chiffre d'affaires	48 900
Charges variables	23 600
Marge sur coût variable	25 300
Charges fixes spécifiques	14 500
Marge sur coût spécifique	10 800

Coût spécifique = 38 100

Attention : les charges fixes spécifiques des deux autres activités et les charges fixes communes ne figurent pas dans le calcul de la marge spécifique de l'activité « boulangerie ».

3 L'analyse du coût spécifique

C'est la marge sur coût spécifique qui montre à l'entreprise la contribution d'un produit aux charges fixes communes.
Plus la marge sur coût spécifique est élevée, plus le produit permet de couvrir les charges communes. Un produit peut être peu ou non rentable selon la méthode des coûts complets mais contribuer à payer les charges communes et donc justifier son maintien.

EXEMPLE (SUITE) → Dans la boulangerie-pâtisserie-chocolaterie, les charges fixes communes aux trois activités sont estimées à 5 600 €.
➔ L'activité « boulangerie » contribue largement à la couverture des charges fixes communes.

S'entraîner

Exercice 1 L'interprétation d'un coût spécifique

Travail à faire

Répondez aux questions suivantes à l'aide du document.

1. L'entreprise réalise-t-elle un bénéfice ou une perte ?
2. Calculez le coût spécifique de chacun des produits.
3. Quel est le montant total des charges fixes ?
4. Quel produit contribue le plus à la couverture des charges fixes communes ?
5. Au vu des résultats, la corde à sauter doit-elle être abandonnée ?
6. Quels autres critères doivent être pris en compte pour décider d'arrêter la fabrication d'un produit ?

Corrigé p. 229

Document

La société Jeux Passion fabrique des jouets en bois d'extérieur. Malgré l'engouement pour ce type de produits depuis quelques années, elle s'interroge sur l'abandon d'un produit : la corde à sauter.

Les deux jeunes associés ont calculé la rentabilité du produit grâce à la méthode des coûts complets et se sont rendu compte qu'elle n'était pas très bonne… Ils ont souhaité compléter leur analyse par la méthode des coûts spécifiques, dont voici le résultat :

	Corde à sauter	Jeu de quilles	Jeu de croquet	Total
Chiffre d'affaires	2 450	8 012	7 410	17 872
Charges variables	1 890	3 944	6 020	11 854
Marge sur coût variable	560	4 068	1 390	6 018
Charges fixes spécifiques	90	3 455	945	4 490
Marge sur coût spécifique	470	613	445	1 528
Charges fixes communes				460
Résultat				1 068

Exercice 2 Le coût spécifique dans une entreprise d'esthétique

Travail à faire

1. Quel est le montant total des charges de l'entreprise Bellissima ?
2. Calculez la marge sur coût variable et la marge sur coût spécifique de chacune des activités.
3. Interprétez vos résultats en précisant l'activité qui contribue le plus à la couverture des charges fixes communes et celle qui y contribue le moins.

Corrigé p. 230

Document

La dirigeante du salon d'esthétique Bellissima souhaite connaître la contribution de ses trois activités aux charges fixes de son entreprise. Pour cela, elle a recensé toutes les charges et les a classées afin de pouvoir utiliser la méthode des coûts spécifiques.

	Soins visage et corps	Ongles	Épilation	Total
Chiffre d'affaires	12 785	14 693	18 456	45 934
Charges variables	8 310	6 487	5 963	20 760
Charges fixes spécifiques	2 050	1 988	4 980	9 018
Charges fixes communes				2 712
Résultat				13 444

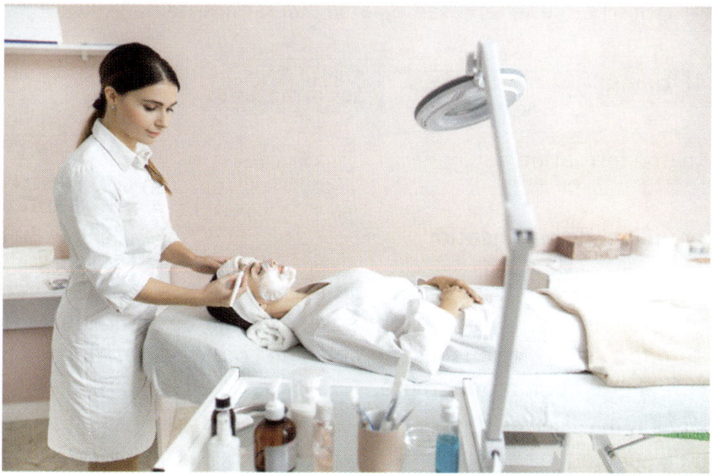

48 Les transformations numériques au service de la production

1 Les enjeux de la digitalisation du système de production

Un processus de production automatisé s'appuie sur l'utilisation des nouvelles technologies pour effectuer certaines tâches avec une intervention humaine réduite.

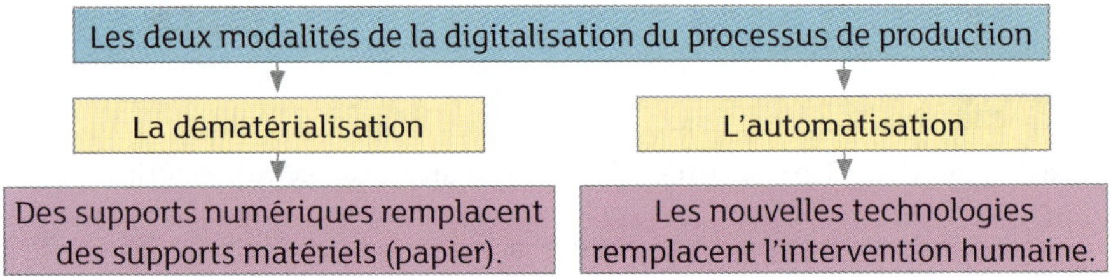

2 L'automatisation des processus : les flux de travaux (*workflow*)

Les **flux de travaux** (ou *workflow*) permettent de représenter un processus par l'enchaînement de plusieurs tâches.
Un flux de travaux est représenté à l'aide d'un **diagramme de flux** qui décrit les différentes étapes à respecter.

Exemple → Le processus de certification d'un étudiant au sein d'un centre de formation peut être représenté par le diagramme de flux suivant :

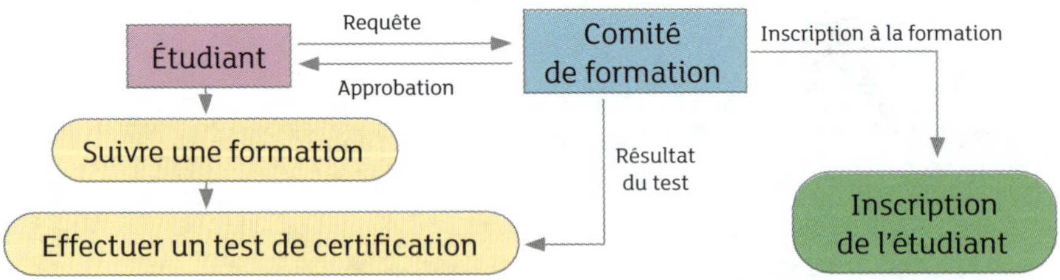

Les flux de travaux permettent d'automatiser un processus, notamment un processus de production. Ils permettent aussi d'établir des procédures formalisées qui seront suivies par tous les membres de l'organisation dans le but de **gagner en efficacité et en productivité**.

Exemple → L'automatisation des flux de travaux permet à Zara d'adapter la chaîne de production en fonction des ventes effectuées en magasin.

3 Le système d'information de gestion et le PGI

Le **système d'information** est l'ensemble des ressources (matérielles, logicielles et de communication) qui permettent la gestion de l'information au sein d'une organisation, c'est-à-dire son traitement, son stockage, sa diffusion et sa restitution.

Un **progiciel de gestion intégré (PGI)** est un logiciel qui permet une exploitation efficace et rapide de l'information. Il est constitué de plusieurs modules (comptable, commercial, RH...) connectés à une base de données unique. L'accès à l'information, facilité par l'implantation d'un PGI, permet une automatisation efficace du système de production.

Exemple → Un PGI est utile pour gérer le processus d'achat. Différentes tâches sont automatisables grâce au PGI qui assure leur réalisation, leur suivi et l'archivage des documents commerciaux (bons de commande, bons de livraison, factures) consultables par tous les services de l'entreprise.

4 Les technologies majeures de la transformation digitale

Technologie	Définition
L'objet connecté	Appareil sans fil connecté à Internet récoltant, stockant et émettant des informations en interaction avec d'autres appareils desquels lui sont transmises des instructions. Ex : les conteneurs qui transitent à travers les mers sur des porte-conteneurs sont connectés afin de suivre leur chemin.
L'intelligence artificielle (IA)	Imitation de l'intelligence humaine à l'aide de procédés informatiques. Elle permet une personnalisation de l'offre. Ex : Siri, l'assistant vocal d'Apple, utilise la reconnaissance vocale qui est une technologie d'IA.
Le *big data*	Ensemble très volumineux de données destinées à être structurées par des outils de gestion classiques. Ex : Google propose à ses clients le traitement de données volumineuses.
Le *cloud computing* (informatique en nuage)	Système informatique permettant le stockage de données à distance sur de gros serveurs abrités dans des *data centers* (centres de données) exploités par des entreprises spécialisées. Ex : OVH propose des services de *cloud computing* qui permettent aux entreprises de stocker et d'échanger des données à distance.

S'entraîner

Exercice 1 Qui suis-je ?

Travail à faire

Découvrez le mot qui correspond à chaque définition donnée.

Corrigé p. 230

Document

1. Système informatique permettant le stockage des données en dehors de l'entreprise dans des *data centers*.
2. Représentation d'un processus avec un enchaînement de tâches utilisables par tous les membres d'une organisation.
3. Ensemble de ressources permettant de gérer les informations au sein d'une organisation.
4. Démarche qui permet de transformer les documents papier en documents numériques.

Exercice 2 L'usine 4.0

Travail à faire

1. Pourquoi l'industrie 4.0 est-elle qualifiée de « quatrième révolution industrielle » ?
2. Identifiez les différentes technologies évoquées dans le document.
3. Expliquez l'impact de la transformation digitale sur les coûts de l'entreprise.

Corrigé p. 230

Document Révolution dans l'industrie

L'industrie 4.0 désigne la transformation digitale de l'industrie. Les entreprises vivent leur quatrième révolution industrielle et envisagent la transformation digitale comme une priorité stratégique. En soutien, l'État français a lancé en 2021 un plan de subvention ambitieux appelé « Industrie du futur » à destination des PME industrielles innovantes. L'industrie 4.0 repose sur des avancées concrètes qui contribuent à optimiser les processus industriels. Ainsi, avec un investissement minimal, les employés chargés de la production peuvent configurer un smartphone connecté au *cloud* pour surveiller les processus de fabrication en temps réel. Autre illustration : grâce à l'intégration des nouvelles technologies, les fabricants peuvent détecter les erreurs immédiatement, plutôt qu'à des stades ultérieurs où les réparations sont plus coûteuses. Les coûts de revient baissent, le client est mieux servi car l'entreprise est plus réactive grâce à un outil de production plus adaptable. L'analyse des grandes quantités de mégadonnées collectées par les capteurs de l'usine permet de bénéficier d'une visibilité en temps réel de la production et peut fournir des outils pour anticiper les pannes en réduisant les temps d'arrêt des équipements et éviter les produits défectueux.

Exercice 3 Analyse d'un flux de travaux

Travail à faire

1. Quel type d'organisation le processus présenté dans le document 1 concerne-t-il ?
2. Quel flux de travaux décrit-il ?
3. Identifiez les acteurs du processus et précisez leur rôle.
4. Quels sont les avantages de ce type de procédure ?
5. Complétez le diagramme de flux en prenant en compte la communication faite par la direction (document 2).

Corrigé p. 231

Document 1 Schéma de processus

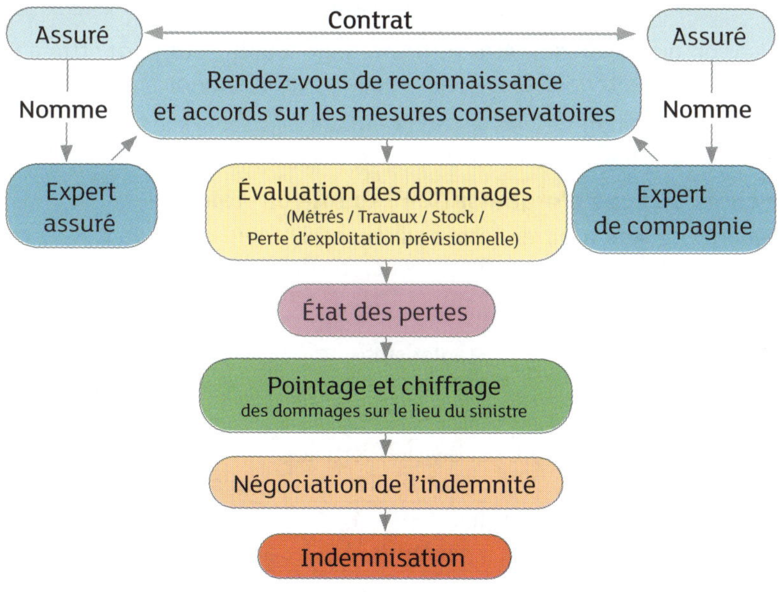

Document 2 Communication de la direction

Afin d'améliorer la qualité du service fourni aux assurés, voici les nouvelles modalités adoptées en comité de direction : si les dommages sont inférieurs à 1 500 €, l'assuré sera immédiatement indemnisé. De plus, il pourra contester le montant de l'indemnisation finale : dans ce cas, une nouvelle évaluation aura lieu. Dans le cas contraire, la procédure est terminée.

49 L'organisation et la coordination du travail

Mémoriser

1 L'organisation du travail

1.1 Les enjeux de l'organisation du travail

L'**organisation du travail** correspond à une répartition du travail au sein de l'entreprise. L'objectif est de partager le travail le plus efficacement possible en déterminant le rôle de chaque collaborateur. Une bonne organisation du travail conditionne la performance économique de l'organisation mais également sa performance sociale.

Exemple → Dans un supermarché, l'organisation rationnelle des plannings des caissières permet une certaine efficacité dans la prise en charge des clients (performance économique) et crée le sentiment individuel d'avoir sa place au sein de l'organisation (performance sociale).

L'organisation du travail doit être suffisamment souple pour permettre à l'organisation de s'adapter aux exigences de son environnement.

Exemple → L'intégration de caisses automatiques au sein des supermarchés a poussé à un redéploiement des caissières sur d'autres tâches.

1.2 Le choix du type d'organisation : souple ou rigide ?

Les dirigeants doivent arbitrer entre deux types d'organisation du travail, mais qui poursuivent le même objectif : la recherche de la performance.

	Organisation rigide	Organisation souple
Référence historique	Taylorisme (fin du XIXe siècle) et fordisme (1910)	Toyotisme et *lean management* (années 1960)
Respect de la hiérarchie	Fort, car division verticale du travail	Faible, car autonomie prononcée des salariés
Considération de l'humain	Faible, car gestes répétitifs	Fort, car salariés responsabilisés et valorisés
Degré de polyvalence des salariés	Faible, car spécialisation des travailleurs (division horizontale du travail)	Fort, car responsabilisation des salariés
Environnement concerné	Stable	Complexe et instable
Degré de réactivité face aux changements de l'environnement	Faible	Fort
Exemples	Secteur industriel traditionnel	Start-up, secteur de l'e-commerce

2 La coordination du travail

Au sein d'une organisation, les collaborateurs doivent coordonner leurs actions afin d'assurer une bonne cohérence dans le travail réalisé. Henry Mintzberg propose six modes de coordination :

L'ajustement mutuel	Les salariés coordonnent leur travail entre eux par une communication informelle.
La supervision directe	Un responsable se charge de coordonner le travail en donnant des ordres et en contrôlant les résultats.
La standardisation – des procédures – des résultats – des normes – des qualifications	Les collaborateurs s'accordent sur des règles communes à respecter concernant les procédures de travail, les résultats à atteindre, les normes à respecter, les qualifications requises.

3 L'exercice du pouvoir : centraliser ou décentraliser ?

Le dirigeant peut décider de partager le pouvoir de décision avec ses collaborateurs, de manière plus ou moins poussée.

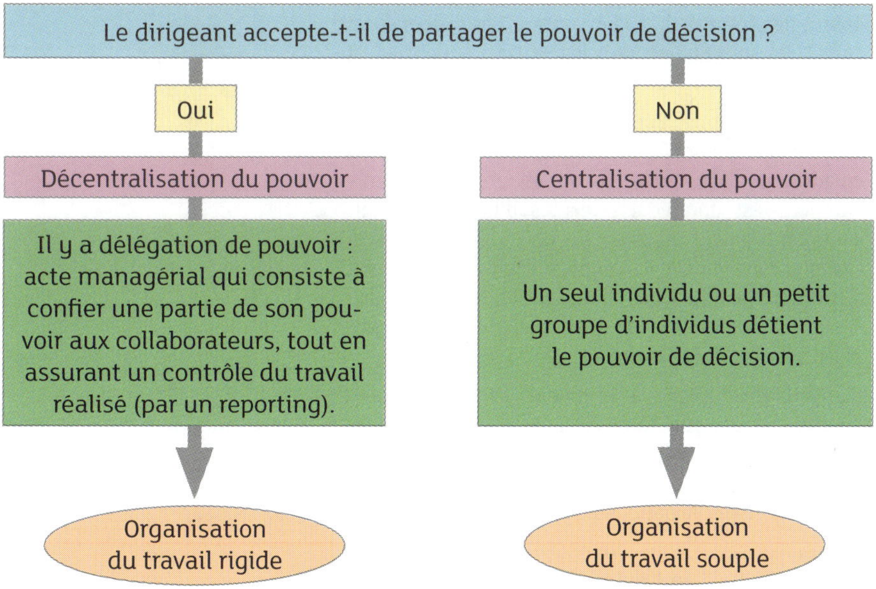

S'entraîner

Exercice 1 Identification des modes de coordination

Travail à faire

Identifiez le mode de coordination adopté par chacune des organisations suivantes en justifiant votre réponse.

Corrigé p. 231

Situations	Modes de coordination
Au sein des blocs opératoires du CHU de Nantes, chacun a une mission bien définie en fonction de ses compétences : anesthésiste, chirurgien, infirmière.	
Utopia est une start-up qui compte 45 salariés. Son fondateur, Luc Joyau, la dirige « à la cool ». Beaucoup d'échanges se font à la machine à café ou en jouant au baby-foot.	
Le garage Klein a été créé il y a 80 ans. Dans la pure tradition de son fondateur, le descendant de celui-ci a un management direct. Les trois chefs d'atelier pilotent des équipes de 10 personnes. Les ordres et les directives sont clairs : tous les matins, le débrief est obligatoire à 9 h.	
L'entreprise Store 2000 est la filiale d'un groupe hollandais implantée en France. Des commerciaux quadrillent l'Hexagone. Ils apprécient l'autonomie qui leur est donnée en termes d'horaires. Seuls comptent les résultats en fin de mois. Des indicateurs comme le CA, le nombre d'affaires en cours, le nombre de nouveaux clients sont à renseigner par chaque commercial, sur un fichier numérique partagé, avant le 5 de chaque mois.	
La pâtisserie Kovac a implanté 10 magasins en France. Sa marque de fabrique est de proposer des gâteaux tous calibrés, confectionnés le jour même, à partir de produits bio sélectionnés dont la recette est bien définie par Arnaud Kovac, le maître pâtissier.	
La SA Transport Plus ouvre deux entrepôts logistiques par mois en France. Ses dirigeants tiennent au respect d'une certaine procédure à chaque ouverture : nettoyage des locaux, aménagement selon un plan type défini, achat du matériel chez des fournisseurs partenaires.	

Exercice 2 Révolution managériale chez Practivia

Travail à faire

1. Analysez l'évolution de l'organisation du travail et de l'exercice du pouvoir chez Practivia de 1905 à aujourd'hui.
2. Quelles sont les raisons qui ont poussé à cette évolution ?
3. Comment les dirigeants ont-ils appliqué le concept de l'entreprise libérée ?

Corrigé p. 232

Document

Practivia, une chocolaterie savoyarde fondée en 1905, emploie 400 personnes. En 2008, cette maison de qualité engage une révolution managériale sans précédent, très loin du modèle de management initial. En effet, c'est en 1905 que Rolland Practivia, diplôme de maître chocolatier en poche, décide de s'installer « au pays » pour y faire du chocolat avec le bon lait des pâturages de Bouillon, un petit village de montagne. Il emploie les locaux dans une ambiance familiale. Mais Rolland Practivia, « le patriarche », est autant aimé que craint. Ses salariés respectent cette force de la nature qui n'accepte pas la contestation de ses directives mais prend soin de ses filleuls (nom qu'il donne à ses salariés)… À 7 h, tous les matins, jusqu'à son décès à 95 ans, il accueillera le personnel dans son atelier.

En 2008, Marjorie Practivia, l'arrière-petite-fille du fondateur, aidée de son fils David, tout juste diplômé d'une grande école de management, veut redonner un nouveau souffle à la chocolaterie. L'entreprise familiale a du mal à recruter localement et peine à innover dans un contexte de plus en plus concurrentiel. La solution ? L'entreprise libérée. Révolution managériale pour les uns, utopie pour les autres, l'entreprise libérée a été pensée par Isaac Getz et Brian Carney en 2012. L'idée est simple : libérer les salariés des contraintes imposées par l'entreprise, c'est libérer leur énergie et leur créativité. Les salariés deviennent des décideurs au même titre que les dirigeants. Leur implication est le moteur principal de la performance de l'entreprise. Marjorie et David y croient. Ainsi, quand ils décident de recruter un directeur pour leur plus gros site de production en France, ils y associent le personnel. « *On a constitué un collectif représentatif des personnes qui travaillent dans l'entreprise avec qui on s'est réunis plusieurs fois* », se souvient David. Après l'ultime réunion, la direction du groupe a laissé au collectif une semaine pour choisir son manager, sans intervenir. « *Quand on est manager dans ce type d'organisation, il est hors de question que des salariés subissent des décisions qui les concernent au quotidien* », précise Marjorie. Le groupe travaille actuellement sur un projet similaire de collectif concernant les rémunérations.

50 LA COHÉSION ET LE RÔLE DU MANAGEMENT

Mémoriser

1 L'organisation, lieu de consensus et de conflits

1.1 La diversité des parties prenantes

Les parties prenantes internes sont différentes selon les organisations :

Dans les entreprises	Les fondateurs, les associés, les dirigeants, les salariés, les représentants des salariés.
Dans les organisations de la société civile	Les présidents, les bénévoles, les salariés, les adhérents.
Dans les organisations publiques	Les élus, les managers, les fonctionnaires.

1.2 Des intérêts convergents et divergents des acteurs internes

Ces parties prenantes internes concourent toutes à la même finalité : assurer la performance de l'organisation tout en garantissant sa pérennité.

Exemple → Les salariés ont intérêt à ce que l'organisation se pérennise pour conserver leur emploi. Les associés pourront alors préserver la valeur de leur investissement et le versement de dividendes.

Cependant, au sein d'une organisation, des conflits peuvent apparaître entre les acteurs internes, car chacun défend ses propres intérêts. Dans l'entreprise, notamment, des tensions peuvent surgir entre les salariés et les associés autour du partage de la valeur ajoutée.

1.3 Le rôle du manager

Le manager a pour rôle de concilier toutes les parties prenantes internes autour du projet commun de l'organisation. Il est donc amené à discuter et à négocier régulièrement avec elles pour obtenir un consensus.

2 La cohésion des acteurs internes

2.1 Les différents leviers de cohésion

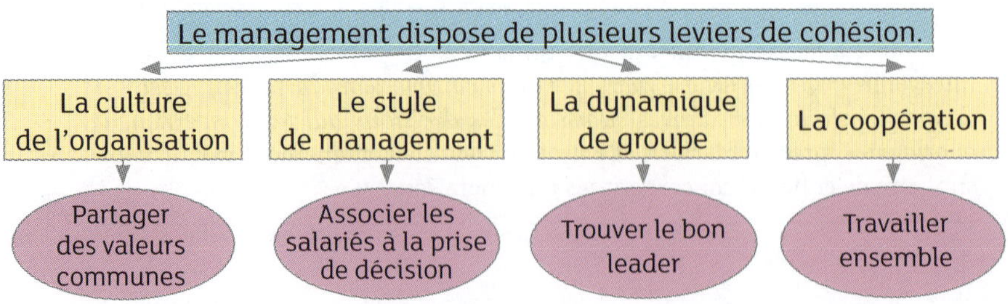

2.2 La culture de l'organisation

La **culture d'entreprise** est l'ensemble des valeurs partagées par les acteurs internes d'une même organisation. L'adhésion à ces valeurs crée un « esprit maison » qui fédère les collaborateurs autour d'une finalité commune.

Exemple → Les cinq valeurs du Club Med qui fédèrent les 25 000 GO et GE (Gentils Organisateurs et Gentils Employés) sont la gentillesse, la multiculturalité, l'esprit pionnier, la liberté et la responsabilité.

2.3 Le style de management

La manière de diriger les acteurs internes crée plus ou moins de cohésion au sein de l'organisation. Rensis Likert a identifié quatre styles de management :

Le style autoritaire	Le manager donne des ordres et prend seul les décisions.
Le style paternaliste	Le dirigeant se comporte comme un père (*pater*) avec ses enfants. Il récompense et sanctionne.
Le style consultatif	Le dirigeant consulte les collaborateurs avant de prendre seul sa décision.
Le style participatif	Le dirigeant associe les collaborateurs à la prise de décision finale.

Plus le style de management associe les collaborateurs à la prise de décision, plus ces derniers se sentent impliqués dans l'atteinte des objectifs de l'organisation.

2.4 La dynamique de groupe

Le leadership désigne l'influence que peut exercer un individu sur un groupe. Le leader est donc une personne qui est capable de guider, influencer et inspirer.

Exemple → Un bon capitaine d'équipe est celui qui sait, avec confiance et respect, emmener toute son équipe vers la victoire.

2.5 La coopération

Coopérer est le fait de savoir travailler ensemble. Les collaborateurs peuvent alors mutualiser leurs compétences pour contribuer à fournir un travail de qualité. Le travail en mode projet, de plus en plus répandu, permet de concrétiser cette coopération : un groupe de collaborateurs participent à un projet, chacun apportant ses compétences et son expérience.

Exemple → La mise au point d'un nouveau produit nécessite la constitution d'une équipe constituée d'un chef de projet, d'un responsable marketing, d'un directeur technique, d'un contrôleur de gestion.

Les outils collaboratifs numériques facilitent cette mise en commun (intranet, Internet, plateformes collaboratives, messageries instantanées).

S'entraîner

Exercice 1 Les styles de management

Travail à faire

Identifiez chaque style de management en justifiant votre réponse.

Corrigé p. 232

Contextes d'organisation	Styles de direction
La SA Florentin a été créée en 1921 à Grasse. Le petit-fils du fondateur, Louis Lopès, dirige toujours l'entreprise à 80 ans. Il connaît chaque salarié et leur famille. Tous les ans, une grande fête est organisée pour réunir tous les collaborateurs et leur famille autour de lui.	
Monique Vera est présidente du club de foot de La Perche-en-Brie. Les bénévoles s'organisent entre eux en toute autonomie. En fin de semaine, Mme Vera fait une rapide réunion pour soumettre des propositions et obtenir un accord collégial de tous les membres du bureau.	
L'entreprise Uniformate, implantée à Amiens, fabrique des costumes destinés au personnel de restauration. Axel Barbot, le dirigeant, organise des réunions hebdomadaires pour exposer aux chefs d'atelier les mesures qu'il a prises et la manière de les appliquer.	
Elisa Julian a créé Kalido, une start-up spécialisée dans la mise au point de drones de livraison. Chaque mois, les managers doivent lui proposer des améliorations. Elle prend ensuite la décision de les appliquer si elle les juge pertinentes.	

Exercice 2 *L'escape game* au service de l'entreprise

Travail à faire

1. Montrez les similitudes entre un *escape game* et un projet mené en entreprise en examinant les éléments constitutifs d'un jeu d'évasion.
2. Expliquez pourquoi ce nouveau jeu remporte un vrai succès auprès des entreprises.
3. À travers le témoignage d'Amélie, expliquez pourquoi l'*escape game* conduit à un effacement des individualités au profit du groupe.

Corrigé p. 232

Document 1

L'origine des *escape games* (jeux d'évasion) vient de jeux vidéo appelés « *Escape Room* » ou « *Escape Game* ». C'est la société japonaise SCRAP qui, en 2007, a voulu faire évoluer le concept en créant les premières *Live Rooms Escape*. Son fondateur, Takao Kato, a souhaité mettre en scène les joueurs dans une salle à thème avec une résolution d'énigmes pour s'en échapper en un temps défini. L'histoire des *escape games* s'est par la suite développée dans le reste de l'Asie avant d'arriver en Europe. Les éléments constitutifs essentiels d'un jeu d'évasion sont toujours les mêmes : un objectif, un endroit confiné, un nombre d'indices ou d'énigmes à résoudre, un temps limité, des participants. Entre chasse au trésor, Cluedo et jeu de rôle, le concept de l'*escape game* tend aujourd'hui à s'adapter au monde de l'entreprise pour fédérer une équipe, renforcer son sentiment d'appartenance et améliorer sa cohésion. L'*escape game* destiné à l'entreprise est un atout majeur dans une stratégie RH car puissant vecteur de lien social. Basé sur la coopération, l'écoute et la communication, l'*escape game* est idéal pour mettre les compétences personnelles de chacun au service de l'équipe de façon ludique.

Document 2

Témoignage d'Amélie, collaboratrice de l'entreprise Délicatess : « J'ai participé à mon premier *escape game* avec mon entreprise. Nous étions six collaborateurs pour résoudre une énigme : s'échapper d'un asile. L'ambiance était très angoissante et l'entraide a été essentielle. Le début a été assez conflictuel car Philippe a voulu diriger l'opération seul. Mais il s'est rendu compte qu'il n'arriverait pas à résoudre les énigmes sans nous. Sophie, plutôt effacée d'habitude, s'est imposée par ses réflexions pertinentes. Je me suis plutôt positionnée comme coordinatrice de l'opération. L'objectif était le même pour tous les six : sortir vivants de cet asile de fous ! »

51 Motiver pour fédérer

1 Les facteurs de motivation

La **motivation** correspond à un ensemble de facteurs qui poussent un individu à agir. La motivation des collaborateurs est essentielle car, alliée à la mobilisation et à la cohésion, elle est source de performance pour l'organisation.
Les **facteurs de motivation** sont divers : ils peuvent être internes (sentiment du collaborateur de se réaliser, de donner un sens, plaisir du travail bien fait...) ou externes (conditions de travail, communication interne...).

La diversité des facteurs de motivation des collaborateurs

- Les conditions de travail
- La prise en compte des risques psychosociaux (ex. : burnout)
- La rémunération
- La communication interne
- L'ambiance de travail
- La reconnaissance par la hiérarchie
- Prise en compte de la sécurité et de l'hygiène
- L'intérêt du travail

2 La qualité de vie au travail

La **qualité de vie au travail (QVT)** correspond à l'ensemble des conditions favorables à l'épanouissement des collaborateurs. Elle concerne l'amélioration des conditions de travail, la prise en compte des risques psychosociaux, la responsabilisation des salariés, l'ambiance de travail. La QVT permet d'améliorer le bien-être du salarié, qui est plus motivé, donc plus performant au travail.

Exemple → Certaines entreprises calculent chaque année un indicateur appelé « IBET » (indice de bien-être au travail), qui mesure la satisfaction des salariés et l'impact sur la productivité de l'entreprise.

S'entraîner

Exercice Crise sociale chez Jaker

Travail à faire

1. Résumez brièvement le problème auquel est confrontée l'entreprise Jaker.
2. Identifiez les acteurs internes en précisant leur rôle dans ce conflit.
3. Relevez les facteurs de démotivation des salariés.
4. Expliquez la phrase soulignée.
5. Quelles mesures pouvez-vous proposer pour améliorer la situation ?

Corrigé p. 233

Document

Comment travaille-t-on chez Jaker ? Les dirigeants de l'entreprise de logistique et de transport, créée à Bordeaux en 1958 et qui emploie 1 558 salariés en France, ont été contraints de mener cette réflexion. En début de semaine, une grève du site de Marseille pointait du doigt les conditions de travail dans les entrepôts de l'entreprise. Cadences trop rapides, pauses réduites, salaires faibles : les reproches des salariés sont nombreux. Il y a six mois, les syndicats alertaient par exemple sur le turnover des salariés très important et les arrêts de travail. En réponse à cette crise sociale, la direction de Jaker a décidé de réagir. Elle a lancé une grande enquête anonyme sur le thème : « Et si on se parlait ? » diffusée sur l'intranet. La surprise a été grande : 95 % des salariés ont répondu et la liste des critiques est longue… Certains témoignages insistent sur l'usure que peuvent entraîner ces emplois, par exemple pour ceux dont la mission est de parcourir les immenses allées pour chercher les colis. Le rythme est parfois effréné, sachant qu'en France, Jaker peut traiter jusqu'à 1 500 ordres de mission par jour, notamment à Noël. Beaucoup de salariés réalisent des gestes répétitifs et souffrent de tendinites aux épaules. Les managers sont très centrés sur les résultats et ne prennent pas le temps de reconnaître le travail réalisé qui, certains jours, relève de l'exploit tant la démotivation de certains salariés est importante. Tous les trois mois, il est possible de parler à la responsable RH, un « sas de décompression ». Les salariés diront qu'ils sont écoutés mais pas réellement entendus… Côté rémunération, les salaires de base sont convenables mais les primes sont difficiles à gagner car les équipes sont minées par l'absentéisme. La formation ? Oui, elle est proposée mais en visioconférence avec une autoévaluation, sans vrais formateurs. Ce qui fait tenir ? L'ambiance entre les salariés, qui est basée sur la solidarité et sur l'entraide. En fin d'année, Jaker a publié ses résultats : les indicateurs de productivité progressent largement, mais les indicateurs sociaux sont dans le rouge. À la dernière assemblée générale, les actionnaires ont sommé le PDG de changer les choses, persuadés que la contre-performance sociale risque de se transformer en catastrophe financière…

52 La digitalisation de la relation client et usager

Mémoriser

1 La digitalisation de la relation client

1.1 Le traitement des informations digitalisées

Le processus de digitalisation permet une meilleure connaissance du client par la collecte et le traitement d'un gros volume d'informations collectées.
Les **traces numériques** sont des informations laissées par le client lors de son passage sur les réseaux sociaux.

Exemples → Site consulté, identité du client, adresse électronique, demande de devis.

1.2 L'optimisation de la gestion de la relation client (GRC)

Cette connaissance plus précise des besoins du client permet à l'entreprise de proposer une offre adaptée et de la personnaliser. La GRC, ou CRM en anglais (*Customer Relationship Management*), est plus performante car la relation devient plus interactive entre le client et l'entreprise grâce à des outils numériques (PGI, réseaux sociaux, Internet).

Exemple → Les cookies permettent à un site Web de conserver les préférences du consommateur, de le garder connecté et de lui proposer un contenu personnalisé.

1.3 Le CRM, outil stratégique de la digitalisation de la relation client

Le CRM est une stratégie de gestion des relations et interactions d'une entreprise avec ses clients ou clients potentiels. L'objectif d'un système CRM est de mieux comprendre le client en s'appuyant sur la constitution d'une base de données gérée par un outil informatique.

Exemple → Les PGI comprennent un module CRM en plus d'autres modules comme la comptabilité générale, l'approvisionnement et la gestion des RH.

1.4 L'impact de la digitalisation sur le processus d'achat

Le processus d'achat comprend traditionnellement cinq étapes :

Étape 1	Le client identifie son besoin.
Étape 2	Il recherche des informations sur les différents produits.
Étape 3	Il compare les différents produits.
Étape 4	Il prend la décision d'acheter.
Étape 5	Il évalue son achat.

Internet et les réseaux sociaux permettent un accès plus large et plus rapide à l'information. Aujourd'hui, le client est mieux renseigné car il a accès à l'ensemble des informations disponibles en ligne. Il peut disposer de son produit rapidement. Enfin, il peut donner son avis en toute transparence sur l'expérience d'achat qu'il a vécue.

Exemple → Les sites d'e-commerce proposent une notation du processus d'achat.

1.5 Vers une meilleure connaissance du comportement du client

L'utilisation d'outils numériques permet de mieux comprendre le consommateur :

Les facteurs explicatifs du comportement d'achat

- Les besoins (sensation de manque)
- Les motivations (forces positives qui poussent à l'achat)
- Les freins (forces qui empêchent l'achat)
- Les attitudes (capacité à évaluer le produit)

2 La digitalisation de la relation usager

2.1 L'administration électronique

L'État a dématérialisé la plupart de ses services à travers des portails comme service-public.fr ou Impots.gouv.fr. Les collectivités locales (communes, départements, régions) ont également intégré dans leur organisation les technologies numériques.

Exemples → Depuis le 1er janvier 2022, un usager peut déposer sa demande de permis de construire en ligne auprès des communes. Des applications mobiles permettant aux usagers de gérer leur trajet en transport public sont mises à disposition par les régions.

2.2 Les enjeux de la transformation digitale du service public

La transformation digitale du service public présente plusieurs avantages pour les usagers :
- une rapidité des démarches administratives ;
- une personnalisation des services publics ;
- une plus grande accessibilité du service public ;
- une amélioration de la communication avec les agents.

Exemple → La dématérialisation des déclarations fiscales et des règlements a permis de fluidifier les relations entre les entreprises et l'administration fiscale.

Cependant, il existe des limites à cette digitalisation du service public : la sécurité et la confidentialité des données personnelles, le coût des outils numériques, la formation des agents publics.

La fracture numérique est également un frein à la digitalisation du service public car tous les citoyens n'ont pas un accès égal aux outils numériques. En effet, selon l'Insee, 17 % des Français sont touchés par des difficultés de connexion et un Français sur six n'utilise pas Internet.

S'entraîner

Exercice 1 La transformation digitale dans le secteur du luxe

Travail à faire

1. Quels facteurs ont poussé à la digitalisation du secteur du luxe ?
2. Par quels moyens les maisons de luxe ont-elles réalisé leur transformation digitale ?
3. En quoi cette digitalisation a-t-elle modifié l'expérience d'achat du client ?
4. Pour quelle raison certaines marques de luxe sont-elles réticentes à la digitalisation de la relation client ?

Corrigé p. 234

Document

Malgré son attachement à la tradition, le luxe doit faire sa mue. Crise sanitaire oblige, les grandes marques de luxe ont usé de leur créativité pour se digitaliser et surfer sur les tendances amenées par la génération Z. Comment faire face à la nécessité de se digitaliser lorsque le principe du luxe est de s'adresser à un petit nombre de privilégiés avec des produits élitistes ? Certaines marques refusent de se prêter au jeu, d'autres ont choisi d'ouvrir des boutiques en ligne ou d'intervenir de manière plus fréquente dans l'expérience client. La digitalisation du luxe n'a donc pas la même teneur que pour les enseignes de supermarché ou de vêtements grand public ! La première idée du secteur du luxe a été la collaboration avec d'autres secteurs, comme celui de l'industrie du jeu vidéo : dernièrement, Longchamp a lancé une collection atypique avec Pokémon. Quoi de plus *fashion* pour la clientèle d'avoir des Pikachu sur son sac ? La génération Z des 15-24 ans, la nouvelle cible stratégique du secteur du luxe, devrait réaliser 40 % des achats de produits de luxe d'ici 2035, selon une étude du cabinet Bain & Company. Pour encore mieux s'adresser à cette nouvelle cible, les marques doivent étendre leur présence et leurs opérations sur les réseaux sociaux. L'application TikTok a attiré plusieurs enseignes de luxe. Au-delà de la nouvelle clientèle à séduire, la crise sanitaire a fortement éprouvé le secteur, provoquant une baisse des revenus de 29 % au premier semestre 2020, accélérant la nécessité d'une transformation digitale. Alors que certaines maisons étaient réticentes à numériser leurs activités avant la pandémie, de nombreuses autres, à l'image de Bulgari, Cartier, Montblanc et Piaget, ont ouvert un site d'e-commerce. Quelques marques, comme Gucci et Hublot, ont mis sur pied, en quelques semaines, une boutique numérique où le client peut discuter en direct avec son conseiller, bien loin de la vente traditionnelle dans les salons confortables des boutiques physiques de la place Vendôme.

Exercice 2 La naissance du visiteur 2.0

Travail à faire

1. Caractérisez l'organisation musée.
2. Comment les musées se sont-ils digitalisés ?
3. Analysez les transformations subies par l'expérience visiteur suite à cette digitalisation culturelle.

Corrigé p. 234

Conseil

« Caractériser » une organisation implique d'utiliser les critères tels que le type d'organisation, la nature de l'activité, son but lucratif ou non lucratif, ses ressources.

Document 1

Pour l'ICOM (le Conseil international des musées), « un musée est une institution permanente sans but lucratif, ouverte au public, qui acquiert, conserve, étudie, expose et transmet le patrimoine matériel et immatériel de l'humanité et de son environnement à des fins d'études, d'éducation et de délectation ». La plupart des musées ne possèdent pas la personnalité juridique car ils appartiennent à des collectivités publiques : l'État, les villes, les départements ou les régions.

Document 2

Internet a bouleversé notre quotidien et notre rapport à la culture. En 2021, on peut se vanter de visiter Versailles ou la grotte Chauvet dans la même journée ! Si les dispositifs technologiques n'ont pas pour but de remplacer l'expérience physique et sensorielle d'une visite réelle, ils offrent une autre voie dans la découverte de l'art, qui émerge en parallèle, produisant un nouveau rapport à l'art. En cela, ils répondent à l'émergence d'un public ultra-connecté. Le Metropolitan Museum of Art de New York a été l'un des premiers musées à mettre en place un département digital *via* un portail attractif (bases de données structurées, version numérique des œuvres, diffusion de podcasts et de vidéos). Rendre la culture accessible à tous : telle est la promesse à délivrer ! Oui, mais comment traduire l'émotion, la sensation que procure une œuvre ? Le musée est un lieu de sensation, avec ses bruits étouffés, ses parfums, et qui donne la mesure des choses : le visiteur apprécie réellement la taille d'un mammouth quand il se trouve à côté… Cependant, la digitalisation des établissements d'art offre la possibilité d'élargir le public, d'enrichir les contenus et de communiquer différemment à ce public du fin fond de la France… L'immersion virtuelle permet d'améliorer l'expérience visiteur et lui donne envie de découvrir l'art « en vrai ». La digitalisation des musées démocratise l'accès à la culture à travers le nouveau visiteur 2.0.

53 La stratégie de communication

1 Les enjeux de la communication pour les organisations

1.1 La dimension stratégique de la communication

La **communication** consiste à transmettre des informations. Elle présente une dimension stratégique à double titre :
– elle permet de mobiliser les acteurs internes vers les objectifs de l'organisation ;
– elle permet de renforcer l'image de l'organisation.

Exemple → Les valeurs véhiculées par une entreprise sont communiquées en interne et en externe. Cette communication provoque une adhésion des salariés et participe à bâtir l'image de l'entreprise.

1.2 L'identité de l'organisation

La communication permet de bâtir l'identité de l'organisation grâce à trois vecteurs :

La marque employeur	C'est l'image positive que l'entreprise renvoie afin de recruter les futurs salariés.
L'e-réputation	C'est la réputation de l'organisation sur les réseaux sociaux.
L'identité numérique	Ce sont les traces que l'organisation laisse sur Internet.

2 Les différents types de communication

2.1 Les quatre composantes de la communication

Toute communication repose sur quatre éléments de base :

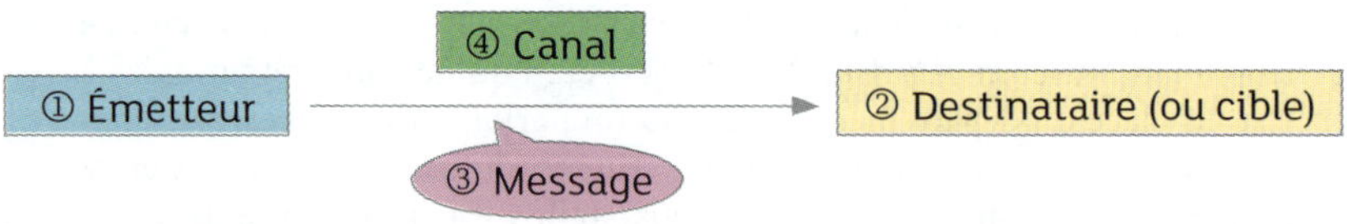

Exemple → Les salariés de l'entreprise Marsouillon ont reçu le message suivant de leur direction sur la messagerie interne : « Mme Roselyne Henri, DRH du groupe, prendra sa retraite à partir du 01/01/2022. »
Les éléments de la communication sont ici : ① l'émetteur : la direction ; ② les destinataires : les salariés ; ③ le message : le départ à la retraite de la DRH ; ④ le canal : la messagerie interne.

La **communication intégrée** s'appuie sur le cumul entre différents canaux d'information (télévision, presse, radio, réseaux sociaux...) afin que le message diffusé puisse toucher un plus grand nombre de clients.

2.2 La communication interne

La **communication interne** intervient entre les parties prenantes internes de l'organisation comme les associés, les salariés, la direction, les bénévoles, les agents de la fonction publique. Elle a pour objectif de les mobiliser vers des objectifs communs et de créer une cohésion de groupe.
La communication interne peut prendre trois formes :
– **descendante** (de la direction vers les salariés) ;

Exemple → L'annonce d'une augmentation de salaire par le PDG.

– **ascendante** (des salariés vers la direction) ;

Exemple → Une revendication sur les conditions de travail.

– **horizontale** (entre les salariés).

Exemple → Une discussion sur l'organisation du travail.

2.3 La communication externe

La **communication externe** est destinée aux parties prenantes externes de l'organisation comme les clients, les fournisseurs, l'État, les banques. Elle a pour objectif de renforcer l'image de l'organisation.
La communication externe peut être de deux types :
– **commerciale** (elle permet de vendre un bien ou un service de l'entreprise) ;

Exemple → La publicité pour vendre le dernier téléphone Samsung S22.

– **institutionnelle** (elle permet de promouvoir une image positive de l'organisation).

Exemple → « Venez comme vous êtes » est le slogan pour vendre l'image de McDonald's.

2.4 La cohérence entre les communications interne et externe

La **communication globale** de l'organisation établit la cohérence entre la communication interne et la communication externe :

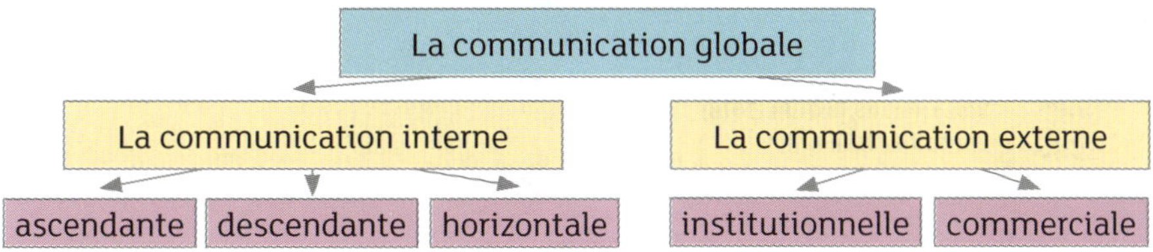

3 Communication et e-réputation

L'**e-réputation** est l'image d'une organisation véhiculée sur Internet et sur les réseaux sociaux. Les organisations utilisent de plus en plus les technologiques numériques pour développer leur notoriété.

S'entraîner

Exercice 1 Identifier les types de communication

Travail à faire

Identifiez les types de communication dans les situations suivantes. Utilisez toutes les classifications que vous connaissez.

Corrigé p. 234

Situation 1 : l'entreprise Osaka a tourné une vidéo publiée sur YouTube présentant l'histoire de l'entreprise et ses valeurs fortes : solidarité, respect, engagement.
Situation 2 : la direction de l'association Handicaps a diffusé un message de remerciements à ses bénévoles après le succès de la campagne de collecte de dons.
Situation 3 : les collaborateurs du cabinet comptable Optalis se répartissent les dossiers financiers des nouveaux clients.
Situation 4 : l'entreprise Passiflore a décidé de diffuser une publicité sur les réseaux sociaux afin de présenter sa dernière innovation.
Situation 5 : les syndicats revendiquent auprès de la direction de l'entreprise Janin un renforcement des dispositifs de sécurité.

Exercice 2 Benetton s'affiche

Travail à faire

1. Identifiez le type de communication utilisée par Benetton.
2. Repérez l'émetteur, la cible et le canal de diffusion.
3. Analysez le message porté par l'entreprise Benetton.

Corrigé p. 235

Document

Vidéo : Naked, just like (2018)
liennathan.fr/49xjh7

Exercice 3 Community manager et e-réputation

Travail à faire

1. Expliquez l'intérêt et les limites des réseaux sociaux pour les organisations.
2. Quel aspect de l'identité de l'entreprise est concerné par le site Glassdoor ?
3. En quoi le *community manager* joue-t-il un rôle stratégique ici ?

Corrigé p. 235

Document 1

Les réseaux sociaux sont-ils un danger à craindre ou une opportunité à saisir pour les marques ? Définitivement, les deux. Tous les experts interrogés s'accordent à dire qu'il faut se méfier des réseaux sociaux qui participent à un véritable « tribunal digital » rendant des jugements définitifs sans respect des droits de la défense, sans considération pour l'égalité des armes, le contradictoire ou le procès équitable. À côté de cela, les réseaux sociaux font vendre, font connaître les produits. Les ventes peuvent devenir virales au point de faire exploser la notoriété de l'entreprise ! Alors que faire ? Réponse : l'entreprise doit apprendre à se protéger de cette chasse ouverte ! Comment ? Par une surveillance accrue et sans relâche des réseaux sociaux !

Document 2

Créé en 2008 aux États-Unis, Glassdoor recueille les avis de millions de salariés sur la façon dont ils ont été recrutés et les salaires dans leurs entreprises. Un certain nombre de critères sont passés en revue, comme le salaire, les primes, l'évolution de carrière, le processus de recrutement ou les avantages sociaux. Des photos des locaux peuvent aussi être ajoutées. Les employeurs n'ont qu'à bien se tenir !

Document 3

Le *community manager* doit fédérer le plus possible d'internautes *via* les forums, les réseaux sociaux et professionnels. Expert de la Toile, il est en veille permanente pour gérer l'image de son client ou de son entreprise sur le Net et rapprocher la marque du consommateur. Pour cela, il anime des forums, poste des vidéos, alimente la page Facebook ou répond aux questions posées sur le site Internet de l'entreprise. Il doit être réactif pour éviter que des propos négatifs apparaissent et aussi créatif pour se différencier des concurrents.

www.onisep.fr

54 La communication financière

Mémoriser

1 L'importance stratégique de la communication financière

1.1 Les enjeux de communication financière

La **communication financière** procure des informations sur la performance financière de l'entreprise (profitabilité, dividendes, rendement des actions, capacité d'endettement, trésorerie...). Elle répond à une exigence de transparence par rapport aux parties prenantes et crée une relation de confiance, notamment par rapport aux investisseurs. Elle contribue donc à améliorer l'image de l'organisation auprès des différents acteurs.

1.2 Les destinataires de la communication financière

Les destinataires sont les parties internes et externes qui veulent connaître la santé financière de l'entreprise pour différents motifs.

Acteurs concernés	Intérêts
Les investisseurs	Se rassurer sur la valeur de leur investissement et sur le montant des dividendes à venir.
Les dirigeants	Permettre le pilotage de l'organisation et la prise de décision stratégique.
Les banques	S'informer sur le niveau de solvabilité de l'organisation.
Les salariés	Avoir une visibilité sur la pérennité de leur emploi.
Les fournisseurs et les clients	Se rassurer sur la capacité de l'organisation à remplir ses engagements commerciaux.

2 Les documents de la communication financière

2.1 Les documents de synthèse

Selon le Code de commerce, les entreprises ont l'obligation de publier leurs documents de synthèse: compte de résultat et bilan. Ces documents sont élaborés à partir de règles communes à toutes les entreprises : c'est la normalisation financière. Elle contribue à la fiabilité de l'information.

2.2 Le business plan

Le **business plan (ou plan d'affaires)** est un document permettant de présenter un projet. Il donne une visibilité complète sur le projet, notamment à des investisseurs et à des banques pour qu'ils acceptent de le financer. Il accompagne soit une création d'entreprise, soit le lancement d'une activité ou d'un nouveau produit d'une entreprise déjà existante.

S'entraîner

Exercice LVMH, l'excellence française et financière

Travail à faire

1. Relevez les indicateurs de performance financière de LVMH.
2. Commentez l'évolution des ventes et du résultat de 2019 à 2021.
3. Analysez la répartition des ventes de LVMH en 2021.
4. Justifiez la cohérence du projet de rachat de Tiffany par LVMH.
5. Analysez l'impact de ce rachat sur la performance financière de LVMH.

Corrigé p. 235

Conseil

Concernant la question 2, vous devez calculer un taux d'évolution.

Document 1

CHIFFRES CLÉS DU GROUPE

COMPTE DE RÉSULTAT
en millions d'euros

	2019	2020	2021
Ventes	53 670	44 651	64 215
Marge brute en % des ventes	35 547 66 %	28 780 65 %	43 860 68 %
Résultat opérationnel courant en % des ventes	11 504 21,4 %	8 305 18,6 %	17 151 26,7 %
Résultat net	7 782	4 955	12 698
Résultat net part du groupe	7 171	4 702	12 036

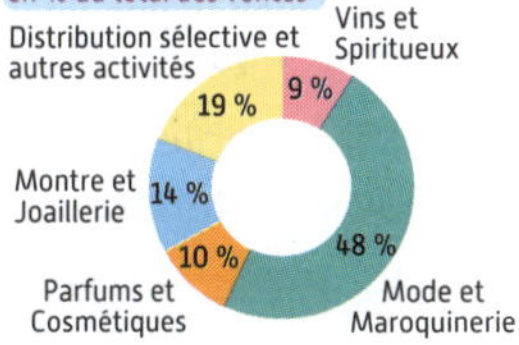

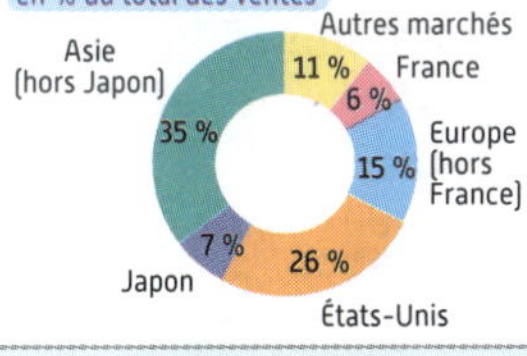

Document 2

LVMH a annoncé le 29 novembre 2019 le rachat de Tiffany pour 16,2 milliards de dollars, plus grande acquisition jamais réalisée par le n° 1 mondial du luxe. Bernard Arnault, le dirigeant – actuellement 3e fortune mondiale, a par ailleurs souligné que Tiffany est « une entreprise qui jouit d'un héritage et d'un positionnement uniques au monde dans le marché de la haute joaillerie » et « qui nous inspire un immense respect et une grande admiration ». « Cette acquisition vient renforcer la position de LVMH dans la haute joaillerie, donner une nouvelle dimension à l'activité Montres et Joailleries du groupe et accroître sa présence aux États-Unis. » Une opération saluée par le marché puisque le titre du géant français du luxe prenait 2,1 % à 404,65 euros vers 10 h 20, tout proche de son plus haut historique touché le 15 novembre 2019 à 407,85 euros.

55 Éthique et civisme à l'épreuve des organisations

Mémoriser

1 Les préoccupations éthiques des organisations

1.1 Éthique, éthique des affaires et déontologie

L'**éthique** est une discipline de la philosophie qui ouvre la réflexion sur la morale. L'objectif de l'éthique est le respect, la protection et la promotion de la personne.

Exemple → L'esclavagisme moderne, qui consiste à exploiter des domestiques dans les économies développées, est contraire à l'éthique.

L'**éthique des affaires** vise à dénoncer tous les comportements irrespectueux au sein des organisations, en garantissant leur moralité. Elle prend appui sur les valeurs de respect, de transparence et de confiance, que l'organisation se doit de promouvoir.

Exemple → Les rançongiciels, qui consistent à demander des rançons à des organisations contre libération des données informatiques, sont contraires à l'éthique des affaires.

La **déontologie** complète l'éthique des affaires car elle désigne un ensemble de règles éthiques guidant une profession.

Exemple → Le serment d'Hippocrate fixe le cadre déontologique des médecins.

1.2 Les pratiques abusives des organisations

Certaines organisations se livrent à des pratiques non éthiques dans le but de faire du profit ou de servir les intérêts personnels d'un dirigeant. Ces pratiques sont diverses :

La discrimination au travail	Elle consiste à défavoriser une personne du fait de la couleur de sa peau, de son sexe, de sa religion, de son âge…
Le *lobbying*	Il consiste, pour un groupe (chasseurs, grande distribution, professions libérales…), à faire pression sur les pouvoirs publics pour obtenir les faveurs de certaines lois.
Le *greenwashing* (ou écoblanchiment)	C'est une stratégie marketing et de communication qui consiste, pour une organisation, à faire croire qu'elle a une politique écoresponsable.
Le *social washing*	C'est une stratégie marketing et de communication qui consiste, pour une organisation, à se donner une (fausse) image d'elle, très soucieuse de ses salariés.

1.3 La lutte des organisations contre les pratiques non éthiques

Conscientes de l'existence de ces pratiques abusives, les organisations mettent en place différentes mesures qui peuvent concerner :

– le respect de la vie privée et de la dignité humaine ;

Exemple → Certaines entreprises proposent aux managers une formation dédiée au droit à la déconnexion de leurs équipes pour prévenir le risque de burn-out.

– la lutte contre les discriminations au travail ;

Exemple → L'adoption du CV anonyme par certaines entreprises.

– le respect de l'égalité homme-femme ;

Exemple → La parité homme-femme a été instaurée par plusieurs lois pour les élections.

– la transparence de l'information financière pour tous.

Exemple → Les associations qui reçoivent annuellement plus de 153 000 € de subventions publiques doivent publier leurs comptes annuels.

1.4 L'éthique dans certaines organisations spécifiques

Certaines organisations, parce qu'elles sont proches du pouvoir politique, peuvent être exposées aux problèmes de corruption.

Les **ONG (organisations non gouvernementales)** ont une vocation humanitaire, souvent à l'échelle mondiale. Les valeurs de transparence et d'éthique sont importantes si elles veulent rassurer les donateurs.

Les élus politiques, nationaux ou locaux, à la tête des **administrations publiques**, sont également soumis au respect d'une certaine éthique car ils reçoivent le mandat des électeurs et gèrent les fonds publics.

Exemple → Selon le rapport de l'ONG Transparency International, la France stagne en matière de lutte contre la corruption, malgré des progrès ces dernières années.

2 Les préoccupations civiques des organisations

Les organisations se doivent de participer au développement d'initiatives citoyennes visant plusieurs objectifs :

– favoriser des valeurs humanistes ;

Exemple → La Croix-Rouge française s'appuie sur sept principes fondateurs (humanité, impartialité…).

– mener des actions de mécénat (soutien matériel apporté à un artiste ou à une organisation pour promouvoir la culture et l'art) ;

Exemple → La Fondation Louis Vuitton vise à promouvoir l'art pour tous en finançant des associations caritatives.

– veiller au respect de l'environnement ;

Exemple → L'Oréal fabrique et vend des shampoings solides sous sa marque Garnier.

– favoriser la démocratie participative.

Exemple → Les conseils de quartier au sein des villes favorisent la participation citoyenne.

S'entraîner

Exercice 1 Les pratiques abusives des organisations

Travail à faire

Qualifiez la pratique abusive dans chacune des situations présentées en utilisant la liste suivante : la discrimination au travail, la corruption, le *greenwashing*, le *lobbying*, le *social washing*.

Corrigé p. 236

Document

Situation 1 : la direction d'un hôtel demande à un de ses salariés de changer de prénom, le jugeant incompatible avec la clientèle haut de gamme de l'établissement.

Situation 2 : un dirigeant d'entreprise propose à un maire de lui livrer de bonnes bouteilles de vin contre l'obtention d'un marché public sur la commune.

Situation 3 : une entreprise vient de publier une charte d'engagement envers les salariés affirmant des valeurs comme la solidarité et le respect de l'humain. Elle emploie régulièrement des travailleurs clandestins sur ses chantiers.

Situation 4 : une entreprise industrielle affirme sur son site Internet : « Nous sommes engagés pour la protection de l'environnement. » Une association écologiste dénonce le déversement par cette entreprise de substances toxiques dans la rivière du village.

Situation 5 : une entreprise a publié plusieurs offres d'emploi. Elle fait un tri des CV sur les compétences mais également sur l'âge des candidats, qui ne doit pas dépasser 50 ans.

Situation 6 : une association de chasseurs a demandé à un député de voter le maintien de l'autorisation de la chasse à la glu, contre son soutien aux prochaines élections.

Exercice 2 IKEA et le conflit russo-ukrainien

Travail à faire

1. Identifiez les deux raisons qui ont poussé IKEA à suspendre ses activités en Russie et en Biélorussie.
2. Quels seront les impacts de cette décision sur l'activité de l'entreprise ?
3. Montrez que l'éthique est au cœur de la démarche d'IKEA par rapport à ce conflit.

Corrigé p. 236

Document

Le géant suédois de l'ameublement IKEA a annoncé [le 24 mars 2022] la suspension de ses activités en Russie et en Biélorussie, affectant près de 15 000 employés, 17 magasins et trois sites de production. Cette décision fait suite à l'envahissement de l'Ukraine par la Russie.

« La guerre a un énorme impact humain et se traduit aussi par des perturbations graves de la chaîne de production et de commerce, raisons pour lesquelles les sociétés du groupe ont décidé de suspendre temporairement les activités d'IKEA en Russie », indique le groupe dans un communiqué adressé à l'AFP (Agence France Presse). Cette suspension concerne essentiellement la Russie, où le groupe suédois est présent depuis 2000 et est un des principaux employeurs occidentaux. La Biélorussie n'accueille que quelques fournisseurs et n'a pas de magasins, selon IKEA.

« Ces décisions vont avoir un impact direct sur environ 15 000 collaborateurs, et les entreprises du groupe assureront la sécurité de l'emploi et des revenus, en leur fournissant du soutien pour eux et leurs familles », affirme le géant suédois, divisé en différents holdings. Si les magasins exploités par le holding Ingka concentrent l'essentiel des effectifs affectés (12 000 personnes), IKEA a près de 2 500 employés dans la partie production, avec trois usines en Russie, qui produisent majoritairement pour le marché local.

Selon le groupe, 47 fournisseurs en Russie et 10 en Biélorussie sont également concernés par sa décision, qui ferme la porte à tout import-export depuis ou vers les deux pays. Avant cette annonce, IKEA avait, dans un premier temps, annoncé qu'il laissait ses magasins ouverts dans le pays, ce qui lui avait valu des critiques en Suède. « La guerre dévastatrice en Ukraine est une tragédie humaine et notre plus profonde empathie et inquiétude va aux millions de personnes affectées », déclare le groupe, numéro un mondial du secteur. La fondation IKEA a, de son côté, annoncé un don de 20 millions d'euros en réponse à l'appel de l'ONU pour faire face à la crise humanitaire. « Nous n'avons jamais fourni un don de cette taille à une crise auparavant », a précisé une porte-parole de la fondation à l'AFP.

www.lapresse.ca, 28 mars 2022.

56 Les organisations face à l'évolution des modes de vie

Mémoriser

Parties prenantes de la société, les organisations sont soumises aux évolutions que connaissent les modes de vie des citoyens dans les rapports au travail et dans les modes de consommation.

1 Les nouveaux rapports au travail

1.1 Vers une hiérarchie plus plate

De nombreuses entreprises françaises sont passées d'une structure pyramidale (à forte hiérarchie) à une structure organisationnelle plus plate, c'est-à-dire comportant peu de niveaux hiérarchiques. Ce changement permet aux équipes d'être plus agiles et aux salariés d'être plus motivés, car ces derniers sont plus impliqués dans la prise de décision.

Exemple → La start-up Keetiz, qui a inventé une application permettant de favoriser le commerce local, a adopté un management horizontal pour stimuler l'intelligence collective.

1.2 De nouvelles manières de travailler

Dans les organisations, de nouvelles manières de travailler sont apparues du fait des changements de l'environnement (nouvelles technologies, crise sanitaire, crise économique). Ainsi, se sont développés :

– le **travail indépendant** : les travailleurs ont leur propre entreprise et ne dépendent pas d'un employeur dans le cadre d'un contrat de travail. Cette relation de travail a connu un essor à travers le développement des plateformes numériques comme Uber ;

– le **télétravail** : le salarié travaille chez lui ou proche de chez lui mais hors des locaux de l'entreprise, de manière volontaire, grâce à l'utilisation des technologies de l'information et de la communication. La crise sanitaire liée au Covid-19 a accéléré son développement. Le législateur encadre le télétravail (la dernière loi date de 2021).

1.3 Une frontière plus floue entre vie privée et vie professionnelle

Le télétravail a rendu plus floue cette frontière entre la vie privée et la vie professionnelle du salarié. L'**hyperconnectivité** (accès quasi permanent à Internet) renforce cette difficulté.

Ainsi, le droit à la déconnexion des salariés, qui a été voté dans la loi Travail de 2016, impose aux employeurs de s'assurer que les salariés ne soient plus sollicités, par courriels ou par téléphone, en dehors de leurs heures de travail. Cette mesure a pour objectif de protéger les salariés contre les risques psychosociaux comme le burn-out (l'épuisement au travail).

2 Les nouveaux comportements de consommation

La transformation digitale des organisations et la nécessité de protéger l'environnement ont fait apparaître de nouvelles manières de consommer :

L'économie des plateformes	Elle correspond au développement de plateformes numériques permettant de faire l'intermédiaire entre offre et demande. **Exemples** → Airbnb, Uber.
L'économie collaborative (ou de partage)	Elle consiste en des échanges de biens, de services, d'informations entre particuliers. **Exemples** → Monsupervoisin.fr, yakasaider.fr
L'économie de fonctionnalité (ou d'usage)	C'est une tendance qui consiste à louer un bien plutôt que de l'acheter. **Exemple** → Les Vélib' sont des vélos disponibles à la location en centre-ville à la disposition des habitants.
La consommation responsable	L'individu consomme en fonction de critères liés au développement durable. **Exemple** → Le commerce équitable.
Le mouvement locavore	Le consommateur achète des biens produits à proximité de chez lui. **Exemple** → Les magasins ruraux de producteurs.
L'économie du glanage	Elle consiste à récupérer les fruits et légumes non ramassés pour les consommer. **Exemple** → Le glanage solidaire est pratiqué par certaines associations en faveur des plus démunis.

Certains de ces nouveaux comportements de consommation proviennent du mouvement anticonsumériste, qui s'oppose à la société de consommation en mettant en avant les préoccupations écologiques (protection de l'environnement, bien-être animal) et le refus de la société de consommation. Le consom'acteur est un consommateur responsable qui se réapproprie son acte d'achat en défendant ses propres valeurs. Il contraint les organisations à repenser leurs produits et leurs modes de production.

Exercice 1 Identifier les nouveaux comportements de consommation

Travail à faire

Associez les situations suivantes aux six nouveaux comportements de consommation.

Corrigé p. 236

Document

Situation 1 : Nathan s'est inscrit sur un site qui lui permet d'échanger ses compétences d'électricien contre les services d'autres internautes.
Situation 2 : Lina a décidé d'acheter ses légumes au maraîcher de son village.
Situation 3 : Dean décide de louer une voiture dans un garage plutôt que d'en acheter une.
Situation 4 : Morgane a mis en location l'appartement qu'elle possède à l'Alpe d'Huez sur le site vivelesvacances.com moyennant une commission de 5 % du loyer.
Situation 5 : Tess est bénévole de l'association Stopgaspill, qui ramasse les légumes abandonnés dans les champs pour les distribuer aux plus démunis.
Situation 6 : Raphaël consomme de la viande portant le logo « Bien-être animal garanti ».

Exercice 2 C'est qui le patron ?!

Travail à faire

1. Pour quelle raison la marque « C'est qui le patron ?! » se fait-elle appeler « la marque du consommateur » ?
2. Expliquez le succès de la marque auprès des consommateurs et des agriculteurs. En quoi est-ce un modèle innovant ?
3. Analysez l'influence de l'évolution des modes de consommation sur la création de cette marque.

Corrigé p. 237

Document 1

lamarqueduconsommateur.com

Document 2

Tout commence en 2016 alors que la crise du lait bat son plein suite à la fin des quotas laitiers et l'ouverture des marchés. Les exportations stagnent, la production augmente, donc les prix payés aux producteurs chutent.
Dans ce contexte compliqué pour les producteurs, naît l'idée de pouvoir créer une marque destinée à nous permettre à nous tous consommateurs de reprendre en main notre consommation et de soutenir les producteurs en les rémunérant à un juste prix leur permettant de vivre de leur travail. Depuis, d'autres produits ont vu le jour et + de 3 000 producteurs sont soutenus grâce à notre mobilisation à nous tous consommateurs.

lamarqueduconsommateur.com

Document 3

« C'est qui le patron ?! », c'est aujourd'hui 16 millions de consommateurs qui suivent le mouvement, 330 millions de litres de briques de lait vendues en 5 ans, le lait et le beurre qui se placent dans le top 3 des produits les plus vendus de leur catégorie, plus de 11 600 sociétaires qui soutiennent la démarche et plus de 3 000 familles de producteurs soutenues. L'un des principes est la place centrale du consommateur : il définit les caractéristiques du produit en remplissant un questionnaire en ligne pour chaque nouveau produit. Dernièrement, pour le poulet, il devait ainsi choisir l'origine de la volaille, sa durée de vie et, en fonction de ses réponses, voyait évoluer le prix qui serait ensuite conseillé aux distributeurs. La juste rémunération des producteurs est l'autre pilier de la marque : défendre l'agriculture avec la garantie d'une totale transparence pour le consommateur. Partie du lait, du beurre et des œufs, l'initiative concerne aujourd'hui d'autres produits comme la volaille, les yaourts, la sauce tomate, les pommes de terre. Et la liste est loin d'être finie…

Document 4

Ces dix dernières années ont été marquées par de grandes mutations dans la consommation des Français. Ils sont devenus plus méfiants face aux grandes marques agroalimentaires : fini l'achat aveugle, place à l'examen détaillé des étiquettes ! Les petits producteurs, la vente en circuit court, la production bio et raisonnée sont les grands gagnants de cette nouvelle demande. Sans OGM, sans gluten, sans antibiotique, sans pesticide, sans huile de palme : voici les nouvelles exigences du consommateur responsable… Cette décennie est celle de la consécration du « manger sain ».

57 Le numérique et les nouvelles responsabilités des organisations

Mémoriser

Le numérique a fait naître de nouvelles responsabilités pour les organisations envers les citoyens.

1 La protection des données privées

Les organisations doivent assurer la confidentialité des données collectées sur les citoyens et les autres organisations.

1.1 La protection des données personnelles des citoyens

- Une **donnée personnelle** correspond à une information se rapportant à une personne physique identifiée ou identifiable directement (son nom, son prénom) ou indirectement (un identifiant, un numéro de téléphone, sa voix…).
- Le **RGPD (règlement général sur la protection des données)** de 2018 est un règlement européen visant à la protection des données personnelles des citoyens au sein des pays de l'Union européenne. La CNIL (Commission nationale de l'informatique et des libertés), organisation publique qui veille au respect des données personnelles en France, énonce les trois objectifs du RGPD : responsabilité, confiance, transparence.
- Toutes les organisations (publiques et privées) sont soumises aux obligations édictées par le RGPD :

Les obligations posées par le RGPD :
- Obtenir le consentement des citoyens pour la collecte de leurs données
- Tenir à jour un registre des traitements
- Nommer une personne référente
- Assurer la sécurité des données personnelles
- Garantir certains droits : droit à l'oubli, droit d'accès, droit à rectification

1.2 La protection des données stratégiques des organisations

La digitalisation des organisations a impliqué un volume important de données à traiter (*big data*). Ces données constituent un actif apportant une forte valeur ajoutée aux organisations dans la poursuite de leur finalité.

Pour les entreprises, ces données constituent un vrai patrimoine appelé « patrimoine data ». Ainsi, les organisations doivent développer une « stratégie data » permettant à la fois de protéger et de valoriser les données.

Exemple → Une entreprise industrielle doit protéger les données relatives à son activité de production (techniques de fabrication, taux de rebuts…), les données de ses salariés, ses données financières.

2 La transparence des algorithmes utilisés par l'État

2.1 Qu'est-ce qu'un algorithme public ?

Un **algorithme** est un enchaînement logique d'opérations permettant de résoudre un problème. Il est généralement traduit sous la forme d'un programme informatique. Les organisations publiques utilisent des algorithmes afin de mettre en place des traitements automatisés ou de permettre une prise de décision individualisée.

Exemple → Le site de la CAF met à disposition des allocataires un simulateur permettant de calculer le montant d'aides personnalisées. Cet outil fonctionne à partir d'algorithmes intégrant différentes règles d'attribution (revenu imposable, nombre d'enfants à charge…).

2.2 L'obligation légale de transparence

Dans un souci de justice et d'équité entre les citoyens, l'État doit rendre transparente l'utilisation des algorithmes. La loi sur une République numérique de 2016 et le RGPD de 2018 posent le cadre juridique de cette transparence. Ainsi, chaque citoyen peut avoir accès au détail du fonctionnement des algorithmes publics.

Exemple → L'algorithme de calcul de la taxe foncière est disponible en ligne sur le site www.impots.gouv.fr.

3 La *blockchain*, technologie de sécurisation des échanges

3.1 La notion de *blockchain*

La *blockchain* (« chaîne de blocs ») est une technologie qui permet de stocker et de transmettre des informations de manière transparente, sécurisée et sans organe central de contrôle. Elle ressemble à une grande base de données partagée entre ses différents utilisateurs et contenant un historique de tous les échanges réalisés.

3.2 Les avantages de la *blockchain*

Cette technologie permet :
- de transférer des actifs (échange de cryptomonnaie entre deux personnes) ;
- de sécuriser des contrats (traduction des contrats sous forme de codes) ;
- d'assurer la traçabilité des produits (par exemple, grâce à un QR Code).

S'entraîner

Exercice 1 La *blockchain* au service de la sécurité alimentaire

Travail à faire

1. Pourquoi la traçabilité des aliments est-elle devenue une exigence des consommateurs ?
2. Justifiez le choix de la technologie *blockchain* dans ce cas.
3. Expliquez pourquoi Carrefour a adhéré à la plateforme « IBM Food Trust ».

Corrigé p. 237

Document 1

En 2013, une célèbre marque de produits congelés vend des lasagnes au bœuf qui, après contrôle, s'avèrent être des lasagnes à la viande de cheval… L'opinion publique est sous le choc et réclame une meilleure traçabilité des produits mis dans son assiette ! L'obligation d'étiquetage doit maintenant préciser l'origine des produits. Cette obligation amène les distributeurs à recourir à diverses techniques, comme les objets connectés ou encore les applications mobiles afin de satisfaire l'impératif de traçabilité des aliments dans le but de répondre à la demande spécifique des clients.

Document 2

La plateforme « IBM Food Trust » créée en 2016 est un réseau *cloud* collaboratif basé sur la technologie *blockchain* fournissant aux distributeurs, fournisseurs, producteurs et aux industriels de l'agroalimentaire des données sur les différents produits alimentaires. Le but est de partager de manière complète les données liées à la sécurité du produit au profit des consommateurs.

Document 3

Depuis 2017, Carrefour se pose comme un pionnier de la *blockchain* en Europe. Convaincu de l'intérêt de cette approche, le distributeur a choisi de s'allier à IBM. Le groupe technologique a lancé la plateforme « IBM Food Trust » en travaillant en collaboration avec des distributeurs, industriels et logisticiens de l'agroalimentaire.

www.carrefour.com

Document 4

Le nouveau

BUSINESS MODEL DE CARREFOUR

Depuis 2018, Carrefour transforme son business model vers un écosystème bénéfique à toutes les parties prenantes – clients, partenaires, producteurs, pouvoirs publics, associations –, conforme à l'évolution des attentes en matière de consommation et de production.
Concrètement, l'écosystème Carrefour donne accès aux consommateurs à une alimentation saine, produite localement et durablement, à un prix juste permettant de rémunérer correctement les agriculteurs, et à un emploi stable, participant à la transition alimentaire, pour les collaborateurs.

https://www.carrefour.com

Exercice 2 Cookies et RGPD

Travail à faire

1. Expliquez le lien entre le ciblage marketing et les cookies.
2. Pourquoi Google a-t-il pris la décision de désactiver les cookies dans son navigateur Chrome ?
3. Comment le législateur a-t-il rendu conciliables le RGPD et la pratique des cookies ?

Corrigé p. 238

Document 1

Le ciblage marketing est une technique qui consiste à sélectionner un segment du marché plutôt qu'un autre, sur lequel concentrer les efforts de communication et de marketing. Il implique naturellement une collecte d'informations sur les consommateurs pour connaître leur comportement d'achat.

Document 2

Les cookies sont de petits fichiers informatiques, générés par le site Internet consulté et permettant d'enregistrer les données relatives à la navigation de l'internaute. Ils sont donc une aubaine pour les marketeurs, mais pas forcément pour la vie privée des internautes. Ils sont souvent perçus par eux comme des mécanismes de traçage intrusifs qui portent atteinte à la confidentialité de leur surf sur le Net. Bien qu'ils soient généralement sûrs, les cookies tiers peuvent aussi représenter un risque. Par exemple, si le cookie n'est pas correctement sécurisé et si ses données comportent des informations personnelles qui permettent de retrouver l'identité d'un utilisateur donné. Ou encore si les données sont partagées sans autorisation. En août 2019, Google a fait savoir qu'il allait bloquer et désactiver les cookies tiers dans Chrome (son navigateur, aujourd'hui leader du marché) afin d'introduire une approche prenant plus en compte la vie privée. La fin des cookies tiers était alors prévue pour 2022. Depuis la mise en application des lois européennes RGPD (règlement général sur la protection des données), sur les recommandations de la CNIL, les sites web ont quelques obligations en matière de cookies. Ainsi, une bannière visible doit informer les internautes de la finalité des cookies, il faut obtenir le consentement de l'utilisateur quant à la création et la conservation de ces cookies, et fournir un moyen à l'internaute de paramétrer ou refuser ces cookies.

58 Les organisations et leur écosystème

Mémoriser

1 Les interactions entre les organisations et leur écosystème

1.1 L'écosystème, fournisseur de ressources pour les organisations

Les organisations sont intégrées dans leur écosystème, qui leur fournit des ressources. En fonction du type de ressources fournies, elles décident de leur installation sur le territoire dans le cadre de leur stratégie d'implantation.

Exemple → L'université américaine de Stanford a joué un rôle déterminant dans le développement des entreprises de la Silicon Valley. Beaucoup de leurs étudiants, comme Hewlett et Packard ou Brin et Page (les fondateurs de Google), ont créé leur entreprise sur place.

1.2 L'influence des organisations sur leur écosystème

Les directions des organisations prennent des décisions stratégiques qui ont un impact sur leur écosystème local. Les effets peuvent être d'ordre économique, social ou culturel. Ils peuvent être favorables ou défavorables.

Exemples → L'implantation de Toyota à Valenciennes, dans le Nord, a permis, depuis 20 ans, de créer de nombreux emplois autour de la fabrication du modèle Yaris : effet favorable.
L'entreprise Candia a décidé de fermer la laiterie de Campbon en supprimant 161 emplois : effet défavorable.

Les organisations portent donc une responsabilité dans les effets négatifs qu'elles génèrent sur leur écosystème. Cette prise de conscience s'appuie sur la responsabilité sociale des entreprises (RSE).

Exemple → Depuis 25 ans, les entreprises industrielles et les entreprises d'énergie ont très nettement réduit leurs émissions de gaz à effet de serre.

2 La constitution de réseaux d'acteurs

Pour accroître leur efficacité, les organisations tissent des relations entre elles. Ces collaborations peuvent prendre différentes formes.

2.1 Les différentes formes de réseaux d'acteurs

a) L'écosystème d'affaires

L'**écosystème d'affaires** désigne une communauté d'acteurs (entreprises, organisations publiques, institutions, fournisseurs, clients, actionnaires...), issus de domaines d'activité différents, qui poursuivent une vision stratégique commune. Il s'organise autour d'une firme-pivot qui organise et coordonne l'action des différents acteurs.
La participation à un écosystème permet à l'organisation de profiter d'un environnement dynamique, riche en ressources, pour innover et se développer.

Exemple → L'écosystème de la Société Générale

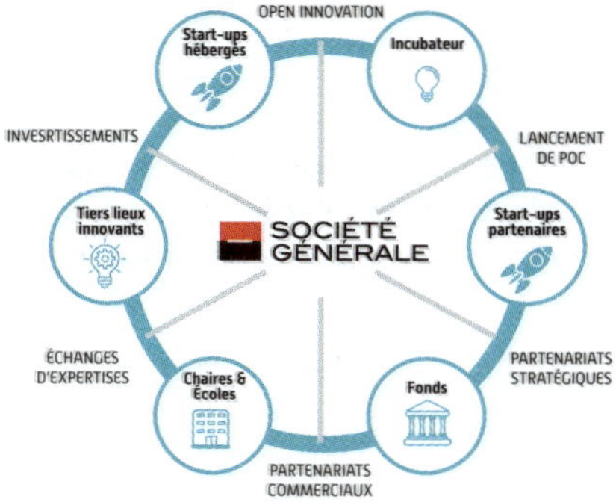

b) L'écosystème d'innovation

L'**écosystème d'innovation** regroupe un ensemble d'acteurs de filières différentes qui contribuent à l'émergence et au développement d'une innovation.

Exemple → Le paiement mobile est né de la collaboration de différents acteurs : les banques, les opérateurs de télécommunication, les commerçants...

c) Les grappes d'entreprises (ou *clusters*)

Une **grappe d'entreprises** est un réseau d'acteurs géographiquement proches (entreprises, universités, centres de recherche...) qui partagent des services (marketing, innovation, export...) et qui, par cela, contribue fortement au dynamisme local.

Exemple → Nova Child est un *cluster* européen, implanté à Cholet, dans la Loire, qui regroupe 50 entreprises issues de 9 secteurs d'activité et de 20 organismes de formation et de recherche dans le domaine du bien-être des 0-12 ans (chaussures, jouets, hygiène, alimentaire, mobilier...).

d) Les pôles de compétitivité

Un **pôle de compétitivité** est un partenariat, sur un espace géographique donné, entre des entreprises (petites ou grandes), des centres de formation, des unités de recherche en vue d'innover. Chaque pôle est représenté par une entité juridique propre et dirigé par un président qui gère des fonds provenant de la cotisation des adhérents et de subventions publiques (État ou collectivités territoriales). On compte 54 pôles d'activité en France.

Exemples → Le pôle Chimie et Matériaux à Lyon, le pôle Mer Méditerranée à Toulon.

2.2 Le rôle déterminant des pouvoirs publics

L'État joue un rôle primordial dans la constitution des réseaux d'acteurs, car il est soucieux de valoriser les territoires pour favoriser un certain dynamisme économique et social (création d'emplois, de richesses...). Mais les infrastructures, notamment numériques, doivent soutenir ce dynamisme.

Exemple → Les deux tiers de la France sont couverts en très haut débit, mais la couverture peut aller de 10 à 90 % selon les régions.

S'entraîner

Exercice 1 Identifier le réseau d'acteurs en question

Travail à faire

Dans chacun des cas présentés, identifiez le réseau d'acteurs parmi les quatre propositions suivantes : l'écosystème d'affaires, l'écosystème d'innovation, le pôle de compétitivité, la grappe d'entreprises. Justifiez vos réponses.

NB : les indices soulignés peuvent vous aider.

Corrigé p. 238

Document

Cas 1 : Aerospace Valley, basé à Toulouse, a pour mission d'animer un réseau dynamique de renommée internationale, composé de 807 membres (entreprises, laboratoires de recherche, établissements de formation, universités et Grandes Écoles, collectivités, structures de développement économique), dont 592 PME. Ce pôle est financé par les Régions Occitanie / Pyrénées-Méditerranée et Nouvelle-Aquitaine, au service des secteurs stratégiques de l'aéronautique, du spatial et des drones. Il est dirigé par un président.

Cas 2 : BFCare est un réseau de 45 entreprises qui offrent des biens et/ou des services directement ou indirectement sur les domaines d'activité comme la chimie fine, la pharmacie et la cosmétique. Ce réseau propose des formations et différents autres services à ses adhérents.

Cas 3 : Sophia Antipolis attire, depuis plus de 40 ans, leaders industriels, ingénieurs et chercheurs du monde entier. Chaque année, 800 nouveaux emplois sont créés en moyenne sur la technopole, qui est ainsi devenue la destination de référence pour localiser une activité de R&D ou à fort contenu technologique. Dans chaque secteur, PME et start-up côtoient les leaders mondiaux, véritables « locomotives », comme Amadeus, Cisco Systems, Dassault Systems, en plus des instituts de formation ou de recherche.

Cas 4 : France Hydrogène est un groupement de nombreux acteurs en lien avec l'hydrogène, qui est une énergie « verte » : les producteurs d'hydrogène, ceux qui le conditionnent et le transportent, les producteurs de piles à combustible (qui transforment l'hydrogène en énergie), les autorités publiques (qui réglementeront son utilisation). L'objectif de ces acteurs est de promouvoir ensemble cette innovation révolutionnaire.

Exercice 2 Val d'Europe, le pays de Mickey

Travail à faire

1. Expliquez pour quelles raisons Val d'Europe peut être considéré comme un écosystème d'affaires.
2. Analysez l'intérêt de la coopération « public-privé » pour Val d'Europe.
3. Commentez la phrase soulignée.

Corrigé p. 238

Document 1

Val d'Europe est un des territoires les plus attractifs d'Île-de-France. Né d'une collaboration entre l'État, la société Eurodisney et les collectivités territoriales, qui regroupe aujourd'hui 51 000 habitants, il génère 40 millions de visiteurs par an. Depuis 1987, le destin de Val d'Europe est lié à celui des parcs de Disneyland Paris. Cette collaboration « public-privé » a porté ses fruits, faisant de ce territoire un environnement multiculturel très dynamique. L'objectif est de renforcer l'attractivité du territoire pour attirer les entreprises tout en préservant l'environnement et le cadre de vie des Valeuropéens.

D'après *Le Mag Val d'Europe*.

Document 2

Le 12 avril 1992, le parc Disneyland Paris ouvrait ses portes à 32 kilomètres de Paris, en Seine-et-Marne. Une aubaine pour ce département rural et agricole. Le parc est à l'origine de la création de Val d'Europe et du développement de l'est de Paris. Profitant de l'essor économique du secteur, près de 5 400 sociétés issues de différents secteurs d'activité sont implantés autour du parc. Plusieurs autres projettent de s'y établir. Le parc Disneyland Paris est le premier employeur français sur un même site. Il s'agit du site touristique le plus fréquenté d'Europe. L'attrait des voyageurs s'explique par la diversité et la qualité des attractions, des animations et des services qui y sont proposés. Et pour cause : au moins 16 000 personnes travaillent au sein du site pour faire fonctionner le parc et ses 59 attractions. Selon les statistiques datant de 2012, Disneyland a permis la création d'au moins 55 000 emplois directs et indirects. Par ailleurs, plusieurs sociétés, œuvrant dans des secteurs d'activité très variés, ont installé leurs sièges et leurs locaux aux abords du parc. Val d'Europe attire aussi bien les grands groupes nationaux et internationaux (Société Générale, Orange, BNP Paribas…) que les TPE et les PME. Ces entreprises proposent des produits et des services pour les visiteurs du parc et pour les nombreux travailleurs.

D'après disney-infinity.fr

1 Les différents types d'organisations

Exercice 1 (p. 10)

Organisations : situations 1 et 3

Exercice 2 (p. 10)

Organisation 1 : une école primaire. 1. Type : organisation publique – **2.** Objectif : assurer une mission de service public (éducation) – **3.** But non lucratif
Organisation 2 : un syndicat de lycéens. 1. Type : OSC – **2.** Objectif : défendre les intérêts des lycéens – **3.** But non lucratif
Organisation 3 : une enseigne de la grande distribution. 1. Type : entreprise privée – **2.** Objectif : faire des bénéfices – **3.** But lucratif
Organisation 4 : une association sportive de danse. 1. Type : OSC (association loi 1901) – **2.** Objectif : partager une activité sportive, donner des cours de danse – **3.** But non lucratif
Organisation 5 : un hôpital public. 1. Type : organisation publique – **2.** Objectif : assurer une mission de service public (santé) – **3.** But non lucratif
Organisation 6 : un salon de coiffure. 1. Type : entreprise privée – **2.** Objectif : faire des bénéfices – **3.** But lucratif

Exercice 3 (p. 11)

1. Forme juridique : SARL – Objet social : vente d'appareils électroménagers – Dénomination sociale : SARL Dufour – Siège social : Vitry-sur-Seine – Associés : Gérard et Élise Dufour, Marc Fine – Gérant : Gérard Dufour – Décisions collectives prises en assemblée générale
2. L'entreprise doit respecter les lois en vigueur.

2 Les comportements des individus

Exercice 1 (p. 14)

1. La personnalité est différente d'un individu à l'autre.
2. Exemples : hamburger prévu à la cantine le midi : joie ; mauvaise note à un devoir : tristesse.
3. Il est important d'effectuer une recherche avec des mots-clés : « nom+prénom +ville », par exemple. Même un(e) élève qui ne trouverait aucune information a une identité numérique (suite à un achat en ligne, un avis sur un site…).

Exercice 2 (p. 14)

Les émotions sont la joie, la peur, la colère, le dégoût, la surprise, la tristesse.

Exercice 3 (p. 15)

1. Attitude positive : l'individu réagit de manière positive face à une situation, voit les choses du bon côté. Attitude négative : l'individu réagit de manière négative face à une situation.
2. Lorsque l'individu a des problèmes (affectif), il a tendance à avoir une attitude négative. Celle-ci va donc influencer son comportement : il va ruminer, voir les choses du mauvais côté.
Mais il peut aussi adopter un comportement contraire : essayer de voir les choses du bon côté sans pour autant nier ses problèmes.

Exercice 4 (p. 15)

Acteurs : salariés, commerciaux de la concession et directeur commercial – Message : réunion de travail hebdomadaire – Lieu : salle de travail – Moment : journée, horaires de travail (lundi matin) – Distance entre les acteurs : proche, autour d'une table – Objectifs : échanger des informations, fixer des objectifs…

3 Les interactions entre les individus

Exercice (p. 18)

1. Valeurs : respect des hommes, des femmes et des enfants, respect des terres. Qualité, ingrédients d'origine naturelle, sans matières grasses végétales hydrogénées, sans OGM et sans huile de palme.
Codes du groupe : code couleur (bleu et marron), code vestimentaire.
2. Exemple :
Missions au sein du magasin d'un vendeur préparateur : accueil et conseil de la clientèle, conditionnement et encaissement.
Type de contrat de travail : CDD de 35 h.
Compétences requises pour le poste : réactif, enthousiaste et sens du service.
3. Les cinq salariés forment un groupe car :
- ils sont salariés au siège de Jeff de Bruges ;
- ils sont liés par un intérêt commun : l'organisation du salon ;
- ils développent des interactions : ils s'influencent réciproquement.

4. Il s'agit : d'un groupe formel, car il a une existence officielle ; d'un groupe d'appartenance, car les salariés appartiennent tous à la même entreprise.
5. Statut : responsable de communication – Rôle : il dirige le projet.

4 Les phénomènes relationnels

Exercice 1 (p. 22)

1. et 2. Situation 1 : « À mon âge, vous aviez déjà une voiture » : analogie. « Cela nous ferait gagner beaucoup de temps » : cadrage.
Situation 2 : « Je pense mériter de passer en terminale car j'ai d'excellentes notes en spécialité » : cadrage. «D'après mon professeur, M. X, j'ai les capacités pour réussir en terminale » : autorité.

Situation 3 : « Autoplus a désigné cette moto comme moto de l'année » : référence. « Les motos permettent de circuler plus facilement dans les embouteillages » : communauté.

Exercice 2 (p. 22)

Qualités en fonction des résultats personnels : ambitieux, force de caractère…

Exercice 3 (p. 23)

1. Les inconvénients du télétravail sont liés à la difficulté de maintenir le lien informel entre les collaborateurs, à ressentir les sentiments, à mettre en place des rituels, à avoir des échanges spontanés oraux. Cela impacte la motivation des salariés et leur bien-être.
2. Les solutions pouvant être adoptées sont de « planifier » des temps informels (ex. : pauses-café digitales), d'échanger par téléphone (« de vive voix »), de partager son humeur.

5 L'activité de travail dans l'organisation

Exercice (p. 25)

1. Les éléments démontrant que les conditions de travail chez Amazon ne sont pas bonnes sont le taux d'accident qui « est quasiment 80 % plus élevé que pour tous les autres employeurs », des cadences de travail infernales, du stress, pas suffisamment de temps pour se rendre aux toilettes.
2. Il s'agit de conditions physiques (ex. : stress) et organisationnelles (ex. : cadences).
3. Pour améliorer les conditions de travail, les actions qui vont être mises en place sont plus de temps pour prendre des pauses et un assouplissement du système de contrôle des horaires dans les entrepôts. Elles sont nécessaires pour diminuer les accidents, qui entraînent une perte d'argent pour Amazon. De plus, de bonnes conditions de travail engendrent une meilleure productivité des salariés.

6 L'évaluation et la rétribution de l'activité humaine

Exercice (p. 29)

1. Le salaire de base a été calculé en faisant une moyenne mensuelle de 35 h de travail par semaine (35 × 52 / 12), auquel il faut multiplier le taux horaire de 12 €.
2. Le salaire brut a été calculé en ajoutant au salaire de base la prime (200 €), les heures supplémentaires (45 €) et les avantages en nature (50 €).
3. Les cotisations salariales sont de 440,57 € et les cotisations patronales de 857,86 €.
4. La somme perçue par la salariée est 1 640,98 €.
5. Le coût total supporté par l'employeur est de : 2 115,04 + 857,86 = 2 972,90 €.

7 Les données, informations et nouvelles sources de données

Exercice 1 (p. 32)

1. Les données sont : la date (donnée date), les montants (données monétaires), les noms des magasins (données textes), la désignation des produits (données textes).
2. Elles permettent de mettre en évidence des informations liées aux ventes des magasins d'Albi et de Toulouse à la date du 18/01/N.
3. La situation du magasin d'Albi est moins bonne que celle de celui de Toulouse. Mis à part pour les ventes de rangements, tous les produits sont beaucoup moins vendus qu'au magasin de Toulouse.

Exercice 2 (p. 32)

1. Le règlement général sur la protection des données (RGPD) protège les individus dont les DCP sont collectées et détenues par les organisations.
2. Facebook a été sanctionné par la CNIL car il n'a pas suffisamment informé ses utilisateurs européens du sort réservé à leurs données personnelles collectées par la messagerie WhatsApp.

Exercice 3 (p. 33)

1. La particularité de ce site est qu'il propose des données ouvertes détenues par la ville de Paris.
2. Ces données sont en lien avec les thématiques « Administration et finances publiques », « Citoyenneté », « Commerce et tourisme », « Culture », « Environnement », « Équipements, services, social », « Mobilité et espace public », « Urbanisme et logements ».
3. Ces données sont destinées aux individus qui se déplacent dans la ville de Paris (en Vélib', par exemple).
4. Ces données peuvent être réutilisées par d'autres organisations comme les sociétés d'autobus, les entreprises de livraison, les associations sportives (vélos)...

8 Le système d'information

Exercice (p. 35)

Schéma présentant l'ensemble des éléments constituant le SI de l'agence :

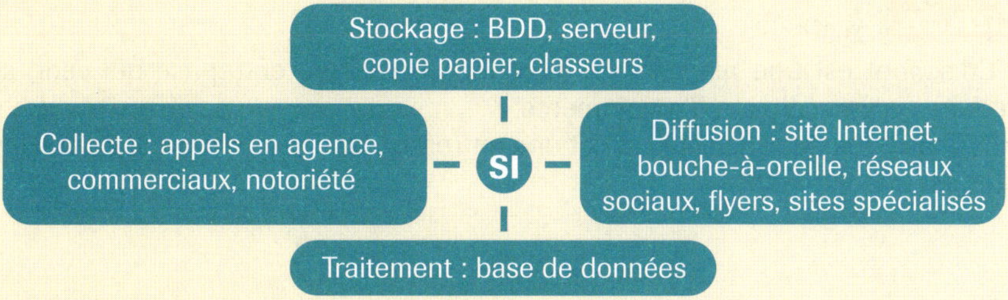

Possibilité de présenter le schéma en mettant en évidence les ressources.

9 Le partage de l'information

Exercice (p. 38)

1. Les enjeux de l'e-communication pour Decathlon sont de se faire connaître et de partager des informations.
2. Decathlon est présente sur les réseaux sociaux Facebook, Twitter, YouTube et Instagram.
3. Decathlon utilise les communautés en ligne (E CLUB, club de sport en ligne, cours, échanges de pratiques…) afin de favoriser la cocréation : création de produits, propositions des clients, avis, expériences.
4. Les enjeux de l'IA pour Decathlon sont de pouvoir personnaliser et individualiser les communications avec les clients, d'automatiser les tâches répétitives et d'adapter les recommandations de produits en fonction des magasins et des personnes.

10 Les processus

Exercice (p. 41)

1. Processus « inscription des candidats » :

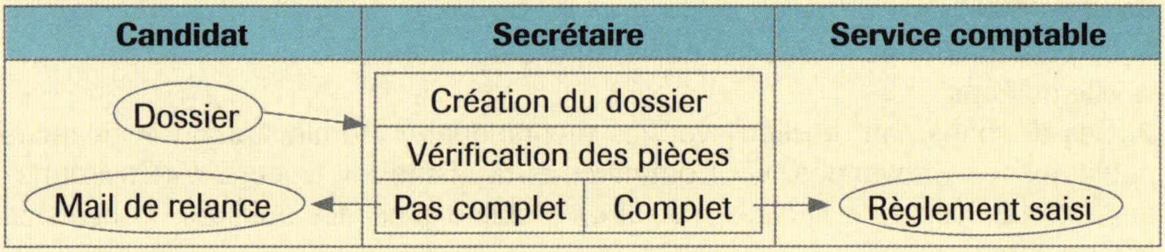

2. Il s'agit d'un processus de gestion support au processus opérationnel qui contribue au bon déroulement des processus opérationnels.

11 Le système de gestion intégré (SGI)

Exercice 1 (p. 44)

1. Les applications du progiciel Odoo sont : « Ventes », « Achats », « CRM », « Comptabilité », « Ressources humaines », « Marketing ».
2. Il s'agit de l'extrait de l'application « Ventes ».

Exercice 2 (p. 45)

1. Cdiscount est une *marketplace* et JouéClub est une entreprise qui vend ses produits *via* une solution d'e-commerce.
2. La Fnac a les deux activités : c'est une entreprise qui vend ses produits mais qui est aussi une *marketplace*.

12 Travail à distance et *cloud computing*

Exercice 1 (p. 47)

– Intérêts liés au télétravail : augmentation de la productivité des salariés, diminution des temps de transport, moins d'arrêts maladie, environnement de travail plus calme, moins de réunions, baisse du nombre de départs de salariés, économies, augmentation de la satisfaction, baisse de la taille des bureaux, efficacité écologique.
– Risques : isolement, stress, augmentation des flux vidéo et de la consommation énergétique des domiciles, inégalités professionnelles, inégalités de genre, souffrance, dépression, augmentation du temps de travail.

Exercice 2 (p. 47)

1. Les partenariats entre les entreprises et les fournisseurs de services de *cloud computing* sont Amazon et Stellantis, Renault et Google (comme LVMH et Carrefour), AXA et Microsoft, Société générale et OVHcloud.
2. L'intérêt de nouer des partenariats avec des fournisseurs de service de *cloud computing* est de stocker leurs données en ligne. Cela leur permet d'accéder aux données de l'entreprise de n'importe quel lieu. Une connexion à Internet suffit.

13 La valeur ajoutée

Exercice 1 (p. 50)

Associé → Dividendes • Salarié → Salaire • État → Impôts et taxes • Banque → Intérêts •Entreprise elle-même → Réserves et Amortissements

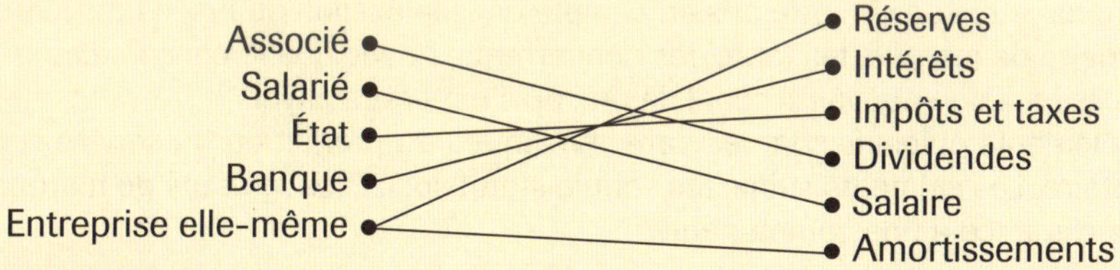

Exercice 2 (p. 50)

1. Les consommations intermédiaires de l'entreprise Audier sont les achats de matières premières (381 567 €) et les autres achats et charges externes (184 321 €).
2. Valeur ajoutée créée : 967 890 – 381 567 – 184 321 = 402 002 €
3. Bénéfice : 402 002 – 58 965 – 35 654 – 216 000 – 34 567 = 56 816 €
4. Répartition de la valeur ajoutée :

	En valeur	En pourcentage
Rémunération État	58 965 €	14,67 %
Rémunération Banques	35 654 €	8,87 %
Rémunération Salariés	216 000 €	53,73 %
Rémunération Entreprise	34 567 + 28 408 = 62 975 €	15,66 %
Rémunération Associés	28 408 €	7,07 %

Exercice 3 (p. 51)

Ces entreprises ont dû envisager une baisse des dividendes versés et/ou des rémunérations des dirigeants, car leur activité et donc leur chiffre d'affaires ont subi la crise sanitaire. Leur CA étant en baisse, cela va impacter leurs bénéfices. Elles doivent donc revoir la répartition de leur VA, les actionnaires ont ainsi vu leurs dividendes baisser, les dirigeants ont également renoncé à une partie de leur rémunération (Sodexo).

14 La valeur financière, actionnariale, boursière et partenariale

Exercice (p. 55)

1. Valeur du patrimoine de l'entreprise en N : 95 578 € ; en N-1 : 227 335 €. Le patrimoine de l'entreprise est en baisse. Cette baisse est surtout due à l'augmentation des dettes fournisseurs.
2. L'entreprise a acquis des immobilisations corporelles en N. Celles-ci ont donc augmenté.
3. L'acquisition des immobilisations a été financée en partie par emprunt (augmentation du poste « Emprunts ») et le reste en utilisant les disponibilités de l'entreprise (baisse du poste « Disponibilités »).

15 La valeur perçue

Exercice (p. 57)

1. Les paramètres devant être pris en compte dans la fixation du prix d'une voiture sont l'image de marque, les tarifs des concurrents, l'envie que le consommateur a de la posséder, son pouvoir d'achat, le prix qu'il est prêt à payer.
2. Les éléments objectifs sont les caractéristiques du produit ou du service supplémentaire. Les éléments subjectifs sont le statut social, les attributs de marques et l'appartenance à une communauté.

16 La relation entre prix, coût, marge et charges

Exercice 1 (p. 59)

1. Coûts global et unitaire de production des plats :
20 000 + (610 × 100) + (600 × 10) + 400 = 87 400 / 8 000 = 10,92 €
2. Coût de revient global : 300 × 11 = 3 300 €. Coût de revient unitaire : 90 700 / 8 000 = 11,34 €
3. Prix de vente HT : 11,34 × 1,30 = 14,74 €
4. Prix de vente TTC : 14,74 × 1,20 = 17,69 €

Exercice 2 (p. 59)

- Situation 1 : diminution du prix de vente → ↘ marge ou ↘ coûts et donc de la qualité
- Situation 2 : augmentation du prix de vente → ↗ marge mais risque de ↘ des quantités vendues
- Situation 3 : augmentation des coûts suite à une rupture des approvisionnements → ↘ marge ou ↗ prix

17 La performance de l'organisation

Exercice 1 (p. 62)

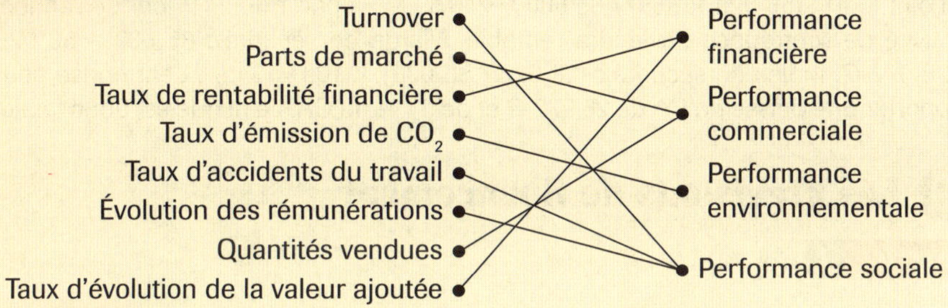

Exercice 2 (p. 62)

Affirmation 1 : bilan comptable – Affirmation 2 : bilan social – Affirmation 3 : tableau de bord – Affirmation 4 : tableau de bord – Affirmation 5 : bilan comptable, bilan social – Affirmation 6 : tableau de bord

Exercice 3 (p. 63)

L'entreprise vend deux produits : A et B. Le CA du produit A est supérieur à celui du produit B (qui a cependant augmenté entre N-1 et N). Le nombre de clients est supérieur pour le produit A, mais celui du produit B est en forte augmentation (765 %). L'objectif de 400 clients pour l'ensemble des produits n'a pas été réalisé.

18 Les prévisions d'activité

Exercice 1 (p. 67)

Le lieu d'implantation idéal du salon est situé dans toutes les zones bleu clair de la carte du document, c'est-à-dire celles où la densité de salons pour 100 000 habitants est la plus faible, par exemple la Bretagne. C'est également le secteur sur lequel le CA est le plus élevé (20 537 €).

Exercice 2 (p. 67)

	Montant	% / CA
Chiffre d'affaires	85 000	
Charges variables	41 000	
Marge sur coût variable	44 000	51,76 %
Charges fixes	29 000	
Résultat différentiel	15 000	

2. SR : 29 000 / 51,76 % = 56 028 € : c'est le CA pour lequel l'entreprise ne fait ni bénéfice ni pertes.

3. Point mort : (56 028 × 365) / 85 000 = 240,59 € ; à partir du 241e jour de l'année, l'activité de l'entreprise deviendra rentable. Marge de sécurité : 85 000 – 56 028 = 28 972 €. Indice de sécurité : (28 972 / 85 000) × 100 = 34 %. L'entreprise peut supporter une baisse de CA de 28 972 € et de 34 % du CA. Le risque est donc faible.

19 Les prévisions de financement

Exercice 1 (p. 70)

1.

Année	Annuités	Capital remboursé	Intérêts remboursés	Assurance	Capital restant dû
1	7 187,21 €	6 205,89 €	981,32 €	820,00 €	93 794,11 €
2	7 187,21 €	6 268,86 €	918,35 €	820,00 €	87 525,25 €
3	7 187,21 €	6 332,47 €	854,74 €	820,00 €	81 192,78 €
4	7 187,21 €	6 396,72 €	790,49 €	820,00 €	74 796,06 €
5	7 187,21 €	6 461,63 €	725,58 €	820,00 €	68 334,43 €
6	7 187,21 €	6 527,20 €	660,02 €	820,00 €	61 807,24 €
7	7 187,21 €	6 593,43 €	593,79 €	820,00 €	55 213,81 €
8	7 187,21 €	6 660,33 €	526,88 €	820,00 €	48 553,48 €
9	7 187,21 €	6 727,91 €	459,30 €	820,00 €	41 825,57 €
10	7 187,21 €	6 796,18 €	391,03 €	820,00 €	35 029,39 €
11	7 187,21 €	6 865,14 €	322,07 €	820,00 €	28 164,25 €
12	7 187,21 €	6 934,80 €	252,42 €	820,00 €	21 229,46 €
13	7 187,21 €	7 005,16 €	182,05 €	820,00 €	14 224,29 €
14	7 187,21 €	7 076,24 €	110,97 €	820,00 €	7 148,05 €
15	7 187,21 €	7 148,05 €	39,17 €	820,00 €	0,00 €
Total	**107 808,19 €**	**100 000,00 €**	**7 808,19 €**	**12 300,00 €**	

2. – L'entreprise va rembourser 7 187,21 € par an, soit 598,93 € par mois.
– Le montant total des intérêts versés sera de 7 808,28 €.
– La colonne « Assurance » correspond à l'assurance que paye l'emprunteur pour des risques tels que le décès, le chômage, la maladie, qui l'empêcheraient de rembourser son emprunt.

Exercice 2 (p. 70)

- Le montant des ventes de janvier est de 15 000 €.
- L'entreprise a fait un investissement en février.
- Cet investissement a été en partie financé par emprunt (10 000 €), le reste avec la trésorerie.
- Les conditions de règlement des clients sont 60 % comptant (10 800 / 18 000), 40 % le mois suivant (7 200 / 18 000).
- L'entreprise a reçu son emprunt en février.
- Les conditions de règlement des fournisseurs sont 80 % comptant (4 752 / 5 940), 20 % le mois suivant (1 188 / 5 940).
- La trésorerie finale fin mars a été calculée de la façon suivante : trésorerie initiale + encaissements – décaissements.

La situation de la trésorerie paraît habituellement bonne. Ceci s'explique par les conditions de paiement : les clients règlent à 80 % comptant, alors que les fournisseurs sont réglés à 30 jours ou à 60 jours. C'est la rénovation du magasin qui est à l'origine de la trésorerie négative de juin. La difficulté est donc ponctuelle. De plus, il s'agit d'un investissement à long terme. Son financement peut donc aussi l'être. Il conviendrait alors de trouver des solutions de financement.

20 La planification et la gestion du temps

Exercice (p. 73)

1. La durée prévue pour la construction d'une maison est de 53 jours.
2. Les tâches pouvant être réalisées simultanément sont : « Cloisons », « Plomberie », « Électricité » et « Chauffage ».
3. Les tâches ne pouvant pas être commencées avant que la tâche précédente ne soit terminée sont toutes celles qui ne sont pas citées dans la réponse 2.
4. Les intérêts d'un outil de planification tel que Visual Planning sont de connaître et minimiser le temps du projet, de suivre l'avancement des tâches, d'une activité, de réaliser des analyses de données en temps réel.

21 Les facteurs de risque

Exercice (p. 75)

Les conséquences liées au blocage du canal de Suez par le porte-conteneurs *Ever Given* sont la hausse des cours du pétrole, le rallongement des délais de transport (15 jours supplémentaires), des retards de livraison et, potentiellement, des chaînes de production à l'arrêt dans les usines européennes, des pénuries. Il s'agit principalement de risques externes liés à l'approvisionnement.

22 L'action collective

Exercice 1 (p. 77)

1. Action collective – **2.** Action collective – **3.** Action individuelle – **4.** Action individuelle

Exercice 2 (p. 77)

Ressources matérielles : 2, 7, 8 – Ressources immatérielles ou technologiques : 3, 4 – Ressources financières : 1, 6 – Ressources humaines : 5, 9

23 Les entreprises privées

Exercice 1 (p. 80)

Groupe Renault : Taille : TGE (156 000 collaborateurs) – Secteur d'activité : secondaire – Type de production : en série – Champ géographique : international • **Rampal Latour :** Taille : PME (40 personnes) – Secteur d'activité : secondaire – Type de production : en série – Champ géographique : international • **Maison Felger :** Taille : TPE (7 salariés) – Secteur d'activité : secondaire – Type de production : à l'unité – Champ géographique : national

Exercice 2 (p. 80)

1. Taille : TGE (103 000 collaborateurs) – Secteur d'activité économique : secondaire et tertiaire – Forme juridique : SA – Secteur privé / Secteur public : secteur privé – Type de production : en série – Champ géographique : international

2. Les finalités de Decathlon sont :

– économique : faire du profit et être pérenne ;

– sociale : l'enquête « Decathlon Teammates Barometer » mesure le degré de plaisir, de bien-être de l'ensemble des collaborateurs. Elle est aussi engagée dans l'inclusion et la non-discrimination, agit en faveur du handicap, des seniors, de la mixité sociale, de l'égalité entre les femmes et les hommes ;

– sociétale : rendre disponibles ses produits à travers le monde et au plus grand nombre. Respecter les droits des personnes qui fabriquent ces produits ;

– environnementale : développer l'utilisation des énergies renouvelables et agir sur les transports, lutter contre le changement climatique (réduire ses émissions de CO_2).

24 Les organisations publiques

Exercice 1 (p. 84)

1. 2. et 3.

a. Type d'administration : administration publique locale – Mission : satisfaire les besoins de la population – But : non lucratif • **b.** Type d'administration : administration publique locale – Mission : assurer un service de santé – But : non lucratif • **c.** Type d'administration : entreprise publique, société anonyme à capitaux publics – Mission : assurer un service de transport – But : lucratif • **d.** Type d'administration : entreprise publique, société d'économie mixte – Mission : proposer des logements – But : lucratif • **e.** Type d'administration : administration publique locale – Mission : assurer un service d'éducation – But : non lucratif • **f.** Type d'administration : entreprise publique, société anonyme à capitaux publics – Mission : assurer le service de distribution du courrier – But : lucratif

Exercice 2 (p. 85)

1. Type d'organisation : administration publique (collectivité locale). But : non lucratif. Services : non marchands. Champ d'action : local.
2. La forme de PPP évoquée est la délégation de service public à une organisation privée. Cette DSP a été prévue pour la gestion des piscines.

25 Les organisations de la société civile (OSC)

Exercice 1 (p. 88)

1. 2. et 3.
a. Type d'OSC : syndicat – Finalité : assurer la défense des lycéens – Fonction : défense des intérêts des membres • **b.** Type d'OSC : fondation – Finalité : promouvoir l'art contemporain – Fonction : expression, diffusion et promotion d'idées ou d'œuvres • **c.** Type d'OSC : ONG – Finalité : aider les plus démunis – Fonction : rôle caritatif, humanitaire • **d.** Type d'OSC : syndicat – Finalité : assurer la défense des salariés – Fonction : défense des intérêts des membres • **e.** Type d'OSC : association loi 1901 – Finalité : proposer une pratique sportive – Fonction : partage d'un loisir entre membres • **f.** Type d'OSC : association loi 1901 – Finalité : aider les plus démunis – Fonction : rôle caritatif, humanitaire
Remarque : toutes ces organisations ont pour finalité de proposer des services non marchands destinés à satisfaire leurs adhérents (FIDL, CGT, AJ Auxerre) et/ou de réaliser une mission de service public pour l'ensemble de la population (Les Restaurants du cœur, Action contre la Faim, Fondation Cartier).

Exercice 2 (p. 89)

1. Type d'organisation : OSC, fondation. But : non lucratif. Services : non marchands. Champ d'action : national.
2. La fondation assure une mission de service public et a un rôle caritatif, humanitaire.

26 Le management des organisations

Exercice 1 (p. 92)

– Décisions stratégiques : b, d. Elles sont coûteuses, difficilement réversibles, impactent le long terme et sont certainement prises par la direction.
– Décisions opérationnelles : a, c. Elles sont peu coûteuses, réversibles, à court ou moyen terme et prises par l'encadrement.

Exercice 2 (p. 92)

1. Facebook est composée de plusieurs personnes qui s'organisent pour atteindre un objectif commun (assurer la pérennité du réseau social), se répartissent les tâches (Mark Zuckerberg, PDG ; Eduardo Saverin, pour l'aspect commercial ; Dustin Moskovitz, programmeur ; Andrew McCollum, graphiste…), se coordonnent et se dotent d'un statut juridique. Il s'agit donc bien d'une organisation.

2. Type : organisation privée, entreprise. • **Finalité :** économique, faire du profit et être pérenne. But : lucratif. Activité : tertiaire. • **Ressources :** humaines : 71 000 salariés ; matérielles : siège social, serveurs, *data centers*… ; financières : 117,929 milliards de dollars de chiffre d'affaires (2021). **Champ d'action géographique :** international.
3. La décision de racheter Instagram a été prise par le dirigeant. Elle aura des effets à long terme et a nécessité de lourds investissements, c'est une décision stratégique. Il s'agit d'un management stratégique.
4. La décision de changer le nom de Facebook en « Meta » a été prise par le dirigeant. Elle aura des effets à long terme et a nécessité de lourds investissements, c'est une décision stratégique. Il s'agit donc aussi d'un management stratégique.

27 Le management et les changements de l'environnement

Exercice (p. 97)

1. Les éléments qui illustrent la complexité de l'organisation TotalEnergies sont : la grande taille de l'entreprise (un groupe), le grand nombre de collaborateurs (105 000), de métiers (750) et de nationalités (160).
2. Parmi les menaces de l'environnement, on peut relever l'épuisement des ressources fossiles, la concurrence et les risques géopolitiques.
3. Afin de permettre l'adaptabilité de l'entreprise, les dirigeants ont décidé de développer l'identité verte de TotalEnergies pour préparer l'après-pétrole. Ils ont également décidé d'inscrire les enjeux environnementaux dans les priorités de l'entreprise. Enfin, ils développent, au sein de leurs équipes, une capacité à réagir rapidement face aux risques géopolitiques.

28 La stratégie

Exercice (p. 100)

1. L'objectif stratégique fixé par Carlos Tavares dans le cadre du plan « Dare Forward » est de doubler son chiffre d'affaires net pour atteindre 300 milliards d'euros en 2030 et 5 millions de véhicules électriques vendus en 2030.
2. Cet objectif coïncide avec la finalité de Stellantis car sa finalité principale est de faire des profits et d'être pérenne. L'augmentation du CA permet à l'entreprise d'augmenter ses bénéfices.
3. Les décisions qui découlent de ces objectifs stratégiques sont :
– fournir une grosse accélération dans le véhicule 100 % électrique : décision stratégique ;
– se renforcer à l'extérieur de l'Europe et de l'Amérique du Nord : décision stratégique ;
– augmenter sa production de batteries : décision opérationnelle ;
– augmenter la gamme de véhicules électriques en passant de 19 modèles à plus de 75 : décision stratégique.
4. Carlos Tavares a tenu compte des forces et faiblesses de l'organisation, des opportunités et menaces de l'environnement pour mettre en œuvre sa stratégie :
– les surcoûts de la technologie électrique : menace ;
– des perturbations sur la chaîne d'approvisionnement et la guerre en Ukraine : menaces ;

– des politiques publiques favorables, des réglementations et des interdictions : opportunités ;
– une gamme de véhicules électriques : force.

5. Les ressources allouées dans le cadre du plan stratégique « Dare Forward » sont :
– matérielles : augmentation de la production de batteries, développement de la gamme de véhicules électriques (passant de 19 modèles à plus de 75) ;
– financières : investissement de 30 milliards d'euros sur 5 ans.

29 Le diagnostic stratégique interne

Exercice (p. 104)

1. Toutes les ressources et les compétences constituent des forces :
Compétences (professionnelles, organisationnelles, commerciales) : fabrication en France (Savoie) ; 80 personnes qualifiées • **Ressources humaines :** 80 personnes qualifiées • **Ressources financières :** chiffre d'affaires de 26 millions d'euros, réalisé à hauteur de 45 % à l'export • **Ressources matérielles :** collection composée de plusieurs produits – 2 000 m² de bâtiments industriels récents (ajoutés aux 4 000 m² existants), soit 6 000 m² au total • **Ressources immatérielles :** protection de la marque, des produits et du savoir-faire dans près de 100 pays – réputation de la marque

2. La compétence distinctive d'Opinel est liée à son savoir-faire français et à la protection de sa marque et de ses produits.

30 Le diagnostic stratégique externe

Exercice (p. 108)

	Opportunités	Menaces
Micro-environnement :		
– concurrence		6ᵉ constructeur automobile mondial vélos électriques
– fournisseurs		Pénurie de semi-conducteurs
– clients		
Macro-environnement :		
– politique	Aide à l'achat de véhicules électriques	Aides à l'achat de vélos électriques et création de pistes cyclables Aide financière versée par l'État
– économique		Invasion de l'Ukraine Inflation, baisse du pouvoir d'achat des ménages Baisse des ventes de voitures neuves
– socioculturel		
– technologique	Innovations	
– écologique	Loi « Climat et Résilience »	
– légal		

31 L'interprétation du diagnostic stratégique

Exercice (p. 111)

1. Les objectifs stratégiques de Doctolib sont des objectifs de rentabilité, continuer de grandir.
2. Les décisions qui ont été prises pour les atteindre sont les suivants :
– créer 3 500 emplois dans 30 villes de France, en Allemagne et en Italie ;
– lever 500 millions d'euros de fonds ;
– investir pour développer de nouveaux logiciels pour les médecins, infirmiers et kinés libéraux, mais aussi pour les hôpitaux ;
– créer des services supplémentaires (ex. : messagerie sécurisée) ;
– renforcer ses équipes de cybersécurité.

32 L'évaluation de la performance

Exercice (p. 113)

1. Ce document est un extrait de tableau de bord social, c'est-à-dire un ensemble d'indicateurs relatifs aux salariés.
2. Il mesure la performance sociale car les indicateurs présentés sont relatifs aux salariés.
3. L'indicateur « Répartition de l'effectif » désigne la proportion d'hommes par rapport aux femmes au sein de l'entreprise Flextech. L'indicateur « Salaire annuel moyen par sexe » permet la comparaison des salaires entre les hommes et les femmes.
4. L'indicateur « Taux de turnover » renseigne sur le taux d'arrivées et de départs de l'entreprise. Celui de Flextech (14,50 %) est moins bon que l'objectif visé (12 %), mais meilleur que celui des entreprises du même secteur (17 %). Face à une certaine instabilité des salariés, les dirigeants pourraient prendre des décisions destinées à fidéliser ces derniers (augmentation des salaires, changement de management, réorganisation du travail…).

33 Les choix stratégiques

Exercice 1 (p. 117)

Club Med : Stratégie globale : spécialisation, internationalisation – Stratégie de domaine : différenciation par la qualité • **BMW :** Stratégie globale : diversification – Stratégie de domaine : différenciation par la qualité • **Hôtel Albatros :** Stratégie globale : Spécialisation, externalisation – Stratégie de domaine : différenciation par la qualité • **PME Technos :** Stratégie globale : spécialisation – Stratégie de domaine : différenciation par les coûts

Exercice 2 (p. 117)

1. Le Comptoir des Épices intervient sur un seul DAS : la création de mélanges d'épices. En effet, l'entreprise met en œuvre ce seul savoir-faire.

2. Les options stratégiques choisies par les dirigeants sont : la spécialisation (un seul DAS), l'internationalisation (importations des épices), la différenciation par la qualité.

34 Les autres choix stratégiques

Exercice 1 (p. 120)

- L'entreprise Sisca : croissance interne car embauche de 5 salariés (accroissement des moyens de l'entreprise).
- L'entreprise Martin : croissance partenariale car conclusion d'un contrat de partenariat.
- L'entreprise Robert : croissance externe car rachat d'une entreprise.
- La SA Estalou : croissance interne (accroissement des moyens de l'entreprise).

Exercice 2 (p. 120)

1. Stratégie d'externalisation – **2.** Stratégie d'intégration en aval – **3.** Chaîne de valeur – **4.** Stratégie de filière

Exercice 3 (p. 121)

1. L'entreprise Benetton a pour métier la fabrication et la commercialisation de vêtements, notamment des pulls. Elle possède ses propres exploitations de moutons pour s'approvisionner en laine, matière première qui servira à la fabrication de ses pulls qui seront vendus dans ses propres magasins. Ainsi, Benetton contrôle l'approvisionnement de la matière première, la fabrication de ses produits finis et leur commercialisation. Par conséquent, elle maîtrise la filière complète.
2. En adoptant une stratégie de filière, Benetton peut maîtriser la quantité et la qualité de la matière première utilisée. Elle peut aussi contrôler tout le processus de fabrication pour en assurer la régularité et la qualité.
3. Les autres options stratégiques réalisées par Benetton sont : la stratégie d'internationalisation, la différenciation par la qualité et la différenciation par l'originalité.
4. Benetton est un acteur à part entière de la société car elle s'engage dans une démarche RSE à trois titres : son travail collaboratif avec des artistes haïtiens et éthiopiens, son engagement dans le programme Detox mené par l'ONG Greenpeace pour dénoncer l'usage de substances toxiques dans la fabrication de vêtements, et la prise de position de l'entreprise à travers ses campagnes de publicité pour défendre certaines causes de société.

35 Les stratégies des organisations publiques

Exercice (p. 123)

1. La SNCF fait partie des entreprises publiques (entreprises détenues à 100 % par l'État).
2. Sa finalité est celle des organisations publiques : assurer une mission de service public auprès des usagers. Elle réalise une production non marchande.

3. Les menaces auxquelles est confrontée la SNCF sont : la crise sanitaire, la situation économique, l'ouverture à la concurrence, la prise en compte des exigences environnementales.
4. Les objectifs stratégiques sont regroupés dans le plan stratégique « Tous SNCF » : créer un champion mondial de la mobilité durable dans une échéance de 5 ans, s'ancrer dans les territoires, être leader de l'environnement (neutralité carbone en 2050, trains à hydrogène, à batteries et hybrides), être à la pointe de l'innovation, prendre en compte l'humain, atteindre 95 % de taux de régularité des trains en 2025.

36 Les stratégies des organisations de la société civile (OSC)

Exercice (p. 125)

1. La SPA est une OSC, plus précisément une association (organisation privée à but non lucratif).
2. Les objectifs stratégiques sont regroupés dans le plan stratégique « SPA 2030 » : être partout, pour tous, lutter contre toute forme de maltraitance animale. Ils sont en lien avec l'objet social de la SPA, qui est de lutter contre la maltraitance animale.
3. Le projet du site de Gennevilliers consiste à agrandir le refuge actuel, qui est le plus grand des 56 refuges de la SPA. Son objectif est d'améliorer le bien-être animal et de faciliter la relation homme-animal à travers divers aménagements : construction de locaux neufs, augmentation de la capacité d'accueil, création d'espaces ouverts et de parcs. En améliorant l'accueil des animaux, ce projet s'inscrit parfaitement dans la stratégie « SPA 2030 ».

37 La démarche marketing

Exercice 1 (p. 128)

Situation 1 : approche créative (nouveau marché et nouveau produit)
Situation 2 : approche médiatrice (création d'un produit en collaboration avec les clients)
Situation 3 : approche réactive (réponse à des besoins exprimés par les clients)
Situation 4 : approche anticipatrice (anticipation de besoins non encore exprimés)

Exercice 2 (p. 128)

Étape 1 : la connaissance du marché : 2, 4
Étape 2 : l'identification des besoins des clients : 5
Étape 3 : la conception d'une offre adaptée : 1, 3, 6, 7, 8, 9

Exercice 3 (p. 129)

1. Type : entreprise (organisation privée à but lucratif)
Métier : fabrication de produits alimentaires (activité marchande)
Finalité : réaliser des bénéfices tout en assurant sa pérennité

Taille : PME (120 salariés)
Champ géographique : international (présence dans une vingtaine de pays)
2. L'approche marketing de l'entreprise Michel & Augustin est médiatrice : les consommateurs sont associés à la création des produits. C'est le concept de consom'acteur. L'entreprise organise des moments d'échanges avec les consommateurs au sein de ses locaux (les « Bananeraies ») tous les premiers jeudis du mois.
3. L'entreprise Michel & Augustin applique un marketing 3.0 pour plusieurs raisons : elle associe les consommateurs à sa démarche SoLoMo : social (proximité avec les consommateurs), local (producteurs et fabricants français), mobile (mobilité des clients, présence sur les réseaux sociaux). Michel & Augustin a la volonté d'allier l'humain et la présence sur les réseaux sociaux en bâtissant une vraie communication digitalisée avec sa communauté.

38 La création de valeur

Exercice 1 (p. 132)

1. L'économie circulaire est un modèle économique consistant à produire des biens et services de manière durable en réduisant les déchets, en limitant le gaspillage et en ayant recours au recyclage. Ce modèle s'oppose à celui de l'économie dite « linéaire », qui exploite les ressources de manière intensive pour assurer la fabrication de produits qui sont ensuite jetés.
2. Grâce à l'économie circulaire, les entreprises vont produire de manière plus raisonnée, en revalorisant leurs déchets par exemple (des chutes de tissu peuvent être utilisées pour fabriquer de petites pièces) ou en mutualisant leurs pratiques. C'est le cas de la mutualisation de la gestion des déchets entre une quinzaine d'entreprises, qui, en réduisant ainsi leurs coûts, augmentent leur création de valeur.

Exercice 2 (p. 133)

1. VA = 115 112 – (46 879 + 11 920) = 56 313 €
VP = 64 999 – (26 458 + 6 454 + 1 209) = 30 878 €
2. La VA représente environ la moitié du CA. Elle permet de payer les autres charges et de dégager un bénéfice de 10 878 €. La VP correspond à la valeur de l'entreprise une fois les dettes réglées, c'est-à-dire la valeur à laquelle l'entreprise pourrait être éventuellement cédée (d'autres éléments viennent affiner cette valeur).

39 L'innovation et l'adaptation du *business model*

Exercice 1 (p. 136)

1. b, c – **2.** b, c – **3.** b – **4.** a, c

Exercice 2 (p. 136)

a. Modèle *freemium* – **b.** Modèle *low cost* – **c.** Modèle des plateformes – **d.** Modèle de location – **e.** Modèle gratuit

Exercice 3 (p. 137)

1. Aujourd'hui, La Redoute est un site Internet marchand qui commercialise ses propres produits mais aussi les produits d'autres entreprises (en tant que *market-place*). Le *business model* de l'entreprise a évolué car en 2000, La Redoute était le leader français de la vente par correspondance dont le *business model* s'appuyait sur un catalogue papier. L'entreprise a donc réalisé une transformation digitale totale.
2. Les raisons qui ont poussé à cette évolution sont les suivantes : une perte de 40 millions d'euros en 2010, le développement d'Internet et du e-commerce, la montée de la concurrence (Amazon, Zalando), l'apparition de nouvelles exigences chez les clients (livraison rapide, commande sur Internet, l'intérêt pour les marques).
3. L'innovation a joué un rôle central dans la transformation de La Redoute à plusieurs titres. La digitalisation de l'entreprise repose sur le développement d'un site Internet qui relève d'une innovation technologique. De plus, la création de la « Brand Boutique » est également une innovation de type commerciale. Ainsi, l'entreprise a dû « se réinventer » totalement en s'appuyant sur ces innovations.

40 La classification des ressources

Exercice 1 (p. 139)

	Entreprises	Administrations publiques	Organisations de la société civile
Ressources tangibles	Chiffre d'affaires, bénéfices, usine, salariés (effectif), emprunts, legs, locaux, apports des associés, machines, subvention de l'État	Fonctionnaires (effectif), emprunts, legs, impôts et taxes, cotisations (sociales), locaux	Dons, bénévoles, salariés (effectif), emprunts, legs, cotisations, locaux, adhérents, subvention de l'État
Ressources intangibles	Image, marque commerciale, salariés (compétences), brevets, président, logiciel	Fonctionnaires (compétences), image, logiciel	Image, salariés (compétences), président, logiciel

Exercice 2 (p. 139)

Impôts – ~~Clients~~ – Taxes – Capital social – ~~Concurrents~~ – Ordinateurs – ~~Fournisseurs~~ – Impôts – Dons – ~~Usagers~~ – ~~Coût de production~~ – Bénévoles – ~~PIB~~ – Salariés – ~~Marchandises~~ – Machines – Logiciels – ~~Banques~~ – Marque commerciale – ~~Adhérents~~ – Locaux – ~~Matières premières~~ – ~~Services~~ – Fonctionnaires

41 Les ressources financières

Exercice 1 (p. 143)

Conseil méthode : *pour choisir un ou des financements adaptés, il convient de lister les ressources possibles et de procéder par élimination.*

Il s'agit ici de proposer des solutions pour financer un investissement (à long terme) : un véhicule utilitaire. Certains financements peuvent d'ores et déjà être éliminés : l'emprunt bancaire car l'entreprise est trop endettée, l'augmentation de capital qui ne serait pas validée par les associés, l'autofinancement qui n'est *a priori* pas suffisant (trésorerie peu élevée).

L'entreprise peut se renseigner sur d'éventuelles subventions dont certaines sont soumises à des conditions strictes d'obtention.

Le recours au crédit-bail pourrait être une solution pertinente. Cela permettrait à l'entreprise de louer le véhicule pendant la durée du contrat et de l'acheter plus tard à un prix moins élevé (en levant l'option d'achat). Cette solution présente l'avantage de ne pas endetter davantage la société.

La dernière solution serait le prêt participatif sur le Net, mais cela peut être long et la somme récoltée ne couvrira pas forcément le prix du véhicule. De plus, la participation dépend du projet et celui-ci n'est pas très « attirant ».

Exercice 2 (p. 143)

Conseil méthode : *analyser un bilan fonctionnel consiste à calculer le FRNG, le BFR et la TN, puis à interpréter les résultats.*

FRNG = 56 240 – 48 411 = 7 829 €   BFR = 14 444 – 5 539 = 8 905 €
TN = 7 829 – 8 905 = – 1 076 € ou TN = 2 404 – 3 480 = – 1 076 €
La situation financière n'est pas bonne car le FRNG n'est pas suffisant pour couvrir le BFR et entraîne un déficit de trésorerie nette de plus de 1 000 €.

42 Les ressources humaines

Exercice 1 (p. 146)

1. Type : entreprise (organisation privée à but lucratif)
Activité : elle propose une plateforme de gestion en ligne, animée par une équipe d'experts, qui assiste les copropriétaires dans la gestion de leur bâtiment.
Statut juridique : SAS
Champ géographique : international
2. Les parties prenantes sont :
– internes : Raphaël Di Meglio, le dirigeant, les actionnaires, les 120 salariés ;
– externes : les copropriétaires (les clients), les syndics de copropriété (Foncia, Nexity).

3. L'entreprise Matera propose à ses clients une plateforme de gestion en ligne qui est un outil informatique utilisant Internet. Son activité s'appuie donc sur une évolution technologique.
4. Ressources humaines : 120 salariés
Ressources financières : le chiffre d'affaires, le capital social (apports, levées de fonds)
Ressources matérielles : les locaux
Ressources technologiques : la plateforme de gestion, les logiciels
Ressources immatérielles : le savoir-faire et l'expertise des salariés
5. Les ressources humaines sous l'angle :
- quantitatif : 120 salariés et des recrutements en cours ;
- qualitatif : les salariés sont des spécialistes et des experts du secteur de la gestion immobilière, avec une grande diversité de profils.

Exercice 2 (p. 147)

1. Type : collectivité territoriale, c'est-à-dire région (organisation publique à but non lucratif)
Mission : apporter un service public aux usagers, qui sont les habitants de la région.
Statut juridique : collectivité territoriale, c'est-à-dire région
Champ géographique : le territoire de la Région Île-de-France
2. Ressources humaines : 10 300 agents de la fonction publique territoriale, les élus comme Valérie Pécresse, sa présidente
Ressources financières : emprunt, impôts locaux, dotation de l'État
Ressources matérielles : locaux
Ressources technologiques : site Internet, logiciels
Ressources immatérielles : savoir-faire, compétences très variées
3. Les ressources humaines sous l'angle :
- quantitatif : 10 300 agents de la fonction publique d'État ;
- qualitatif : une grande diversité de profils et de compétences.
4. La GPEC permet d'adapter les effectifs aux besoins présents et futurs de l'entreprise. Selon le document 4, la Région Île-de-France recrute un chargé de GPEC qui devra mettre en place des outils permettant de recruter les agents correspondant aux besoins de l'organisation en termes d'effectifs nécessaires et de compétences attendues, selon la démarche du triple A (Analyser les besoins de la Région, Anticiper les besoins, Ajuster par des recrutements).

43 Comment concilier coût, qualité et flexibilité ?

Exercice 1 (p. 150)

- La scierie Florentin : grande série (grande quantité), en continu (pas d'interruption de la production).
- L'atelier Anaïs : à l'unité (pièces uniques), discontinu (interruption de la production).
- La SA Optimate : petite/moyenne série, discontinu (10 heures par jour).

Exercice 2 (p. 150)

Au début, la SA Modelvie mettait en place un pilotage de la production en flux poussés : elle fabriquait en anticipant la demande des clients et constituait des stocks pour satisfaire la demande, sans délai de livraison.
Cependant, ce mode de production « à l'aveugle », sans connaître les besoins réels des clients, a généré des invendus qui ont créé des pertes financières importantes qui elles-mêmes ont failli faire disparaître l'entreprise. C'est pourquoi, depuis deux ans, les dirigeants ont mis en place un mode de pilotage de la production en flux tendus dans lequel les commandes des clients déclenchent la production. Ainsi, les stocks ont été réduits et les invendus ont disparu, ce qui a permis à l'entreprise de restaurer sa rentabilité.

Exercice 3 (p. 151)

1. L'ouverture d'une septième plateforme logistique permet à Veepee de poursuivre son implantation sur le territoire français afin d'être au plus près des clients. Ainsi, l'entreprise peut mieux répondre à l'augmentation de la demande. De plus, elle peut innover grâce à son concept Miam Miam et à l'utilisation d'emballages modulaires. Enfin, cette plateforme sert de tests afin d'améliorer les flux et donc la qualité du service client.
2. Cette septième plateforme est innovante car : elle traite les flux de produits alimentaires (très spécifiques du fait de leur caractère périssable), elle utilise de nouveaux emballages modulaires et enfin, elle développe le concept Miam Miam en collaboration étroite avec des producteurs locaux.
3. Chez Veepee, la qualité du service client repose sur l'impératif de livrer « le bon produit, au bon endroit, au bon moment ». Ainsi, l'entreprise doit s'appuyer sur une chaîne logistique très performante, c'est-à-dire être capable d'approvisionner, de stocker et de distribuer avec la plus grande efficacité possible. Ainsi, la maîtrise de la chaîne logistique est stratégique pour l'activité de Veepee.

44 La qualité, enjeu majeur de la production

Exercice (p. 153)

1. La qualité a une place centrale dans le processus de production d'Amazon car la satisfaction du client est au cœur des préoccupations de l'entreprise et de Jeff Bezos, son PDG fondateur.
2. Les actions mises en place pour atteindre un niveau élevé de satisfaction des clients sont nombreuses : les formations des managers centrées sur l'impératif de qualité, la constitution de groupes de travail restreints, la démarche de tests suite à la mise en place de nouvelles idées, la prise en compte du bouche-à-oreille entre les clients, un recueil permanent de l'avis des clients.
3. Une démarche d'amélioration continue implique qu'Amazon s'inscrit, en permanence, dans un processus d'amélioration de la qualité. En effet, le recueil d'avis des clients et la démarche des tests permettent à l'entreprise de connaître le niveau de satisfaction des clients et de l'améliorer en continu.

45 Le contrôle des coûts : une nécessité

Exercice (p. 155)

1. Le métier de contrôleur des coûts consiste à gérer les coûts d'un projet. Le contrôleur commence par établir les coûts prévisionnels du projet. Il contrôle ensuite leur évolution (lors de la réalisation du projet) en comparant ces coûts prévisionnels aux coûts réels. En cas d'écarts non favorables, il doit proposer des solutions.
2. Les entreprises ont besoin d'embaucher des contrôleurs car ils sont essentiels pour mener à bien des projets et surtout assurer leur faisabilité en termes de coûts. Cela permet aux autres participants du projet (les ingénieurs, par exemple) de ne pas avoir à s'occuper de cette partie financière qui mobilise des compétences spécifiques.

46 La méthode des coûts complets

Exercice 1 (p. 160)

1. Sachant que la baguette classique est vendue 1 € et que la marge est de 0,10 €, le coût complet est de : 1,00 – 0,10 = 0,90 €.
2. Leclerc peut vendre sa baguette classique à 0,29 € en réduisant au maximum sa marge et le coût des matières premières : l'enseigne ne vend pas que des baguettes, et peut donc se permettre de réduire la marge sur certains produits. Ce manque à gagner sera compensé par des marges plus importantes sur d'autres produits. Le fait d'acheter des matières premières en grande quantité permet à Leclerc de négocier des prix plus bas auprès de ses fournisseurs. De même, le pain n'est pas cuit toute la journée, comme dans une boulangerie, des économies sont donc également réalisées sur ce poste de dépenses.

Exercice 2 (p. 161)

1. Coût d'achat des planches de bois

Éléments	Quantité	Coût unitaire	Total
Charges directes Prix d'achat du bois	180 planches	12,40 €	2 232 €
Charges indirectes Centre Achat	180 planches	3,20 €	576 €
Coût d'achat du bois	**180 planches**	**15,60 €**	**2 808 €**

Coût de production des chevalets

Éléments	Quantité	Coût unitaire	Total
Coût d'achat du bois	180 planches	15,60 €	2 808 €
Charges directes Heures de travail Petite visserie	 400 h	 16 €	 6 400 € 230 €

Éléments	Quantité	Coût unitaire	Total
Charges indirectes Centre Production	400 h	6,40 €	2 560 €
Coût de production des chevalets	**540 chevalets**	**22,22 €**	**11 998 €**

Coût de revient des chevalets

Éléments	Quantité	Coût unitaire	Total
Coût de production des chevalets vendus	540 chevalets	22,22 €	11 998 €
Charges directes Emballages cartons	540 cartons	1,50 €	810 €
Charges indirectes Centre Distribution	540 chevalets	0,90 €	486 €
Coût de revient des chevalets	**540 chevalets**	**24,62 €**	**13 294 €**

2. Ce chevalet n'est pas rentable car son coût complet unitaire est de 24,62 € alors que le prix de vente prévu s'élève à 22,50 €. L'entreprise perdrait alors : 24,62 – 22,50 = 2,12 € par chevalet vendu, soit une perte de 1 144,80 € pour 540 chevalets vendus.

L'entreprise doit soit augmenter le prix de vente, soit diminuer certains coûts.

47 La méthode des coûts spécifiques

Exercice 1 (p. 164)

1. L'entreprise réalise un bénéfice de 1 068 €.

2. Rappel : Coût spécifique = Charges variables + Charges fixes spécifiques

Éléments	Corde à sauter	Jeu de quilles	Jeu de croquet
Charges variables	1 890	3 944	6 020
Charges fixes spécifiques	90	3 455	945
Coût spécifique	**1 980**	**7 399**	**6 965**

3. Montant total des charges fixes = Total des charges fixes spécifiques + Total des charges fixes communes = 4 490 + 460 = 4 950 €

4. C'est le jeu de quilles qui contribue le plus à la couverture des charges fixes communes, car c'est le produit qui dégage la marge sur coût spécifique la plus élevée : 613 €. À lui seul, il couvre toutes les charges fixes communes (613 > 460).

5. Au vu des résultats, la corde à sauter ne doit pas être abandonnée : sa marge sur coût spécifique est positive et permet de couvrir les charges fixes communes de l'entreprise.

6. Pour décider de l'arrêt de la fabrication d'un produit, il faut regarder l'évolution des ventes, le cycle de vie du produit, l'évolution du marché sur lequel il évolue…

Exercice 2 (p. 165)

1. Montant total des charges = Total des charges variables + Total des charges fixes spécifiques + Total des charges fixes communes = 20 760 + 9 018 + 2 712 = 32 490 €

2.

	Soins visage et corps	Ongles	Épilation	Total
Chiffre d'affaires	12 785	14 693	18 456	**45 934**
Charges variables	8 310	6 487	5 963	**20 760**
Marge sur coût variable	4 475	8 206	12 493	**25 174**
Charges fixes spécifiques	2 050	1 988	4 980	**9 018**
Marge sur coût spécifique	2 425	6 218	7 513	**16 156**
Charges fixes communes				**2 712**
Résultat				**13 444**

3. C'est l'activité « Épilation » qui contribue le plus à la couverture des charges fixes communes de l'entreprise car sa marge sur coût spécifique est la plus élevée (7 513 €). À elle seule, elle couvre largement les charges fixes communes (7 513 > 2 712). À l'inverse, c'est l'activité « Soins visage et corps » qui contribue le moins à la couverture des charges fixes communes puisque sa marge sur coût spécifique est la plus faible (2 425 €) et ne pourrait pas couvrir les charges fixes communes (2 425 < 2 712).

48 Les transformations numériques au service de la production

Exercice 1 (p. 168)

1. *Cloud computing* – **2.** Diagramme de flux – **3.** Système d'information – **4.** Dématérialisation

Exercice 2 (p. 168)

1. L'industrie 4.0 est qualifiée de « quatrième révolution industrielle » car la transformation digitale des usines est une évolution majeure du monde industriel d'aujourd'hui.

2. Les différentes technologies évoquées dans le document sont : le smartphone, le *cloud*, le *big data*, les capteurs.

3. Dans un premier temps, la transformation digitale de l'entreprise implique des investissements importants liés à l'intégration des nouvelles technologies dans le processus de production. Ainsi, le plan de subvention lancé par l'État a permis de soutenir financièrement les PME innovantes. Dans un deuxième temps, cette transformation digitale permet de réduire le coût de revient de l'entreprise du fait de la détection précoce des pannes, de la possibilité de surveillance en temps réel de la production, de la réactivité accrue de l'outil de production, de la minimisation des produits défectueux.

Exercice 3 (p. 169)

1. L'organisation concernée ici est une compagnie d'assurances.
2. Ce diagramme des flux décrit une procédure d'indemnisation d'une assurance envers un assuré.
3. Les acteurs du processus sont :
- l'assuré, qui est la personne qui a conclu un contrat d'assurance avec l'assureur et a subi un dommage ;
- l'assureur, qui a comme obligation d'indemniser l'assuré, victime d'un dommage couvert par le contrat d'assurance.
4. Les avantages de ce type de procédure sont :
- pour l'assuré : la visibilité sur toutes les étapes du traitement d'un sinistre pour en faire un processus, source d'efficacité et de gain de temps ;
- pour l'assureur : la mise en place de procédures bien formalisées qui améliorent le traitement des sinistres en interne, par les salariés.
5.

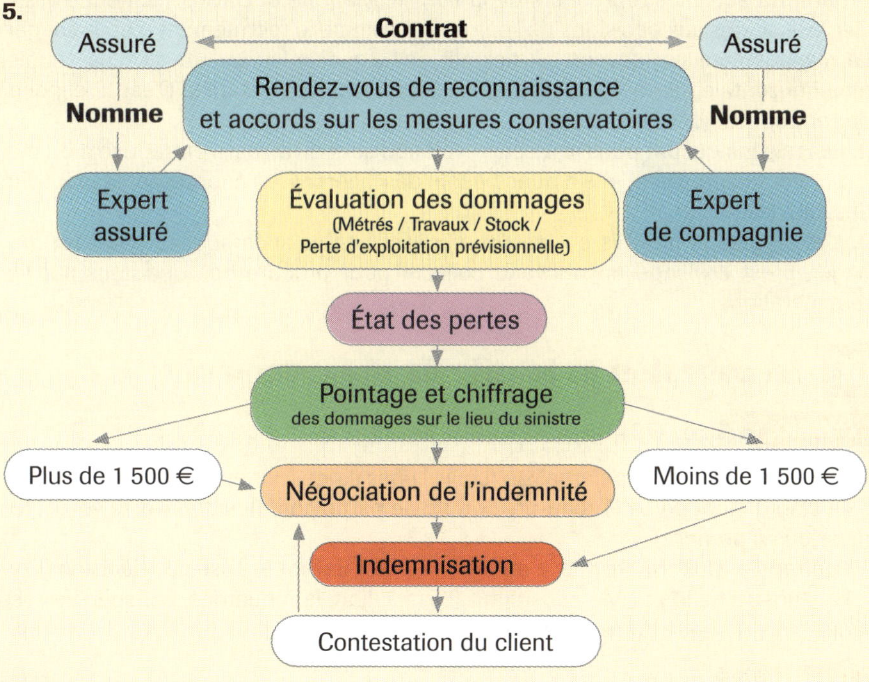

49 L'organisation et la coordination du travail

Exercice 1 (p. 172)

- Les blocs opératoires du CHU de Nantes : standardisation des qualifications (chaque bloc requiert les mêmes compétences).
- La start-up Utopia : ajustement mutuel (coordination par une communication informelle).

– Le garage Klein : supervision directe (le fondateur donne des ordres et des directives).
– L'entreprise Store 2000 : standardisation des résultats (des indicateurs sont à renseigner pour tous les commerciaux).
– La pâtisserie Kovac : standardisation des normes (les gâteaux sont fabriqués de la même manière dans les 10 magasins).
– La SA Transport Plus : standardisation des procédures (mise en œuvre de la même procédure d'ouverture des magasins).

Exercice 2 (p. 173)

1. Avant 2008, Rolland Practivia, le fondateur de l'entreprise, avait mis en place une organisation du travail rigide car très hiérarchisée. En effet, il s'imposait comme patriarche, donnant les directives et les ordres sans contestation de la part des salariés, le tout dans une ambiance familiale.
À partir de 2008, les repreneurs de la famille, Marjorie et David, décident d'associer les salariés aux décisions de l'entreprise comme le recrutement d'un manager. Le management est devenu participatif et l'organisation du travail plus souple, plus horizontale, permettant de libérer la créativité des salariés. C'est le concept de l'entreprise libérée.
2. Les raisons qui ont poussé à cette évolution sont diverses : l'entreprise a du mal à recruter et à innover ; elle a donc besoin de « libérer » les énergies et la créativité des salariés.
3. Les dirigeants ont mis en place un collectif de salariés pour recruter un manager. Il est envisagé un nouveau collectif pour prendre des décisions sur les rémunérations.

50 La cohésion et le rôle du management

Exercice 1 (p. 176)

– La SA Florentin : style paternaliste (Louis Lopès dirige l'entreprise comme un père).
– Le club de foot de La Perche-en-Brie : style participatif (les bénévoles votent les décisions à prendre).
– L'entreprise Uniformate : style autoritaire (Axel Barbot impose ses décisions).
– La start-up Kalido : style consultatif (Elisa Julian, la fondatrice, consulte ses salariés mais garde le pouvoir de décider).

Exercice 2 (p. 177)

1. Nous retrouvons les mêmes caractéristiques dans un projet d'entreprise que dans un *escape game* :
– un objectif : par exemple, le lancement d'un produit, le développement d'une nouvelle clientèle ;
– un endroit confiné : les lieux de travail au sein de l'entreprise ;
– des indices ou des énigmes à résoudre : le projet s'appuie sur une collecte d'informations, des simulations financières et commerciales, une formulation d'hypothèses ;

– un temps limité : le projet d'entreprise est rythmé par des délais à respecter ;
– des participants : les collaborateurs qui participent au projet.

2. L'*escape game* permet, de manière ludique, de fédérer les équipes au sein d'une entreprise : les collaborateurs réfléchissent pour trouver des solutions concertées qui feront avancer le jeu. Les participants doivent communiquer entre eux, s'écouter, coopérer. Par conséquent, ce type de jeu permet de créer une cohésion de groupe, en dehors du cadre de travail.

3. Compte tenu de l'objectif commun, chaque individu est obligé de se mettre au service du collectif. Il va jouer un rôle selon sa personnalité (Philippe est leader, Sophie analyse la situation, Amélie coordonne). Ainsi, aucune personne ne peut agir seule : chacun a besoin des autres pour sa survie. Par conséquent, les individualités s'effacent au profit du collectif.

51 Motiver pour fédérer

Exercice (p. 179)

1. L'entreprise Jaker est confrontée à un problème social important : le *turnover* des salariés est anormalement élevé selon les syndicats, les arrêts de travail se multiplient et, plus récemment, les salariés se sont mis en grève. En effet, les salariés contestent leurs conditions de travail car les cadences sont trop rapides, les pauses réduites et les salaires trop faibles.

2. Les acteurs internes impliqués dans ce conflit sont : les salariés et les syndicats qui contestent les conditions de travail, les dirigeants qui doivent prendre en compte cette contestation et apporter des solutions, les managers qui dirigent les salariés et doivent faire face à la démotivation de leurs équipes au quotidien, les actionnaires qui sont inquiets de la situation et de son impact financier.

3. Les facteurs de démotivation des salariés sont les suivants : des cadences de travail trop rapides (1 500 ordres de mission à traiter par jour), des pauses trop réduites, des salaires trop faibles (les primes sont supprimées du fait de l'absentéisme), des troubles musculosquelettiques (tendinites), un défaut de reconnaissance de leur hiérarchie, un manque de communication avec la direction, un manque de formation (formations proposées uniquement en visioconférence, sans vrais formateurs).

4. Les actionnaires sont inquiets par rapport au conflit social de l'entreprise car ils sont persuadés que la démotivation des salariés et la grève, source de « contre-performance sociale », va entraîner la dégradation de la situation financière de l'entreprise. Ainsi, selon eux, la performance financière est totalement dépendante de la performance sociale, c'est-à-dire de l'implication des salariés. Ils ont donc demandé au PDG de prendre des mesures pour répondre aux revendications des salariés.

5. Les mesures doivent être prises pour restaurer la performance sociale : augmentation des salaires, réorganisation du travail, embauche pour créer de nouvelles équipes de travail ou pour renforcer les équipes existantes, création d'une cellule de prévention des risques sociaux avec une structure d'écoute, planification d'entretiens plus réguliers entre les salariés et les managers.

52 La digitalisation de la relation client et usager

Exercice 1 (p. 182)

1. Les facteurs qui ont poussé à la digitalisation du secteur du luxe sont la crise sanitaire et la nouvelle cible des marques de luxe, c'est-à-dire la génération Z (15-24 ans).
2. Les moyens utilisés par les maisons de luxe sont : l'ouverture de boutiques en ligne, la mise en ligne de sites Internet, la présence sur les réseaux sociaux comme TikTok.
3. L'expérience d'achat du client se trouve modifiée car les marques de luxe doivent apprendre à le conseiller et à le séduire « à distance ». Le client ne peut pas essayer le produit ou le toucher, ni être reçu dans les salons d'une boutique. La manière de vendre a dû être adaptée.
4. Certaines marques de luxe sont réticentes à la digitalisation de la relation client car elle est contraire à la philosophie du secteur du luxe, qui est de réserver des produits d'exception à une clientèle privilégiée. Le fait de commercialiser les produits de luxe sur Internet risque d'en faire des produits de grande consommation accessibles à tous. Ainsi, certaines maisons refusent de ternir leur image à cause de la digitalisation.

Exercice 2 (p. 183)

1. Les musées sont, le plus souvent, des organisations publiques à but non lucratif (type). Leur activité porte sur le patrimoine culturel dont ils assurent la conservation et la mise à disposition au public (activité). Ils disposent de ressources humaines (des salariés), matérielles (les œuvres, les bâtiments), immatérielles (le savoir-faire, les compétences), technologiques (outils informatiques) et financières (recettes de la billetterie, subventions d'État).
2. Les musées ont adopté des outils technologiques afin de permettre des visites virtuelles. Certains musées, comme le Metropolitan Museum of Art, se sont dotés d'un département digital qui gère cette transformation. Ils ont créé des portails numériques.
3. La digitalisation culturelle a modifié l'expérience visiteur à plusieurs titres car elle a fait émerger un nouveau visiteur 2.0. En effet, elle a permis, d'une part, d'élargir le public touché, notamment un public ultra-connecté et habitant loin des villes et des musées, et d'autre part, de donner envie à des visiteurs de se déplacer dans les musées physiques. Par conséquent, elle a instauré un nouveau rapport à l'art, parallèle à celui institué lors d'une visite réelle.

53 La stratégie de communication

Exercice 1 (p. 186)

Situation 1 : communication externe et institutionnelle
Situation 2 : communication interne et descendante
Situation 3 : communication interne et horizontale
Situation 4 : communication externe et commerciale
Situation 5 : communication interne et ascendante

Exercice 2 (p. 186)

1. C'est une communication externe et institutionnelle car l'entreprise communique envers le public sur les valeurs de l'entreprise.
2. L'émetteur : l'entreprise Benetton ; la cible : le grand public ; le canal de diffusion : Internet.
3. Le message porté par l'entreprise est un message de tolérance qui vise à lutter contre toutes formes de discriminations, notamment celles liées à la couleur de peau ou au sexe.

Exercice 3 (p. 187)

1. Les réseaux sociaux permettent aux entreprises de développer leur notoriété et leurs ventes, à travers l'e-réputation. Mais ils peuvent aussi porter atteinte à leur image, suite à la publication de mauvais avis d'internautes ou à la révélation d'événements négatifs les concernant, sans qu'elles puissent se défendre (*bad buzz*).
2. Le site Glassdoor permet aux salariés de noter leur entreprise à partir de nombreux critères (salaires, évolution de carrière...). C'est la marque employeur qui est concernée ici, c'est-à-dire l'image positive que renvoie une entreprise afin de recruter ses futurs salariés.
3. Le *community manager* joue un rôle stratégique car il veille en permanence à l'image de l'entreprise sur les réseaux sociaux. Il est le gardien de l'e-réputation de l'entreprise car il mène un ensemble d'actions visant à la préserver.

54 La communication financière

Exercice (p. 189)

1. Les indicateurs de performance financière de LVMH sont : le chiffre d'affaires, la marge, le résultat.
2. De 2019 à 2021, le chiffre d'affaires du groupe LVMH a augmenté de 19,64 %. Le résultat net a progressé de 63,17 %. Ainsi, le groupe LVMH a vu ses ventes progresser, parallèlement à sa rentabilité, qui a progressé trois fois plus vite. Le groupe est toujours plus performant.
3. La répartition des ventes du groupe LVMH est donnée selon deux critères : l'activité et la région du monde. Le groupe réalise presque la moitié de son chiffre d'affaires grâce à la mode et à la maroquinerie. De plus, il réalise plus d'un tiers de ses ventes (35 %) en Asie, un quart aux États-Unis, contre 15 % en Europe (hors France).
4. Le rachat de Tiffany par le groupe LVMH est cohérent pour plusieurs raisons. Tiffany est une maison de luxe, comme le groupe LVMH. De plus, elle a pour activité la haute joaillerie, ce qui permet au groupe LVMH de développer cette activité qui ne représente, en 2021, que 14 % de ses ventes. Enfin, le groupe peut développer sa présence sur le territoire américain, qui est actuellement son deuxième marché. Ainsi, ce rachat lui permet de consolider sa position dans ce secteur et aux États-Unis, en bénéficiant de l'héritage de Tiffany.

5. Le groupe LVMH a dû payer 16,2 milliards de dollars pour réaliser cette acquisition, somme très importante. Suite à ce rachat, la valeur du groupe a augmenté de 2,1 % sur les marchés financiers, une manière pour ces derniers de saluer cette opération. L'action du groupe a presque atteint le niveau le plus haut. Par conséquent, cette acquisition est un investissement pour LVMH, qui devrait permettre de générer plus de ventes à travers le monde.

55 Éthique et civisme à l'épreuve des organisations

Exercice 1 (p. 192)

Situation 1 : la discrimination au travail
Situation 2 : la corruption
Situation 3 : le *social washing*
Situation 4 : le *greenwashing*
Situation 5 : la discrimination au travail
Situation 6 : le *lobbying*

Exercice 2 (p. 193)

1. IKEA a suspendu son activité en Russie car la production et la distribution des produits sont perturbées suite à la guerre entre la Russie et l'Ukraine, empêchant l'approvisionnement des magasins. De plus, IKEA a subi des pressions de la Suède, qui l'ont poussée à la fermeture de ses magasins en soutien au peuple ukrainien.
2. Les impacts, à la fois économiques et sociaux, de cette décision sur l'activité d'IKEA seront importants : 17 magasins fermés et un chiffre d'affaires inexistant, 15 000 employés à l'arrêt que le groupe va soutenir financièrement, 47 fournisseurs russes et 10 fournisseurs biélorusses qui arrêtent leur activité.
3. IKEA a fait preuve d'éthique par rapport à ce conflit. Dans un premier temps, elle soutiendra financièrement les 15 000 salariés russes et leur famille pour leur assurer la sécurité de l'emploi et un revenu. Dans un deuxième temps, la fondation IKEA fera un don record de 20 millions d'euros pour faire face à la crise humanitaire. Enfin, la fermeture des magasins a été décidée en soutien au peuple ukrainien.

56 Les organisations face à l'évolution des modes de vie

Exercice 1 (p. 196)

Situation 1 : l'économie collaborative
Situation 2 : le mouvement locavore
Situation 3 : l'économie de fonctionnalité
Situation 4 : l'économie des plateformes
Situation 5 : l'économie du glanage
Situation 6 : la consommation responsable

Exercice 2 (p. 196)

1. La marque « C'est qui le patron ?! » se fait appeler « la marque du consommateur » car ce sont les consommateurs qui définissent les caractéristiques des produits à commercialiser, en définissant également le prix de vente et le prix à payer aux producteurs.
2. Le succès de la marque s'explique par plusieurs raisons :
- les consommateurs participent au choix de produits de qualité, qui rémunèrent justement les producteurs ;
- les agriculteurs sont justement rémunérés pour leur travail, en toute transparence par rapport aux consommateurs finals.

Ce modèle est innovant car, dans un schéma classique, le choix des produits et la fixation du prix de vente appartiennent à chaque producteur. Le consommateur intervient en fin de processus de vente et ne participe pas au choix des caractéristiques des produits en amont.
3. Depuis une dizaine d'années, la manière de consommer des Français a évolué du fait de leur méfiance par rapport aux marques de l'industrie agroalimentaire. Les consommateurs réclament des produits plus sains (production locale, vente en circuit court, produits naturels…), devenant plus acteurs de leur consommation. Ainsi, la marque « C'est qui le patron ?! », qui met l'accent sur la participation des consommateurs au choix des produits, répond aux nouvelles exigences de consommation.

57 Le numérique et les nouvelles responsabilités des organisations

Exercice 1 (p. 200)

1. La traçabilité des aliments est devenue une exigence des consommateurs car ces derniers ont été touchés par de nombreux scandales sanitaires. Ils manquent donc de confiance en l'industrie agroalimentaire.
2. La technologie *blockchain* est une technologie adaptée à la traçabilité des produits car cette base de données permet de répertorier et de sécuriser un grand nombre d'informations partagées par différents acteurs, comme ici des distributeurs, des fournisseurs, des producteurs, des industriels.
3. Carrefour a adhéré à la plateforme « IBM Food Trust » afin de partager des informations relatives à la sécurité et à la traçabilité des produits, entre les différents acteurs intéressés par cette contribution comme des distributeurs, des fournisseurs, des producteurs, des industriels. Cette adhésion est en cohérence par rapport au nouveau *business model* de Carrefour, qui se veut plus collaboratif en reposant sur « l'écosystème Carrefour », qui propose une alimentation plus saine et une consommation plus responsable.

Exercice 2 (p. 201)

1. Les cookies, qui sont des petits fichiers permettant d'enregistrer les données des internautes, constituent la technologie qui permet aux entreprises utilisatrices de réaliser un ciblage marketing, c'est-à-dire d'identifier les habitudes de consommation des internautes pour orienter leurs actions marketing.
2. Google a pris cette décision pour mieux respecter la vie privée des internautes et pour les rassurer sur l'utilisation de leurs données personnelles.
3. Le RGPD correspond à la législation européenne qui encadre l'utilisation des données personnelles. Il impose des obligations aux entreprises en termes de cookies, liées à l'obtention du consentement des internautes et à son information (bannière visible, recueil du consentement des internautes, possibilité de gérer les cookies).

58 Les organisations et leur écosystème

Exercice 1 (p. 204)

Cas 1 : pôle de compétitivité – **Cas 2 :** grappe d'entreprises – **Cas 3 :** écosystème d'affaires – **Cas 4 :** écosystème d'innovation

Exercice 2 (p. 205)

1. Val d'Europe est un écosystème d'affaires car une communauté d'acteurs, comme des entreprises, des collectivités territoriales et les 40 millions de visiteurs, s'organise autour d'une entreprise pivot, ici Disneyland Paris.
2. Les collectivités locales et Val d'Europe ont intérêt à collaborer avec Disneyland Paris pour valoriser le territoire et permettre localement la création d'emplois. L'implantation de cette entreprise a permis le développement économique local.
3. Les collectivités locales doivent créer des conditions favorables à l'installation des entreprises sur leur territoire. Cependant, cet afflux d'entreprises ne doit pas nuire au milieu naturel local, ni dégrader le cadre de vie des habitants du fait de l'augmentation de la population et de l'urbanisation croissante.

S'entraîner

MANAGEMENT, SCIENCES DE GESTION ET NUMÉRIQUE

SUJET 2022

- **Durée de l'épreuve :** *4 heures*
- **Coefficient :** *16*

CARAÏBES FUMÉS

Avec ses célèbres rillettes de poisson fumé vendues sous la marque «Cap Créole», la société Caraïbes Fumés a réussi à se faire une place incontournable à la table des Guadeloupéens.

Créée en 1996 par Olivier Berhault, un cuisinier passionné, cette PME locale qui évolue dans le secteur de la transformation et de la conservation de poissons, mollusques et crustacés avait pour vocation initiale d'alimenter les cafés, hôtels et restaurants de la région en poisson fumé. Implantée dans la commune de Bouillante en Guadeloupe, petite ville balnéaire connue pour ses paysages sauvages et son port de pêche, le dirigeant a réalisé que l'intérêt pour son produit pouvait dépasser le cadre de la restauration. Il s'est décidé à élargir sa clientèle en se tournant vers les particuliers. Il leur propose alors de nouveaux produits tels que la célèbre rillette de marlin[1] fumé et toute une déclinaison d'autres saveurs. En 2018, Caraïbes Fumés prend un nouveau tournant : Benjamin Aubery rachète la société et propose à Olivier Berhault de prendre la direction de la production. La PME prend alors de l'ampleur et ouvre d'autres unités commerciales dans deux autres communes de Guadeloupe.

1. Grand poisson pêché dans les mers tropicales.

Caraïbes Fumés compte aujourd'hui 30 salariés et propose plus de 150 références, sous forme de rillettes, poissons fumés, filets de poisson et autres farces de poisson, commercialisées sous la marque Cap Créole. Aujourd'hui, la notoriété de Cap Créole sur l'île n'est plus à faire et les emblématiques rillettes de marlin se retrouvent dans tous les supermarchés de la région. Le marché guadeloupéen semble arriver à saturation et Benjamin Aubery s'interroge :

Comment Caraïbes Fumés peut-elle accroître sa performance ?

Dossier 1 ANALYSE DE LA SITUATION DE CARAÏBES FUMÉS

(34 POINTS)

DOCUMENTS À EXPLOITER : Documents 1 à 6

L'histoire de Caraïbes Fumés débute en 1996 grâce à Olivier Berhault. Chef cuisinier et passionné de pêche, il donne naissance à la marque de poisson fumé et rillettes Cap Créole, dont la réputation n'est plus à faire en Guadeloupe. Vingt-cinq ans plus tard, l'entreprise poursuit sa croissance.

Questions obligatoires

1.1 Présenter l'activité principale, les partenaires et les ressources clés du modèle économique de l'entreprise Caraïbes Fumés.

1.2. Identifier les menaces auxquelles l'entreprise Caraïbes Fumés doit faire face.

1.3. Présenter des éléments du diagnostic interne de l'entreprise Caraïbes Fumés.

Questions au choix

Répondre à l'une des questions suivantes :

1.4a. Montrer que l'entreprise Caraïbes Fumés poursuit une finalité environnementale et que cette finalité répond aux attentes de ses partenaires et consommateurs.

1.4b. Identifier les avantages concurrentiels de l'entreprise Caraïbes Fumés et montrer que ces avantages ont permis de faire face aux menaces.

Dossier 2 Un management au service des performances commerciale et sociale de Caraïbes Fumés

(32 points)

Documents à exploiter: Document 1 et documents 5 à 8

Dès la reprise de Caraïbes Fumés, Benjamin Aubery a mis en place toute une série de mesures. Il a fait le choix d'analyser et de réajuster les processus internes, avec pour objectif un accroissement des résultats. C'est toute la chaîne de valeur qui a été touchée.

Questions obligatoires

2.1. Identifier le style de direction du dirigeant de l'entreprise Caraïbes Fumés. Justifier la réponse.

2.2. Relever, dans les activités de la chaîne de valeur, trois éléments de la démarche qualité mise en place dans l'entreprise Caraïbes Fumés.

Questions au choix

Répondre à l'une des questions suivantes :

2.3a. En une quinzaine de lignes minimum et de manière structurée, montrer que la performance sociale est une préoccupation de l'entreprise Caraïbes Fumés.

2.3b. En une quinzaine de lignes minimum et de manière structurée, montrer que les outils numériques de l'entreprise Caraïbes fumés sont au service de l'amélioration de sa performance commerciale.

Dossier 3 L'implantation en Martinique, une piste de développement pour Caraïbes Fumés

(34 points)

Documents à exploiter: Documents 9 à 13

Le succès incontesté de la marque Cap Créole en Guadeloupe n'est qu'une première étape dans l'histoire de Caraïbes Fumés. Benjamin Aubery a de nombreux projets pour l'avenir de son entreprise. Du point de vue de l'activité, il souhaite désormais élargir ses horizons en s'implantant en Martinique.

Questions obligatoires

3.1. **Calculer les indicateurs de création de valeur de Caraïbes Fumés en 2020 (valeur ajoutée, résultat d'exploitation, résultat net) et procéder à l'analyse de sa performance financière.**

3.2. **Présenter les raisons justifiant le lancement des deux nouvelles structures en Martinique (l'unité de production et la boutique).**

3.3. **Analyser l'équilibre financier de Caraïbes Fumés en Guadeloupe en calculant le fonds de roulement net global (FRNG), le besoin en fonds de roulement (BFR) et la trésorerie nette (TN).**

3.4. **Proposer trois sources de financement envisageables pour le lancement des deux nouvelles structures en Martinique.**

Document 1 Le concept Cap Créole

Caraïbes Fumés est le nom de l'entreprise qui a donné naissance aux produits « Cap Créole », cette marque bien connue pour ses rillettes de marlin en Guadeloupe. Cette aventure commence par la passion d'un chef cuisinier Olivier Berhault. Ce pêcheur de marlin, pour optimiser la conservation de sa pêche, a eu l'idée de faire fumer ces gros poissons d'une centaine de kilogrammes. Un fumoir bricolé dans son garage a permis l'approvisionnement des restaurateurs de la région qui ont apprécié son poisson fumé. En cherchant une solution pour limiter les pertes, le chef a ensuite voulu traiter les chutes de poissons. Il décide de les transformer en rillettes. L'entreprise s'est alors organisée et structurée petit à petit autour de ces activités qui font aujourd'hui sa réputation et sa renommée : d'un petit local de 80 m² à Bouillante près du port de pêche en 1997, l'entreprise s'est progressivement agrandie en rachetant les locaux avoisinants pour arriver à un laboratoire de production de 800 m² en 2021. Avec une telle superficie, Caraïbes Fumés est incontestablement le plus gros fabricant de produits à base de dérivés de poissons de Guadeloupe. « Nous avons quelques concurrents, qui font du bon poisson fumé pour certains, mais qui ne distribuent qu'à une toute petite échelle » confie Benjamin Aubery, directeur de l'enseigne. Malgré cette taille conséquente, Benjamin Aubery souligne aujourd'hui le besoin d'évolution de cet espace de production qui, malgré sa grande superficie à l'échelle de la Guadeloupe, est devenu trop exigu en matière de stockage et relativement peu fonctionnel. « Le local est constitué d'une succession de petites pièces avec des marches et des différences de hauteurs, la surface de production n'est pas idéale, car peu adaptée aux besoins de l'activité. Mais nous y tenons, c'est là que l'histoire Caraïbes a commencé. Nous tenons à rester dans ces locaux. »

Des salariés impliqués

L'entreprise s'appuie énormément sur le talent d'Olivier Berhault en sa qualité de chef cuisinier et membre fondateur de l'entreprise. « En tant que chef de production, j'ai une totale confiance en ses choix culinaires », explique l'actuel dirigeant Benjamin Aubery. Aujourd'hui, l'entreprise dénombre une trentaine de salariés sélectionnés avec soin pour leur motivation. « On tâche de garder une ambiance familiale, je connais chacun de mes employés, je connais leur famille, leurs en fants... J'aime que mes salariés soient contents d'être là. S'ils ne sont pas contents, j'essaie de comprendre pourquoi. Je suis là pour écouter ce genre de choses. C'est ma responsabilité, et cela leur permet également de rester motivés », précise Benjamin Aubery.

Des produits diversifiés

Si Caraïbes Fumés est connu pour ses produits dérivés de poisson fumé en provenance de Guadeloupe (marlin, thon, daurade, etc.), l'entreprise vend également quelques préparations à base de poisson d'import. Elle fabrique aujourd'hui environ 150 produits. Chaque année, sortent de nouveaux produits variés et innovants qu'elle distribue à sa clientèle par le biais de ses trois boutiques, des supermarchés de l'île, mais également depuis son site Internet marchand. Ce dernier, créé récemment, a permis d'augmenter les ventes de l'entreprise.

Des emballages écologiques

Devant la quantité de plastique utilisée, l'entreprise s'est tournée vers des emballages biodégradables adaptés. « Je suis prêt à rogner sur mes marges pour avoir un impact environnemental moindre. C'est d'une part, notre responsabilité et d'autre part, une vraie demande de nos clients. En boutique par exemple, nous comptons vendre certains produits dans des bocaux en verre avec consigne. J'ai aussi changé de fournisseur de cartons d'emballage en optant pour un fournisseur local. Ça me coûte un peu plus cher, mais si ça fait vivre une entreprise locale, je trouve que c'est important », précise Benjamin Aubery.

Des saveurs originales

Si la réputation de Caraïbes Fumés tient à ses rillettes de marlin, elle n'en est pas moins liée à la créativité de ses recettes. « L'innovation est essentielle dans ce métier. Nous devons avoir des produits nouveaux régulièrement. Par exemple, pour contrer l'absence du chiffre d'affaires réalisé avec les restaurateurs pendant la crise de la Covid-19, nous nous sommes recentrés sur les ventes aux particuliers et avons créé une recette de marlin fumé au rhum vieux. Ces produits distribués dans nos boutiques et dans la grande distribution ont connu du succès.

Nous conservons toujours nos produits phares pour faire fonctionner Caraïbes Fumés, mais l'innovation est nécessaire. Elle nous permet de rester dynamique et de nous démarquer», explique Benjamin Aubery.

Une communication personnalisée et digitalisée

En termes de communication, les mots d'ordre sont personnalisation et digitalisation. «Nous évitons les prospectus. D'un point de vue environnemental, c'est un désastre; ils finissent toujours sur la voie publique sans être lus. Je préfère envoyer des courriels personnalisés à nos clients pour fidéliser et promouvoir des publications sur les réseaux sociaux.»

La problématique de l'approvisionnement

Concernant l'export, Caraïbes Fumés n'est pas fermée à l'idée mais pointe du doigt la nécessité de développer son outil de production et de consolider son approvisionnement. «La question de l'approvisionnement sera et restera toujours un problème central. En effet, compte tenu de la saisonnalité de la pêche locale, l'entreprise doit parfois se fournir en Amérique latine, ou ailleurs pour assurer la continuité des livraisons et de la production. «On achète le maximum de poissons aux pêcheurs en période haute car nous avons la capacité de les conserver, de les traiter et de les congeler, pour satisfaire nos clients pendant la partie de l'année où il n'y a pas de poisson.»

Source: d'après un entretien avec le dirigeant Benjamin Aubery

Document 2 La consommation de produits issus de la pêche en Guadeloupe

La Guadeloupe consomme 14000 à 15000 tonnes de poissons et coquillages par an, soit 37 kg par habitant et par an, ce qui la place parmi les plus gros consommateurs de la planète. La pêche guadeloupéenne reste essentiellement une activité artisanale qui ne peut satisfaire à elle seule la demande. La pêche locale ne permettrait de couvrir que 60 % de cette consommation annuelle.

Source: Comité régional des pêches

Document 3 L'image des produits de la pêche en 2020

Quelle est la perception des produits aquatiques ?

Les produits d'origine animale souffrent d'un déficit d'image, mais le niveau d'image et de confiance des poissons reste supérieur à celui de la viande.

Est-ce que la crise sanitaire modifie le comportement des consommateurs ?

La crise sanitaire actuelle semble pousser les consommateurs à recentrer leurs achats sur des produits aquatiques nationaux et locaux :
• les trois quarts des répondants préfèrent consommer des produits français ;
• six répondants sur dix privilégient les achats auprès de producteurs locaux.

Source : Baromètre de l'image des produits de la pêche – FranceAgriMer 2020

Document 4 Les industries de l'agroalimentaire face à de nombreux défis

L'impact de la crise de la Covid-19 sur les industries de l'agroalimentaire

Même si les entreprises agroalimentaires françaises, et plus généralement tous les acteurs de la chaîne alimentaire, ont démontré leur capacité d'adaptation pour répondre aux besoins alimentaires, ces dernières ont, elles aussi, été durement frappées par le ralentissement global de l'économie. Selon les enquêtes de l'Association Nationale des Industries Alimentaires, plus de 70 % d'entre elles ont affiché pendant la crise une baisse de chiffre d'affaires. […]

Une hausse des coûts de production

Les coûts de production, en augmentation de 3 à 16 %, ont également dégradé les capacités du secteur. La hausse des prix des matières premières, des emballages, des transports, de la maintenance et des équipements de protection des salariés sont autant de postes ayant participé à cette envolée des coûts et à la baisse de la rentabilité des industries de l'agroalimentaire.

Source : Agromedia.fr, 15/03/2021

Document 5 Les changements opérés par la nouvelle direction

En 2018, Benjamin Aubery rachète Caraïbes Fumés des mains de son fondateur Olivier Berhault avec pour ambition de développer la notoriété de «Cap Créole» et de faire de sa marque un incontournable des tables guadeloupéennes, en matière de poisson fumé. Il a mis en œuvre, sans concertation et dès son arrivée, toute une série de mesures.

Développement de la gamme de produits

Caraïbes Fumés lance alors plus de 70 nouveaux produits en cinq ans. Ces produits, tous à base de poissons présents dans la mer des Caraïbes, revisitent la cuisine du terroir antillais: marlin à la sauce colombo, nuggets de daurade, gratin de christophines au poisson fumé, etc. L'objectif est d'optimiser l'utilisation des restes du fumage et, en parallèle, de dynamiser la production à partir de poisson frais en maintenant le cap sur l'innovation. «Notre chef de production a encore de nombreuses idées à proposer pour développer la gamme, toujours autour du poisson».

Structuration de la commercialisation

Benjamin Aubery décide également de développer le réseau de commercialisation en ouvrant successivement deux boutiques dans deux communes stratégiques de l'île et en approvisionnant l'ensemble des hypermarchés et supermarchés de la Guadeloupe.

Développement de l'outil de production

Le développement de l'activité passe également par celui de l'outil de production. «D'un petit local de 80 m^2, nous sommes passés à un laboratoire de production de plus de 800 m^2 avec un vrai fumoir professionnel.» Le laboratoire s'est progressivement équipé de machines sophistiquées. Celles-ci n'ont pas pour vocation de remplacer l'homme, l'objectif sous-jacent est d'offrir un certain confort aux salariés. «On va continuer à se moderniser. Toute solution qui nous permettra de limiter les troubles musculo-squelettiques, on les prendra. Notre intérêt est d'avoir des salariés contents de travailler avec nous et qui ne souffrent pas à chaque fois qu'ils effectuent une tâche de production.»

Par ailleurs, l'organisation a fait de la sécurité alimentaire un vrai sujet. «Nous avons donc investi, il y a trois ans, dans un logiciel de suivi de production agro-alimentaire.

Cela a été une grande révolution mais ça fonctionne plutôt bien. Il y a une véritable traçabilité[1] des aliments. Si demain nous avons un problème sur un lot de rillettes, nous savons où il est, quand il a été produit, quel poisson a été utilisé, quel sac de sel, d'épices. C'est aussi une question de réputation. Nous avons eu une expérience d'un client restaurateur qui nous a contactés parce qu'une cliente s'est plainte d'une intoxication alimentaire. Nous avons récupéré tous les produits du lot dans l'après-midi et les avons déposés à l'Institut Pasteur pour analyse. Bien heureusement, le problème ne venait pas de notre production. Mais nous sommes rassurés d'être en mesure de faire cela.»
L'acquisition de ce logiciel de production, quoique coûteux, était nécessaire car il a permis d'optimiser les rendements. Dès la première année de reprise en 2018, les résultats ont été au rendez-vous : la production de rillettes de marlin a augmenté de 40 %. Depuis, le volume augmente de 10 % chaque année.

Approvisionnement et production de qualité

Le niveau de qualité des poissons dépend du choix des fournisseurs et de leur mode de surgélation. Leurs techniques de congélation en font un produit de bonne qualité. Nous n'hésitons pas à mettre le prix en nous fournissant auprès de bateaux équipés de surgélateurs puissants qui congèlent à - 60 °C en un temps record. Un autre point essentiel qui participe aussi largement à la production de qualité est celui des techniques de fumage qui font aussi toute la différence avec d'autres marques présentes sur le marché. De ce côté, les secrets de fumage de Caraïbes Fumés sont bien gardés du public et donc de la concurrence.

Source : d'après un entretien avec le dirigeant

Document 6 Les procédures qualité de Caraïbes Fumés

La transformation est une activité très exigeante en normes et en qualité. Caraïbes Fumés attache une grande importance à la qualité de ses produits et a mis en place un service qualité avec autocontrôle et analyse des produits.

1. Capacité à suivre un produit de l'achat des matières premières jusqu'à la consommation du produit final.

La qualité de nos produits est reconnue :

- label EPV (Entreprise du Patrimoine Vivant) depuis 2011, renouvelé en 2016 ;
- prix inter-entreprise en 2013 : 1er prix pour l'innovation et 1er prix pour « entreprise d'avenir » ;
- chambre de métiers et de l'artisanat : meilleur artisan ;
- références dans le Guide du Routard et Petits Futés.

Source : capcreole.com

Document 7 Les ressources humaines au cœur de la stratégie de Caraïbes Fumés

Benjamin Aubery est fier de le dire : le *turn-over* (rotation du personnel) de son entreprise est très faible. Satisfait de ses conditions de rémunération, dans un bassin d'emploi assez compliqué, le personnel recruté a tendance à y rester. Les rémunérations sont nettement au-dessus de celles indiquées dans la convention collective nationale de l'industrie agroalimentaire.

Le salaire minimum dans l'entreprise Caraïbes Fumés est calculé à partir du SMIC mensuel auquel il est ajouté 200 euros. Une grille des salaires permet des augmentations au fur et à mesure de l'ancienneté et de la progression dans les postes. Des primes sont versées deux fois par an, aux mois de juin et de décembre en fonction des résultats de l'entreprise, auxquelles peut s'ajouter une prime exceptionnelle indexée sur la performance individuelle des salariés.

La direction organise régulièrement des « week-end Cap Créole » afin de fédérer les personnels. Ces rencontres sont des moments de partage en famille dans des cadres idylliques.

D'un point de vue organisationnel, tout est mis en œuvre pour impliquer les salariés. Des séances de travail se tiennent lors de petits déjeuners collaboratifs, des formations sont mises en place sur proposition de la direction ou à la demande du personnel. Les salariés méritants et investis peuvent se voir proposer des promotions internes pour devenir chef d'équipe ou responsable de la gestion commerciale.

Soucieux du bien-être et de la sécurité de son personnel, Benjamin Aubery reste proche de chacun et assure des actions de formation au moins deux fois par an dans le cadre de l'hygiène en laboratoire et de la sécurité au travail afin de limiter les troubles musculo-squelettiques.

Document 8 La chaîne de valeur de Porter

La chaîne de valeur de Michael Porter décrit les activités liées les unes aux autres et dont la coordination est essentielle pour l'obtention d'un avantage concurrentiel.
L'outil permet d'analyser la valeur que crée chacune des activités de l'entreprise et les coûts qu'elles génèrent. Cette valeur correspond à la somme que le client est prêt à payer pour obtenir le produit.
Michael Porter distingue :
- les activités principales lesquelles concernent la production et la vente d'un produit ;
- les activités de soutien lesquelles renforcent et améliorent l'efficacité des activités principales.

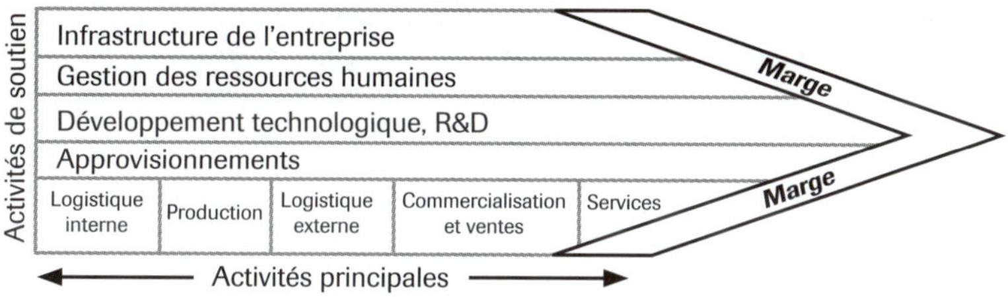

Source : succes-marketing.com.

Document 9 L'entreprise Caraïbes Fumés ouvre de nouvelles structures en Martinique

Benjamin Aubery s'est fixé pour objectif de développer à la fois son outil de production et sa clientèle. Il a d'abord cherché à acquérir un terrain côtoyant le laboratoire de Bouillante en Guadeloupe. Mais, il a finalement opté pour une implantation en Martinique : « en créant des structures là-bas, cela nous offre deux avantages : une identité martiniquaise pour toucher la population locale et l'accès à la pêche martiniquaise ». Cette solution permet également de faire face à la saturation du marché guadeloupéen.
Ce projet, de l'ordre de plusieurs millions d'euros, dont le déploiement s'effectuera en deux phases – le lancement d'une boutique traiteur puis l'ouverture de l'usine de production – devrait être finalisé à l'horizon de mars 2022 et devenir rentable en 2027. Fort d'une expérience positive en Guadeloupe, Benjamin Aubery compte utiliser tous les outils à sa disposition pour financer son projet.

Document 10 Compte de résultat de Caraïbes Fumés au 31/12/20

Charges	En euros	Produits	En euros
CHARGES D'EXPLOITATION		**PRODUITS D'EXPLOITATION**	
Consommation de l'exercice	2 012 893	Production de l'exercice	3 225 485
(Consommations intermédiaires)			
Impôts et taxes	19 588		
Charges de personnel	683 948		
Dotation aux amortissements	120 638		
Autres charges d'exploitation	10 238		
Total d'exploitation	**2 847 305**	**Total d'exploitation**	**3 225 485**
CHARGES FINANCIÈRES	**0**	**PRODUITS FINANCIERS**	**0**
CHARGES EXCEPTIONNELLES	**815**	**PRODUITS EXCEPTIONNELS**	**50 810**
TOTAL DES CHARGES	**2 848 120**	**TOTAL DES PRODUITS**	**3 276 295**
RÉSULTAT (BÉNÉFICES)	**428 175**	**RÉSULTAT (PERTE)**	

Source : Caraïbes Fumés/certaines données ont été adaptées

Document 11 Indicateurs de création de valeur pour 2019 (en euros)

Valeur ajoutée	961 668
Résultat d'exploitation	388 008
Résultat exceptionnel	219 058
Résultat net	605 818

Source : Caraïbes Fumés/certaines données ont été adaptées

Document 12 Bilan fonctionnel de Caraïbes Fumés au 31/12/20

Emplois	Montants en euros	RESSOURCES	Montants en euros
EMPLOIS STABLES		**RESSOURCES STABLES**	
Immobilisations incorporelles	0	Capitaux propres	1 735 800
Immobilisations corporelles	823 373	Emprunts et dettes financières	18 908
Immobilisations financières	189 743		
Total	**1 013 116**	**Total**	**1 754 708**
ACTIF CIRCULANT	5	**PASSIF CIRCULANT**	
Stocks	309 395	Dettes fournisseurs	210 563
Créances	424 790		
Total	**734 185**	**Total**	**210 563**
TRÉSORERIE ACTIVE		**TRÉSORERIE PASSIVE**	
Disponibilités	217 970		
Total	**217 970**	**Total**	**0**
TOTAL EMPLOIS	**1 965 271**	**TOTAL RESSOURCES**	**1 965 271**

Source : Caraïbes Fumés/certaines données ont été adaptées

Document 13 Aides et accompagnement à la création d'entreprise

La Martinique met à la disposition des entrepreneurs un large catalogue d'aides et d'accompagnements personnalisés, pour tous les projets d'entreprise.

Qu'il s'agisse d'une création ou d'une reprise d'activité, d'une cession ou d'une transmission, les différents acteurs locaux que sont les collectivités locales, la Chambre de commerce et d'industrie ou encore les associations et regroupements d'entreprises sont là pour prodiguer informations et conseils. Les créateurs d'entreprise pourront être renseignés et aiguillés sur les différentes aides financières sous forme de subvention, de prêt, d'exonération de cotisations sociales ou de crédit d'impôt, sur les aides à l'embauche ou à la formation, sur les dispositifs techniques tels que l'accompagnement de leur projet, la prestation de veille, l'implantation en pépinières ou couveuses d'entreprise.

Source : martinique.org

PROPOSITION DE CORRIGÉ

Dossier 1

1.1. Présenter l'activité principale, les partenaires et les ressources clés du modèle économique de Caraïbes Fumés.

Conseil Séparez bien les réponses aux trois éléments de la question et classez les ressources.

- L'activité principale: la fabrication de produits dérivés de poissons.
- Les partenaires: les revendeurs (supermarchés), les fournisseurs de poissons (pêcheurs), les acteurs locaux, les restaurateurs.
- Les ressources clés: l'unité de production, les boutiques, les machines (ressources matérielles), les 30 salariés et les dirigeants (ressources humaines), le chiffre d'affaires et le résultat net (ressources financières), le savoir-faire, les compétences, le logiciel de production, le site marchand, la marque «Cap Créole» (ressources immatérielles).

1.2. Identifier les menaces auxquelles l'entreprise Caraïbes Fumés doit faire face.

Conseil Les menaces font référence au diagnostic externe.

Les menaces sont nombreuses:
- menaces relatives au micro-environnement: le problème d'approvisionnement en poissons (pêche locale saisonnière et artisanale), la saturation du marché locale guadeloupéen;
- menaces liées au macro-environnement: les enjeux écologiques, le déficit d'image de produits d'origine animale, la crise sanitaire qui a ralenti la consommation, l'augmentation des prix du poisson, des emballages et du transport, l'exigence des consommateurs sur la traçabilité des produits.

1.3. Présenter les éléments du diagnostic interne.

Conseil Le diagnostic interne concerne les forces et les faiblesses de l'organisation.

Les forces: une forte notoriété locale, une capacité d'innovation, un savoir-faire unique (secrets du fumage), la motivation des salariés, une gamme de produits diversifiés, un outil de production efficace, une maîtrise de la qualité...
Les faiblesses: des difficultés d'approvisionnement en poissons, un local trop petit, un problème de stockage.

QUESTIONS AU CHOIX

1.4a. Montrer que l'entreprise Caraïbes Fumés poursuit une finalité environnementale et que cette finalité répond aux attentes de ses partenaires et consommateurs.

Conseil Il faut bien répondre aux deux parties de la question.

L'entreprise vise une finalité environnementale en s'approvisionnant auprès des pêcheurs locaux, en utilisant des emballages biodégradables et en n'utilisant pas de prospectus.
Cette finalité répond aux attentes des pêcheurs locaux, qui peuvent ainsi assurer leurs ventes, mais aussi aux attentes des consommateurs, qui sont sensibles aux préoccupations environnementales et à la consommation de produits locaux (mouvement locavore).

1.4b. Identifier les avantages concurrentiels de l'entreprise Caraïbes Fumés et montrer que ces avantages ont permis de faire face aux menaces.

Conseil Il faut bien répondre aux deux parties de la question.

Il existe plusieurs avantages concurrentiels : une taille critique, une notoriété locale forte, l'innovation, la qualité, un savoir-faire unique.
Ces avantages concurrentiels permettent à l'entreprise de se différencier de ses concurrents locaux, de les affronter plus facilement et d'attirer les consommateurs vers ses produits.

Dossier 2

2.1. Identifier le style de direction du dirigeant de l'entreprise Caraïbes Fumés. Justifier la réponse.

Conseil Cette question fait référence à la classification de Rensis Likert.

Il s'agit d'un style paternaliste car le dirigeant parle d'une ambiance familiale, dit qu'il connaît les familles des salariés et qu'il a le souci de leur bien-être.

2.2. Relever, dans les activités de la chaîne de valeur, trois éléments de la démarche qualité mise en place dans Caraïbes Fumés.

Les éléments de la démarche qualité mise en place sont : la sélection de poissons de qualité, l'utilisation d'un logiciel de traçabilité des produits, les investissements dans des surgélateurs puissants, une technique de fumage unique, une reconnaissance par des labels de qualité, etc.

QUESTIONS AU CHOIX

2.3a. En une quinzaine de lignes minimum et de manière structurée, montrer que la performance sociale est une préoccupation de l'entreprise Caraïbes Fumés.

Conseil Il faut bien se rappeler, au préalable, ce qu'est la performance sociale.

Caraïbes Fumés s'inscrit dans une démarche RSE (responsabilité sociétale de l'entreprise) par rapport à ses salariés en les motivant, en les formant et en veillant à préserver leurs conditions de travail. De plus, l'entreprise veille au respect de l'environnement (emballages écologiques, pêche responsable, «0 prospectus»). Ainsi, la performance sociale est au cœur de l'activité de l'entreprise.

2.3b. En une quinzaine de lignes minimum et de manière structurée, montrer que les outils numériques de l'entreprise Caraïbes Fumés sont au service de l'amélioration de sa performance commerciale.

Conseil Il faut bien se rappeler, au préalable, ce qu'est la performance commerciale et évoquer ses indicateurs (chiffre d'affaires, etc.).

Les outils numériques utilisés par l'entreprise sont ceux relatifs à la digitalisation de la relation client, comme l'envoi de courriels personnalisés, l'utilisation des réseaux sociaux et la mise en place d'un site Internet marchand. De plus, le logiciel de suivi de la production permet d'établir la traçabilité des produits finis. Ainsi, tous ces moyens numériques visent à accroître les ventes de l'entreprise et à fidéliser le client en développant une relation commerciale personnalisée et en proposant un suivi irréprochable de la qualité.

Dossier 3

3.1. Calculer les indicateurs de création de valeur de Caraïbes Fumés en 2020 (valeur ajoutée, résultat d'exploitation, résultat net) et procéder à l'analyse de sa performance financière.

Conseil Il faut utiliser les bonnes formules de calcul des indicateurs d'activité. La réponse se fait en deux temps (calculer et analyser).

- VA = CA – Consommations intermédiaires = 3 225 485 – 2 012 893 = 1 212 592
- Résultat d'exploitation = Produits d'exploitation – Charges d'exploitation = 3 225 485 – 2 847 305 = 378 180
- Résultat net = Produits – Charges = 3 276 295 – 2 848 120 = 428 175

La valeur ajoutée a progressé de 26 % par rapport à celle de 2019, ce qui montre que l'entreprise crée plus de richesse du fait d'une progression des ventes et du chiffre d'affaires. En revanche, le résultat d'exploitation est en recul de 2,5 % et le résultat net régresse également de 29 %, du fait des investissements réalisés, notamment l'ouverture des nouvelles structures qu'il faut amortir.

3.2. Présenter les raisons justifiant le lancement des deux nouvelles structures en Martinique (l'unité de production et la boutique).

Conseil Les raisons sont en lien avec certaines menaces de l'environnement évoquées en question 1.2.

Le lancement des deux nouvelles structures permet de surmonter la saturation du marché guadeloupéen. L'ouverture d'une unité de production permet de profiter de la pêche martiniquaise et donc d'augmenter la production et de satisfaire la demande des clients. L'ouverture de la boutique permet de cibler une nouvelle clientèle.

3.3. Analyser l'équilibre financier de Caraïbes Fumés en Guadeloupe en calculant le fonds de roulement net global (FRNG), le besoin en fonds de roulement (BFR) et la trésorerie nette (TN).

Conseil Dans un premier temps, il faut appliquer les formules apprises en cours pour calculer les indicateurs puis, dans un second temps, analyser l'équilibre financier de l'entreprise.

- FRNG = Ressources stables – Emplois stables = 1 754 708 – 1 013 116 = 741 592
- BFR = Actif circulant – Passif circulant = 734 185 – 210 563 = 523 622
- TN = FRNG – BFR = 741 592 – 523 622 = 217 970

Vérification = Trésorerie active – Trésorerie passive = 217 970

Le FRNG est positif, donc les ressources à long terme financent en totalité les emplois à long terme (les investissements), ce qui est favorable.

De plus, le FRNG couvre le BFR, qui est un besoin de financement à court terme, du fait des stocks et des créances clients, importants dans cette entreprise.

Il en ressort une trésorerie largement positive qui représente l'argent disponible en banque et en caisse.

Ainsi, l'équilibre financier de Caraïbes Fumés est respecté et sa structure financière est saine.

3.4. Proposer trois sources de financement envisageables pour le lancement des deux nouvelles structures en Martinique.

Conseil Cette question fait appel aux connaissances de cours sur le financement à long terme de l'organisation.

Caraïbes Fumés est une entreprise très peu endettée (18 908 € d'emprunts contre 1 735 800 € de capitaux propres), donc elle peut recourir à l'emprunt bancaire. Dans la mesure où sa situation financière est bonne, elle peut également attirer de nouveaux associés ou convaincre les associés actuels de faire des apports contre une augmentation de capital. Enfin, elle peut aussi recourir à l'autofinancement, au crowdfunding et aux aides des collectivités locales.

Crédits photographiques

15 : © insta_photos / stock.adobe.com ; **18g et d** : Avec l'aimable autorisation de Jeff de Bruges, tous droits réservés ; **22** : © fizkes / stock.adobe.com ; **38-39** : © Decathlon / DR ; **84hg** : PackShot / stock.adobe.com ; **84hd et bg** : DR ; **161 :** BOOCYS / stock.adobe.com ; **164** : BRM / stock.adobe.com ; **165** : Yacobchuk Olena / stock.adobe.com ; **192** : murattellioglu / stock.adobe.com

Édition : Florence Terrasse, Samuel Briand-Favard, Clara Dehouck
Coordination artistique : Vincent Rioult
Fabrication : Emmanuelle Perrier
Conception intérieure : Élodie Breda
Conception couverture : Vincent Rioult
Mise en pages : Luminess

ISBN : 978-2-09-167452-0

N° d'éditeur : 10277607
Dépôt légal : août 2022
Imprimé en France par l'imprimerie Clerc.
Achevé d'imprimer en juin 2022